仮面警官

弐藤水流

幻冬舎文庫

仮面警官

病院からの帰りだった。

電車が駅に到着し、あたしとチヅちゃんはホームに降り立った。

「疲れたでしょ。少し休んでいく？」

そう言って、チヅちゃんは自動販売機のほうへ歩いていった。駅員のアナウンスがホームに響き、電車が発車する。

一人残されたあたしは、ぼんやりとホームに佇《たたず》んでいた。時刻は午後六時半を回ったところだ。電車から降りた人たちが、あたしの前を横切って改札口へと向かってゆく。

そのうちの一人に、あたしは目を留めていた。二十歳《はたち》かそこいらの、まだ若い女性だった。たぶん学生だろう、明るい色のカットソーにジーンズ、肩からはトートバッグを提げている。

電車から降りた彼女は、携帯電話を手にメールを打っていた。

それ自体は、べつに珍しい光景ではない。今では国民のほとんどが携帯電話を所持し、四六時中、誰かとメールのやりとりをしている。目の前の娘も、そんな一人にすぎない。

だけどその娘は、他の人たちとはある一点で違っていた。

あたしが娘に目を留めた理由はそこにあった。

羨《うらや》ましい、というのが率直な思いだった。

娘はすぐに改札へは向かわず、ホームで立ち止まってメールを打ち続けている。彼女の携帯電話からは、不釣り合いに大きなマスコットがぶら下がっていた。クマの顔の形をしたぬいぐるみだ。彼女がせわしなく親指を動かすたびに、クマの顔がブラブラと揺れる。

まるで、あたしのことをあざ笑うかのように――。

「ちょっとぉ――」

いきなり声をかけられ、あたしは我に返った。メールを打っていた彼女がこちらに顔を向け、きつい視線を放っている。

「さっきから何見てんのよ」

あたしは狼狽《ろうばい》し、視線を泳がせた。心の中を見透かされた気がした。

彼女は舌打ちし、手にした携帯電話に目を戻す。そして小さく、口の中で呟《つぶや》いた。

――ウザいんだよ、ババア。

彼女にとって、それは無意識に出た言葉だったのかもしれない。でもあたしの耳は、はっきりとその言葉を聞き取っていた。

ショックだった。悪態をつかれたことに心を傷つけられたのではない。ましてや彼女に対して怒りを覚えたわけでもない。

あたしがショックを受けた理由はただ一つ。

今のあたしは、何の役にも立たない単なるババァにすぎないのだ、という現実を思い知らされたからだった。

「――母さん、お待たせ」

不意に声をかけられ、あたしは振り返った。

チヅちゃんが立っていた。自販機で買ってきたペットボトルを手にしている。

「座って待ってれば良かったのに――どうかしたの？」

あたしの様子に何かを感じ取ったのか、チヅちゃんが問う。その瞳には、いつもと同じように不安と猜疑《さいぎ》が入り混じっている。

あたしは何も答えられずにいた。チヅちゃんは倦《う》んだような表情を浮かべ、そばのベンチへあたしを座らせた。ペットボトルのキャップを開け、チヅちゃんも隣に腰を下ろす。

「はい。喉《のど》渇いたでしょ」

ペットボトルを受け取り、あたしは視線を巡らせた。メールを打ち終えたらしく、先ほどの娘は改札口へ向かおうとしていた。その後ろ姿を見据えたまま、あたしはペットボトルに口をつけ、冷たい水をごくごくと飲んだ。

「今夜は母さんの好きなお肉にしようか。すき焼きがいい？　それともステーキ？」

たぶんチヅちゃんはそう訊いたが、あたしの耳には入っていなかった。その時のあたしの頭には、とてもいい考えが閃《ひらめ》いていたからだ。ホームを遠ざかってゆく娘の後ろ姿を、あたしは瞳に焼きつけていた。やがて彼女は改札口への階段を上ってゆき、見えなくなった。

「——母さん、どうかしたの？」

チヅちゃんが再び問う。あたしは満足して、ペットボトルの水をもう一口飲んだ。そしてゆっくりとチヅちゃんを振り返る。

「ううん。なんでもない」

笑顔でそう答えた。

警視庁王子《おうじ》署・東十条《ひがしじゅうじょう》駅前交番は、JR東十条駅東口の商店街から一本入った路地に面している。

定時巡行《パトロール》から戻り、南條達也は自転車を止めた。

交番の中では、主任の沼川《ぬまかわ》が若い女性の相手をしていた。スチール机に向かい合った二人は、書類作成の最中だった。

沼川は南條を一瞥《いちべつ》したが、すぐに書類に目を戻した。書類は、自転車の盗難届だ。『警視庁』と白く染め抜かれたベストを脱ぎ、南條はロッカーにしまった。沼川と女性の様子を横目に見ながら、隣の机につく。そして引き出しから取り出した日誌に、連絡事項を記入し始める。

職質一回。駐車違反注意二件――。

「そしたら……ここに、おたくさんの住所と名前を書いてもらって、ここに印鑑ね。あぁ、拇印《ぼいん》でかまわないから」

沼川に促され、女性が書類に記入を始める。

日誌にボールペンを走らせながら、南條はそれとなく女性を観察していた。年齢は二十五、六くらいだろうか。細身の体にブルゾンとジーンズがよく似合っている。髪型は短めのボブで、活発な印象の女性だった。平日の昼下がりという時間を考えると、仕事は会社勤めではないのかもしれない。

「今日は、仕事はお休みなのかい？」

南條の思いを代弁するかのように、沼川が訊いた。

「いえ、これからです。私、アルバイトなんです」

ボールペンを動かしながら女性が答える。

南條はふと、女性の姿に真理子を重ねていた。といっても容姿が似ているというわけではない。真理子を連想した理由は、女性がペンを左手に持っていたからだ。

真理子も左利きなのだ。

気がつくと、沼川が横目でこちらを窺《うかが》っていた。南條は我に返り、日誌に目を戻した。黒縁メガネのフレームを人差指で押し上げる。

「じゃあ見つかり次第、連絡しますんで。それまでは不便だろうけど、くれぐれも夜道には気をつけて」

「よろしくお願いします。古い自転車なんですけど、大切な思い出の品なので――」

女性は席を立ち、一礼して交番をあとにした。

「可愛らしい娘《こ》だよなぁ――」

女性の姿を見送った沼川が、南條に同意を求める。

聞こえなかった振りをして、南條は日誌にペンを走らせ続けた。

「自分だって見惚《みと》れてたくせに。カッコつけやがって」

ひとり言のように呟いて、沼川は奥の部屋へ姿を消した。

沼川は五十過ぎの万年巡査部長だ。南條の階級も同じく巡査部長だが、沼川が四十を過ぎて昇進試験に合格したのに対し、南條は一発で試験にパスしていた。一年前のことで、まだ二十六歳になったばかりだった。ゆえに沼川は南條のことを快く思っておらず、その態度には嫉妬《しっと》や敵愾心《てきがいしん》が見え隠れしている。

日誌を書き終え、引き出しにしまった。メガネを外し、指先で目頭を揉《も》む。南條の視力は左右とも一・五だ。だからレンズに度は入っていない。メガネは完全な伊達《だて》メガネである。

南條は隣の机に目を向けた。

盗難届の書類は、置かれたままだった。

南條は書類に手を伸ばし、受付日時をボールペンで書き込んだ。受付者の欄に自分の名前を記入し、最後に印鑑を捺《お》す。

「ちょっと南條君。そいつをどうするつもりだ？」

背後から声をかけてきたのは沼川だった。

「勤務の交替後に、自分が署に持っていこうかと——」

言いかけた南條を制するように、沼川は大きく息をついた。

「君ねぇ、それは俺に対するあてつけなのか？」

「まさか、そんなつもりはありませんよ」

表情一つ変えずに南條は答える。それが沼川を一層苛立《いらだ》たせたようだ。

「だったらどういうつもりだ。今日が月末だってことくらい、分かってるだろ」

沼川の言わんとするところは、南條にも理解できた。署への盗難届の提出を、月が改まる明後日《あさって》以降にしろと言っているのだ。理由は、署の検挙率低下の防止だ。つまり月末に被害届を受理してすぐに犯人を検挙できなかった場合、今月の未解決事案が一件増えてしまう。そうなると、所轄である王子署全体の検挙率が下がる結果となるのだ。互いの検挙率を意識し、ともすれば競い合うのは全国の警察署に共通する傾向であった。

「それとも君は今日明日中にこの自転車盗をアゲる自信があるのかい、南條巡査部長」

厭味《いやみ》ったらしく言い、沼川が南條の顔を覗《のぞ》き込む。

「仕事熱心なのも結構だが、まわりに迷惑をかけるような真似《まね》は、やめてもらいたいもんだな」

沼川は捨て台詞《ぜりふ》を残し、巡行へと出かけていった。

南條は、沼川の言葉を反芻《はんすう》していた。沼川が特別な考えの持ち主だとは思っていない。同じような考え方の警察官は決して少なくないからだ。

もちろん、自らの職務に誇りを持ち、職責を全うしようとする警察官も少なからず存在する。しかし大半は保身に汲々《きゅうきゅう》とし、同僚の足を引っ張ってでも実績を挙げようとする者ばかりだと、南條は感じていた。

もっとも、南條自身が周囲を非難できる立場にあるかといえば、決してそうではない。彼が警察官になった理由は、正義のためでも、市民の平和を守るためでもないからだ。

南條が警察官の道を選んだのは、ある目的のためだった。

外していたメガネを顔に戻し、南條は席を立った。

東十条がある北区は、その名のとおり東京都の北部に位置している。北の区境は荒川・隅田川を挟んで埼玉県川口市に接しており、東・南・西のそれぞれを、荒川区と足立区・豊島《としま》区・板橋区に囲まれている。荒川と隅田川は、区の北端をほぼ並行する形で流れているが、隅田川の流れはくねくねと蛇行が激しい。

南條が所属する王子署は、この隅田川のひときわ深いカーブの懐《ふところ》に抱かれた一帯を管轄としている。

勤務を終えた南條は引継ぎを終え、午後六時過ぎに交番をあとにした。そのまま自転車で王子署へ向かい、拳銃の格納と更衣を済ませ、午後六時四十二分に退署。署に駐輪してある私物の自転車で、大通りを再び東十条駅方面へ戻った。

南條が自転車を止めたのは、駅から少し離れた場所にある古びた映画館の前だった。建物は四階建てで、一階部分が映画館として使われている。正面の入口には絵看板が掲げられ、磨りガラスの観音扉が開け放たれている。客の入りは相変わらずなのだろう、辺りに人気《ひとけ》はない。

「おっと――」

入口の前を横切ろうとした南條は、中から出てきた誰かと鉢合わせした。相手は初老の男性だった。南條の肩に突き飛ばされる格好となり、男性は後ろによろめいた。その弾みで、手にしていた物が地面に落ちる。

「すみません、大丈夫ですか」

「いやいや。こっちこそ、ボーッとしとって――」

南條は地面にしゃがみ、男性が落とした物を拾い集めた。

五十円切手のシートが一枚。筆ペン。そしてハガキが一枚。ハガキの裏表には、毛筆の文字が認《したた》められている。

「お孫さんへ映画の感想ですか？」

拾った物を男性に渡し、南條は訊いた。気恥ずかしそうに相好《そうごう》を崩し、男性は頷《うなず》く。

「観終わったらすぐに書かんと、忘れるもんで……」

男性はこの映画館の常連客だった。といっても古い客ではない。初めて見かけたのは先月だったか。本人の話によれば、最近この近辺に転居してきたらしい。ここで映画を観るたびにハガキを書き、映画好きの孫と感想のやりとりをしているのだという。

「メールができればええんですが、あたしらの年代じゃ、パソコンは難儀でねぇ――これからお仕事ですか？」

「いや、自分はこの映画館の人間ではないんです」

「ほぅ……」

「この映画館に間借りをしてましてね」

「あぁ、そうでしたか」

納得したように頷き、「じゃあ、また」と男性は頭を下げた。そのまま歩み去ってゆき、向かいの郵便ポストの前で足を止める。ポストの上にハガキを置き、手にしていた切手シートから一枚を切り取ろうとする。だが、うまくいかない。指先がぶるぶると震えているため、なかなか切り取れずにいる。

見かねた南條は男性に歩み寄った。受け取った切手シートから一枚を切り取り、舌先で舐《な》めてハガキに貼ってやる。

「すんません。長年、神経痛を患ってましてなぁ」

男性と別れると、南條は映画館の建物へ戻った。横手に入り込み、外壁に張り付いた外階段を上ってゆく。錆《さび》の浮いた鉄製の階段は、くの字を繰り返しながら最上階の四階まで続いている。南條の住む部屋は三階だ。ちなみに二階は映写室と事務所が置かれており、四階は倉庫として使われている。三階はかつて従業員の寮として使われていたフロアーで、南條が間借りしているのはそのうちの一室だった。

外階段を三階まで上がり、鉄扉を開いて中へ入る。まっすぐに延びた通路の左右には扉が二つずつ並び、四つの個室になっている。その先のフロアー中央部分はソファーの置かれたロビーになっており、その向こうには同じ間取りの四部屋が通路に向き合っている。南條の部屋は一番奥の左側だ。

「おっかえりぃー」

ロビーを通り過ぎようとした南條に、ソファーから陽気な声がかけられた。目を向けると、ソファーに寝っ転がっていた少女が起き上がるところだった。ユキだ。少女向けのマンガ誌を手にしている。

「またこんなとこでサボってたのか。シズエさんの手伝いをしないと駄目じゃないか」

「だいじょーぶ。だって手伝うほど、お客入ってないもん」

無邪気に言って、ユキは笑顔を向けた。

シズエというのは、この映画館を女手一つで切り盛りするオーナー兼支配人で、ユキはその一人娘だ。以前はこの映画館にも何人かの従業員がいたらしいが、現在は年輩の映写技師が一人いるきりだ。

「今は何の映画がかかってるんだ？」

「アハハ、南條さんにぴったりの映画だよ」

「俺にぴったり？」

「うん。『バッド・ルーテナント』っていう、悪徳警部補が主人公の話。ニコラス・ケイジ、が刑事役だなんて、笑っちゃうよね」

「おいおい、俺は真面目《まじめ》な警察官だぜ。それにまだ、巡査部長だ」

「まだってことは、もっと出世するつもりなんだ」

「こう見えても優秀だからな」

白い歯を覗かせた南條に、ユキは顔をしかめてみせる。

「そんなこと言ってるから、交番のみんなに嫌われるんだよ」

邪気のない口調に、南條は思わず苦笑を滲《にじ》ませた。

「さっ、そろそろ宿題でもしてこようっと」

マンガ誌を手に、ユキは勢いよく立ち上がった。中学一年のわりに、ユキは上背がある。だが痩《や》せているので、身に着けたオーバーオールはぶかぶかだ。

「勉強はほどほどにな。まだ秋なのに、雪が降ったら困る」

「南條さんって、ほんと失礼」

舌を出し、ユキは南條の横をすり抜けていった。そのまま外階段に通じる鉄扉に向かう。

しかし、通路の途中でユキは突然うずくまった。

「おい、ユキ――？」

慌てて駆け寄り、南條はユキの前にしゃがみ込んだ。少女はきつく目を閉じ、両手の指先でこめかみを押さえていた。

「また、いつもの――なのか？」

南條の問いかけに、ユキは答えなかった。唇を噛《か》みしめた顔が、微《かす》かに青ざめて見える。

しばらくすると、ユキは瞼《まぶた》を開いた。

「もう、大丈夫だから――」

そう言って立ち上がり、ユキは背を向けた。

直感で察し、華奢《きゃしゃ》な背中に南條は問いかける。

「俺に関すること、なんだな？」

うなだれたユキは、小さく頷いた。

ユキには、ある不思議な力が備わっている。それは一種の予知能力なのだろう。未来に起こる出来事が、何の前触れもなく彼女の頭に降りてくるのだ。そしてその瞬間、彼女は頭に痛みを感じるらしい。

町内で起こる火災。

近所で飼われている老猫の死。

近くの国道で発生する玉突き事故……。

予知の内容は重大事故から日常の些事《さじ》まで様々であり、彼女が感じる痛みの大きさはそれに応じたものであるらしい。

たった今ユキが見せた表情は、これまでに見たことがないほど苦しげなものだった。

「言ってくれ。何が起きる？」

「何かとても……悲しいことが起こる」

背中を向けたまま、ユキは答えた。

「……たぶん、誰かが死んじゃう気がする。それも南條さんのまわりで」

その時、階下からユキを呼ぶ声が聞こえた。シズエが表に出て、娘を呼んでいるのだ。ユキは無言でその場を立ち去った。鉄扉から外へ出て、カンカンと外階段を下りてゆく。

まっすぐ部屋に戻る気になれず、南條はロビーに置かれたテレビのスイッチを入れた。ソファーに腰を下ろし、ぼんやりと画面に目を預ける。南條の頭からは、先ほど目にしたユキの苦しげな表情が離れないままだった。

警察官という職業を考えるなら、南條の身近で起きる死は、事件もしくは事故の発生を意味している——。

不意に、ポケットの中で携帯電話が鳴った。取り出してみると、液晶ディスプレイには主任の沼川の名が表示されていた。

《管内で殺しだ——》

電話に出るなり、沼川の声が言った。

《現場は中十条《なかじゅうじょう》二丁目。ガイ者は美容師専門学校に通う十九歳の女性だ。詳細は分かっていないが、腹部を刃物でやられ、先ほど病院で死亡が確認された。今後の捜査次第で地域課にも応援を要請してくるかもしれんから、そのつもりでいてくれ》

まくしたてるように言ったあと、沼川は一方的に電話を切った。携帯電話を手にしたまま、南條はソファーに身を預けた。

テレビでは七時のニュースが終わろうとしている。沼川の知らせてきた殺人事件は、さすがにまだ報道されてはいない。

「はい、夕刊」

折りたたまれた新聞が、目の前に差し出された。ユキだった。

「何か——あったの」

険しい顔つきの南條を、ユキが見下ろす。少女の表情には、憂いが色濃く滲んでいる。

「いや、なんでもない」

南條は携帯電話をポケットにしまった。

「なぁ、ユキ。さっきの話だが――」

立ち去りかけたユキを呼び止め、南條は訊いた。

「俺のそばで何人の人が死ぬ？」

南條の問いかけを拒むようにユキは顔を背けた。だが真剣に感じようとしているようだった。

「二人くらい……？」

自分自身に確かめるように答えたあと、ユキは思い直したように訂正した。

「ううん、違う。たぶん――三人だと思う」

どこからか、鈴虫の鳴き声が聞こえてくる。

JR東十条駅を出ると、立花千鶴《ちづる》は自宅へ向かって歩き始めた。

時刻はすでに七時半を回り、秋の夜が始まっている。帰りが遅くなったのは、病院で待たされたからだった。ただし今日は母の病院ではない。千鶴自身が診察を受けてきたのだった。

千鶴の家は、駅から西へ徒歩で七分ほどの場所にある。帰宅を急ぐ彼女が歩調を緩めたのは、小さな交差点を右に曲がった時だった。歩道の右側には児童公園があり、その先には小学校がある。左側は二車線の車道だ。

彼女の歩くスピードが落ちたわけは、車道の路肩に数台のパトカーが駐車していたからだ。パトカー以外にも、大型のワゴン車やセダン、さらにテレビ局の中継車などが、ずらりと縦列駐車している。

物々しい雰囲気を感じながら、千鶴はゆっくりと歩みを進めた。公園の前を通り過ぎたところで、歩道は右の脇道と合流する。公園と小学校の間を抜けられる路地だ。

千鶴は思わず足を止めていた。路地と公園には大勢の人の姿があった。はじめに目についたのは紺色の制服姿の男女だった。慌ただしく動き回る彼らが鑑識《かんしき》課の人間であることは、千鶴にも分かった。時おりフラッシュがたかれ、指示を飛ばす声が飛び交っている。

それを遠巻きにして、白い手袋をはめた男たちが佇んでいた。背広姿の彼らは私服の刑事だろう。険しい顔で鑑識活動を眺めながら、言葉のやりとりをしている。公園と路地の入口には黄色いテープが張られていた。テープには『王子警察署　立入禁止　KEEP OUT』の文字が印刷されている。周囲に設置されたスタンド式の照明によって、辺りは眩《まばゆ》いほどに照らし出されている。

何かの事件があったのか——。

千鶴は立ち働く人々の間からその現場を覗き込んだ。事件は公園ではなく、路地のほうで起きたのだろう。アスファルトの路面には、いくつかの物が散乱し、その一つ一つに鑑識標識板が立てられている。その中の一つに携帯電話があった。フラップが開いた状態で路面に転がっている。何が起きたのかは分からないが、被害に遭ったのは若い女性なのかもしれない。携帯電話には、クマの顔の形をしたぬいぐるみのストラップが付けてあった。

「すみません、立ち止まらないでもらえますか」

立番をしている警官に声をかけられ、千鶴はその場をあとにした。

歩きながら、今見た光景を思い返す。刑事や鑑識の人数から見て、大きな事件が起きたに違いない。

強盗。通り魔。それとも、人殺し――。

そう考えると千鶴は不安になった。家で留守番をしている母のことを思ったのだ。少し前からアルツハイマー型認知症を患っている母の清子には、徘徊癖《はいかいへき》がある。もし事件に巻き込まれたのが母だとしたら――そう考えると、いつのまにか千鶴は小走りになっていた。

千鶴の家は小さな神社の裏手に位置しており、周囲には木造アパートやワンルームマンション、古びた一戸建てなどが密集している。そのせいもあって、千鶴の家はひときわ目立つ存在だった。

百六十坪の敷地に建つ木造の平屋で、古民家風のデザインを取り入れた純和風建築だ。千鶴がこの家を購入したのは一年前のことだった。バブル全盛の頃に、ある企業のオーナーが税務対策のために建てた家で、千鶴が購入するまで一度も人の住んだことのない物件だった。しかし造りがしっかりしているため、入居の際に細かなリフォームは行ったものの、大がかりな改修は必要としなかった。

息を切らしながら千鶴は家に辿《たど》り着いた。家の周囲は黒板塀に囲まれ、庭の松が枝葉を覗かせている。

切妻屋根のついた格子戸の門を開けた。傍らの郵便受けから郵便物を取り出す。封書が一通届いていた。差出人は、ずっと疎遠になっている伯父からだった。何の手紙だろうと訝《いぶか》りながら、千鶴は飛び石伝いに玄関へ向かった。慌ただしく引き戸の鍵を開けて中へ入ると、式台にバッグを置いて廊下に上がる。廊下は家の内部を二分する形で、まっすぐに庭のほうへと延びている。廊下の左右にはそれぞれ大小の和室が三つずつあり、他にリビングとキッチンが備わっている。キッチンは玄関の近くに位置しており、リビングはその奥、縁側に接した十二畳の洋間だ。

廊下を進んだ千鶴は、庭に面した縁側へ出た。ガラス戸の外は夜の闇だが、カーテンは引かれていない。病気のせいで、近頃の母は家のことをまったくしなくなっていた。千鶴も仕事で家を空けることが多いため、家事はヘルパーの女性に任せていたのだが、数日前に突然辞めてしまった。感情の起伏が激しい母の態度に、辟易したのが原因だった。

ガラス戸を開け、沓《くつ》脱《ぬ》ぎ石のサンダルをつっかけて庭に下りる。広さはそれほどでもないが、手入れの行き届いた庭だ。地面には玉砂利が敷き詰められており、左手には石灯籠《いしどうろう》と庭石、そして小さな築山を配してある。周囲は高い生垣に囲われ、その内側には等間隔にハナミズキが植えられている。右手の奥には梅の古木が幹をくねらせており、そのそばに小さな離れが建っている。

飛び石を伝って、千鶴は離れへ向かった。離れはこの家を購入した際に建てたものだ。当初は『書道教室』用にと作ったものだが、今ではもっぱら母が自室として使っている。間取りは八畳の一間きりだが、外観は趣のある数寄屋造りになっている。

千鶴は離れの入口に立った。閉ざされた引き戸の向こうからは、ぶつぶつと読経《どきょう》するような母の声が漏れ聞こえる。いつもの祈りを捧げているようだ。

千鶴は安堵《あんど》の息を洩《も》らした。だが同時に、どす黒い感情が胸の奥で膨れ上がる。人の心配も知らないで、わけの分からない祈りを繰り返す母。その声を聞いていると、抑えきれない苛立ちと憎しみが込み上げてくるのだ。

入口の前を離れ、建物の横手へ回り込む。母が玄関に鍵をかけないことは知っているが、無断で中へ入るとひどく怒るのだ。認知症を発症して以来、母は気難しくなっていた。

千鶴は濡《ぬ》れ縁《えん》の前に立ち、閉ざされた障子に向かって声を放った。

「母さん、ただいま」

ぶつぶつと呟く祈りの声が、ピタリとやんだ。

「おや、チヅちゃんかい？」

「うん」

「晩ご飯なんだね。じき行くから、ちょっと待っておくれ」

「ううん、そうじゃない。今帰ったところだから、ご飯の支度はこれから」

「だったら、なんのために呼びに来たのさ」

母の声には苛立ちが感じ取れた。大切な祈りの時間を邪魔されたことに、腹を立てているのだ。

「ごめん、なんでもないの」

腹を立てたいのはこっちのほうだった。だが、感情を母にぶつけるのは不毛な行為だった。そのことを最初に千鶴に助言したのは母の主治医であり、その後の母との生活の中で、それが正しいのだということを千鶴は身をもって学んでいた。

「チヅちゃん、今夜のおかずはなんだい？」

「お刺身と煮物よ」

「そう、良かった……お肉じゃないんだね」

安堵したような母の口調に千鶴は首を傾《かし》げた。いつもの母は、魚よりも肉を好むからだ。

千鶴は母屋へ戻っていった。部屋着に着替えてエプロンをつけ、台所に立った。買い置きの食材を冷蔵庫から取り出し、夕飯の支度にとりかかる。

今夜の献立は根菜の煮物とマグロの刺身だ。煮物はすでに午前中に作ってあり、温め直すだけで済む。

千鶴は炊飯器のスイッチを入れ冷蔵庫から大根を取り出した。ボウルに氷水を張り、刺身のつまを作る準備をする。

　妙なことに気づいたのは、流しの下から包丁を取り出そうとした時だった。流しの下の扉が完全に閉まっておらず、薄く開いたままになっていたのだ。

　几帳面な性格の千鶴は、扉を開けっ放しにすることはない。ということは、母が開けたのだろうか。しかし母が台所に立つことなど、ほとんどないはずだが——。

　不審に思いながら、扉の内側に下がった菜切《なきり》包丁を引き抜いた。いつものように左手に包丁を持ち、大根を輪切りにしようとする。しかし、包丁を握る左手には、充分な力が入らなかった。

　息を吐き、千鶴は唇を嚙んだ。

　気を取り直し、包丁を右手に持ち直す。左手ほど器用には使えないが、それでも千鶴は手際よく大根を桂剝《かつらむ》きにし、それを千切りにしていった。

　つまをこしらえ終えると、次は刺身だ。

　冷蔵庫からマグロのさくを取り出した。流しの下の扉を開き、柳刃包丁を引き抜く。

　違和感を覚えたのは、その時だった。木製の柄《え》の部分が、じっとりと湿っていたのだ。よく見ると、刃の部分にも水滴が残っている。何かに使って洗いはしたものの、丁寧に水気を拭《ふ》きとらなかったようだ。

千鶴は足元に目を向けた。柳刃包丁が下がっていた下の床にも、小さな水たまりができている。几帳面な性格の千鶴が、包丁を濡れたままでしまうことは有り得ない。そんなことをしたら、すぐに錆が生じてしまうからだ。

千鶴は手にした柳刃包丁をじっと見つめていた。

今日、千鶴が外出している間に、この包丁を誰かが使ったのは明らかだった。千鶴はこの家で、母と二人きりで暮らしている。つまり、包丁を使ったのは母ということになる。

不意にインターホンのチャイムが鳴り、千鶴はビクリと身を震わせた。反射的に掛け時計を見上げる。八時半になろうとしていた。

こんな時間に一体誰が。

不審に思いながら、包丁をまな板の上に置いて廊下に出た。インターホンの受話器を耳にあてる。相手が名乗った瞬間、千鶴はわずかに目を細めた。

「今、開けますので、お入りください」

受話器を置くと、その隣のボタンを押した。道に面した門の格子戸を解錠するためのボタンだ。玄関へ向かって三和土《たたき》に降り、入口の引き戸を開ける。

「どうも夜分にすみません」

エプロン姿の千鶴を見て、来訪者は恐縮したように首をすくめた。陽に焼けた顔の、小柄な背広姿の男だった。年は千鶴と同じくらい——四十代の半ばくらいだろう。

「ちょっとお伺いしたいことがありまして——」

男は手のひらの上で、手帳のようなものを開いてみせた。身分証と、金色に輝くバッヂが収められている。警察手帳を見るのは、それが初めてだった。

「じつは、近くの公園で事件が起きましてね。私ら、その聞き込みに回ってるとこなんです。申し訳ないですが、いくつか質問を——」

男の背後には、もう一人べつの刑事がいた。こちらはまだ若く、上背がある。

「こちらにはもう長くお住まいですか？」

「いえ、まだ一年ほどです」

「失礼ですが、ご家族は？」

「母と私の二人で暮らしています」

中年の刑事は頷いた。物腰は柔らかいが、目つきは鋭い。後ろに立つ若い刑事は、手にした手帳に千鶴の話を書き込んでいるようだ。

「つかぬことを伺いますが、近頃このあたりで不審な人物を目撃したことは？」

「いいえ、とくには」

「では、住民の方々の間で何かトラブルのようなものは？」

「分かりません。ふだん、近所の方とはあまりお付き合いがないので――あの、何があったんですか？」

中年の刑事は一瞬ためらう様子を見せたあと、口を開いた。

「すぐそこの公園の近くで、人が殺されましてね。被害者は近所に住む若い女性です」

千鶴は息を呑んでいた。予想はしていたことだが、近所で殺人が起きたという事実に慄然《りつぜん》としていた。

「あの……通り魔とか、そういった事件なんですか」

「それがまだはっきりせんのです。犯人ははじめから被害者を狙《ねら》って犯行に及んだのか、それともおっしゃるように場当たり的な通り魔なのか――まだ手掛かりがほとんどないもんで、こうしてご近所で聞き込みをさせてもらってるんです」

「被害者の方は、その……どんな殺され方を？」

「凶器は鋭利な刃物です。そいつで腹部を刺されました。動脈を傷つけられたらしく、病院に運ばれてすぐに亡くなったようです」

刑事の言葉が千鶴の脳裏を刺激する。彼女が思い浮かべたのは、先ほどの濡れた柳刃包丁のことだった。ひょっとしたら、犯人は千鶴の留守の間にこの家に忍び込み、キッチンの柳刃包丁を持ち出して犯行に及んだのではないか。そして犯行を終えたあと、再びキッチンに忍び込んで包丁を戻した——。

　とっさに浮かんだその想像を、しかし千鶴は打ち消した。なぜなら、この家にはホームセキュリティが施されているからだ。ドアの鍵をこじ開けたり、窓ガラスを割るなどして外部の人間が侵入した場合、警備会社に警報が届くシステムになっている。仮に殺人犯が家に出入りをしようものなら、駆けつけた警備員によってすぐに発見されることになる。

　やはりあの包丁を使ったのは母だったのだ。でも、料理を一切しない母が、包丁を何に使ったのだろうか——。

「あの、失礼ですけど……」

　不意に口を開いたのは、若いほうの刑事だった。

「もしかして、立花千鶴さんじゃありませんか？」

　若い刑事の瞳には、かすかな好奇心のきらめきが感じられた。

　千鶴は無言で頷いた。

「やっぱり——なんだか似てるなぁと思ってたんです。近頃よくテレビで見かけるから」

　若い相棒の言葉が、中年の刑事には理解できなかったらしい。訝しそうな眼差《まなざ》しを、千鶴と相棒の間に往復させる。

「この人、書道家の立花千鶴さんですよ。ほら、ナベさんが毎週見てるＮＨＫの大河の題字も、この人が書いたんです」

ナベさんと呼ばれた中年刑事は、「ほう」と顎《あご》を引いた。その眼差しを受け、千鶴は目を伏せた。

若い刑事の言うとおり、半年ほど前から千鶴はマスコミにたびたび登場するようになっていた。雑誌や新聞の取材、バラエティ番組やＮＨＫの教育テレビで放送される『趣味の書道』などへの出演だ。世間の言葉を借りれば、それは〝ブレイク〟と呼ばれるものなのだろう。

「ゆうべの『世界で一番受けたい授業』、面白かったです。書道の集中力が、あんなふうにいろいろ役立つなんて意外だったなぁ」

その番組を収録したのは一ヵ月以上前のことだ。現在の千鶴は、テレビの仕事をほとんど断っている。母の病気のせいもあるが、一番の理由は千鶴自身にあった。

三週間前から、利き手である左手に震えが生じ始めたのだ。

「何か、聞こえますね」

ふと、中年の刑事が耳をそばだてた。息を吐き、千鶴は言った。

「離れで母が祈禱をしているんです」

「きとう？」

「母はある宗教に入信していて、毎日この時間にお祈りを――」

「ほう、そいつはご熱心なことだ」

揶揄《やゆ》ともとれる口調で刑事は言った。そして表情をあらため、最後にこう口にした。

「仮に通り魔の場合、まだ犯人がこの辺りに潜んでいることも考えられます。ですから今夜はできれば外出は控えてください。もちろん、私らのほうでもパトロールは強化しますんで」

刑事たちが去ってゆくと、千鶴は再びキッチンへ戻った。まな板の上には、柳刃包丁が置かれたままになっている。

〈凶器は鋭利な刃物です。そいつで腹部を刺されました〉

離れからは、母の祈禱の声が続いている。

千鶴の心には、一つの疑念が頭をもたげ始めていた。それはあまりに忌まわしく、信じがたく、恐ろしい妄想だった。

「ばかばかしい、そんなこと――」

あるはずない。千鶴はかぶりを振って、柳刃包丁を手に取った。マグロの赤身をまな板に載せ、一枚一枚切っていく。

おそらく母は、千鶴の留守中に好物の柿を食べたのだろう。その際、皮を剝くためにこの包丁を使ったのだ。きっとそうに違いない。
千鶴はそう思い込むことで、夕食の支度に集中しようとした。
なぜ流しの三角コーナーに柿の皮が残っていないのか——。
なぜ、菜切包丁ではなく、柳刃包丁を使ったのか——。
次々に浮かんでくる疑問からは目を背けた。
そうでもしなければ、先ほどの疑念がはっきりと形を成すようで怖かったのだ。
離れからは祈禱の声が続いている。
じっとりと湿った柳刃包丁を握り締めて、無心にマグロの刺身を切り続けた。

《……今日午後七時前、東京都北区中十条の路上で、近くに住む専門学校生・笠原玲奈《かさはられな》さん十九歳が、血を流して倒れているのを通行人が発見しました。笠原さんは病院へ搬送されましたが、出血が激しく、まもなく死亡が確認されました。笠原さんは鋭利な刃物で腹部を刺されており、警察は殺人事件として、通り魔・怨恨目的の両面から捜査を進めています……》

うとうとしかけていた多治見省三《たじみしようぞう》は、殺人と聞いて目を覚ました。

「事件、どこで起きたって？」

後部座席から身を乗り出し、運転手に問いかける。

「えっ、あぁ、中十条って言ってましたよ」

運転手はそう答え、ラジオのボリュームを上げた。だが殺人のニュースはすでに終わり、アナウンサーは天気予報を読み上げている。

「中十条って言うと……？」

「東京ですよ。たしか北区かな――それにしてもひどい事件が起きるもんですよねぇ」

東京と聞いてホッとし、多治見はシートに背中を戻した。もし今の事件が神奈川県内で起きていれば、面倒なことになっていただろう。殺人ともなれば、科捜研には事件に関する鑑定依頼が多数寄せられる。そうなった場合、多治見の訪問など相手にされるはずもない。ただでさえ、これから持ち込もうとしている鑑定依頼は非公式なものなのだから――。

神奈川県警科学捜査研究所――通称『科捜研』は、横浜中華街にほど近い、中区海岸通《かいがんどおり》にある。県警本部ビルのすぐそばだ。

門の前でタクシーを降りると、多治見は科捜研の敷地内に入った。時刻は夜九時半を過ぎているが、建物の窓にはいくつもの明かりが灯《とも》っている。正面の自動ドアから中へ入り、多治見は通路に足を踏み出した。だが思い直して立ち止まり、自動ドアのガラスに向き直る。

ガラスに映った自分の顔に、多治見は見入った。先月で五十九になった男の顔だ。白髪の混じった短髪。意志の強さを感じさせる鉤鼻《かぎばな》。肉の削《そ》げ落ちた頬。年齢よりもやや老けて見える顔立ちだが、眼光は異様なほど鋭い。

ガラスに向かって多治見は笑顔を作ってみた。目尻に優しい皺《しわ》ができた。だが、口元が奇妙に捻《ね》じ曲がっている。やはり緊張しているのかもしれない。

笑顔の多治見を不思議そうに眺めながら、白衣姿の研究員がガラスの向こうを通り過ぎた。気まずさに咳払いをし、多治見は自動ドアから離れた。リノリウムの床に足音を響かせながら、目的の部屋を目指して通路を進む。多治見の足が止まったのは、一階の奥に位置する扉の前だった。『薬物科』というプレートが掲げられた部屋だ。

ノックをして入室すると、白衣姿の女性が顔を上げた。女性は作業台の前に立ち、試験管を手にしている。鑑定作業の最中だったらしい。

女性はメガネ越しのきつい視線を多治見に向けた。

「すまん、ちょっと早すぎたか」

「いえ、かまいません。機捜から一件、急ぎの仕事が入ったんです」

手元の試験管に目を戻し、女性は答えた。相変わらず冷淡な口調だ。

「だったら、終わるまで表で待ってる」

「いいですよ、べつに。ちょうど終わったところですし」

踵《きびす》を返しかけた多治見を、女性は冷ややかな口調で制した。

「そこに座って待っていてください。一本だけ、電話をかけますから」

言われたとおり、多治見は入口に近い作業台の椅子に腰を下ろした。年季の入ったショルダーバッグを肩からはずし、室内を見回す。

何度来ても、多治見はこの部屋が好きにはなれなかった。

広めの室内には大小いくつかの作業台が据えられ、周囲の壁際には何台ものパソコンやモニター、薬物の分析装置、器具が収納されたキャビネットなどが設置されている。中学校の理科室に似ていなくもないが、さほど懐かしい気分にはなれない。その理由は色だった。部屋の中にあるほとんどの物が、示し合わせたように白い色をしている。それらを天井からの蛍光灯が青白く照らし、室内の雰囲気を冷ややかで無機質なものにしている。

目の前の女性研究員の態度を象徴しているかのようだった。

両手にはめていた薄いゴム手袋をはずし、彼女は壁かけの電話の受話器を取った。

「……発番《はつばん》一八七号の鑑定結果ですが、陽性《プラス》と出ました……ええ、そうです……分かりました。では、のちほど鑑定書をお送りしますので」

受話器を置くと、彼女は多治見のほうへ歩み寄ってきた。表情は硬いままだ。テーブルを挟んで向かいに腰を下ろすと、彼女は口を開いた。

「電話でも言いましたが、私は薬物科の所属です。ＤＮＡに関しては専門外です」

「そんなことは分かってる」

「だったらどうして私に？」

苛立ちを隠さずに、彼女は多治見に訊き返す。

「ひょっとして――正規な依頼ではない？」

「他に頼める人間がおらんのだ」

「無理です。正式な捜査に基づいた依頼以外の鑑定は受けられません」

にべもない返事に、多治見は息を吐いた。その時ふと、女性が白衣の胸に付けたネームプレートが目に留まった。

『神奈川県警科学捜査研究所　芳賀《はが》明恵』とあった。

「もう、旧姓に戻るつもりはないのか？」

「何です、いきなり——」

「徹《とおる》君が亡くなって、もう丸三年になるだろう」

「そんなこと、関係ないでしょ」

芳賀明恵は顔を背けた。彼女の夫・芳賀徹は、元警視庁の刑事だった。捜査能力に長《た》けた優秀な男だったが、芳賀はある事件で命を落とした。だが明恵は夫の死後も籍を抜くことなく、多治見の姓に戻ろうとはしなかった。

明恵は、多治見の一人娘なのだった。

「まだ、おれのことを許せないのか？」

返事はなかった。口元を固く引き結んだまま、娘は父親に横顔を晒《さら》している。

「おまえも知ってのとおり、おれはあと半年で定年だ」

多治見は神奈川県警戸塚警察署の刑事課に勤務する現職の刑事だ。

「課長や若い連中は、『タジさん、現場は我々に任せてゆっくり休んでいてください』なんて言いやがる。捜査のやり方に口出しされたくないもんだから、体《てい》よく厄介払いをしてるってわけだ。だから近頃は飼い殺しも同然だ」

「それならそうで、ゆっくり休ませてもらえばいいじゃない」

「そういうわけにはいかない。たとえあと半年だろうが、最後の瞬間までおれは刑事だ」

「そこまで警察の仕事が好きなの？」

父親の顔に視線を戻し、明恵は言った。その口調には強い非難が込められている。

「——っていっても、そんなこと前から知ってるけど」

「勘違いするな。おれは警察のために刑事をやってるわけじゃない。自分の人生が嘘ではなかったと証明するために刑事を続けているんだ」

「そんなのただの自己満足だわ。父さんに看取《みと》られることなく息を引き取っていった母さんの気持ちを、考えたことある？」

多治見は何も言葉を返すことができなかった。明恵の言うとおり、生前の妻には苦労のかけ通しだったのだ。そして妻の最期の瞬間にも、多治見は立ち会うことができなかった。あ る事件の捜査の真っ只中だったのだ。妻が危篤状態に陥ったことは知っていたが、迷った末に多治見は仕事を選んだのだ。しかしその選択は、多治見に大きな失望をもたらす結果となった。

多治見が警察組織に対して強い不信感を抱くようになった、それが最初のきっかけだった。

「非難は甘んじて受ける。ただ、この鑑定だけは引き受けてほしい」法医科の研究員に、おまえから頼んでみてくれないか」

多治見はショルダーバッグの中から一枚のハガキを取り出した。ハガキはビニールパックに封入されている。作業台の上にそれを置き、明恵のほうへ押しやった。

神奈川県警科学捜査研究所は、法医科、薬物科、交通工学科、文書鑑定科など九つの科に分かれている。署員は全部で六十名ほどおり、各自が専門知識を持ったそれぞれの分野のエキスパートで、県警本部以下、四十六の所轄署の要請に応じて、様々な証拠品の鑑定を手掛けている。

明恵が所属する薬物科は、その名のとおり麻薬や覚せい剤などをはじめとする薬物を鑑定する部署であり、ＤＮＡは扱わない。血液や汗、唾液などの試料《サンプル》からＤＮＡ――すなわち塩基配列を読み取って個人を識別するＤＮＡ鑑定は、法医科の担当なのだ。

「連中がおれを飼い殺しにするというのなら、おれは勝手にやらせてもらうことにしてな」

溜め息をつき、明恵は机上のハガキに目を落とした。ハガキには、達筆な筆文字が認められている。文面の内容は、ある映画の感想だった。孫へ宛てたハガキという〝設定〟で、多治見自身が書いたものだ。

多治見は手を伸ばし、ハガキを表に返した。記された住所氏名は、差出人・宛先ともに架空のものだ。ポストに投函はしていないので、貼られた切手に消印は押されていない。

「その切手の裏に、ある男の唾液が付着している。そのＤＮＡの型を調べて、過去の事件のデータと照合してほしい」

「過去の事件――？」

「八年前に本牧《ほんもく》で起きた、暴力団組員射殺事件だ。当時、事件現場から採取された遺留物の情報は、今でも保管されているだろ」

ＤＮＡ鑑定は、近年めざましくその精度を向上させている。二〇〇三年には神奈川県警にも自動分析装置が導入され、微量な試料《サンプル》からも解析できる手法が確立した。さらに二〇〇四年からは全国の警察でＤＮＡのデータベース運用も開始され、過去の未解決事件や広域犯罪の捜査にも威力を発揮している。

多治見が追っている本牧の事件は八年前に発生したものだが、科捜研には今でもそのデータが保存されているはずだ。

「もし、本牧の事件現場で採取されたＤＮＡデータのうちの一つが、この切手の唾液のＤＮＡの型と一致するなら――」

「その人物が、事件発生時に現場にいた可能性は高くなるわ」

父親の言葉を引き継ぎ、明恵は言った。

「だけど、八年前は現在ほど鑑定技術が高くはなかった。だから、仮にその人物が事件に関与しているとしても、父さんの望みどおりの結果が得られるとは限らない」

多治見は思わず明恵の顔を見返していた。明恵の口から〝父さん〟という言葉が発せられたのは、何年振りのことだろうか。

父親の表情から、明恵もそのことに気づいたらしい。顔つきを固く引き締め、明恵は言葉を続けた。

「――それに、そもそもこの切手の唾液は、どういう方法で手に入れたものなのよ」

わずかにためらったのち、多治見は正直に打ち明けた。

その男は映画館の建物に住んでいること。

だから多治見は映画好きの客を装い、男に接近したこと。

さらに手が不自由な振りをして、男に切手を貼らせたこと――。

「最低だわ。つまり相手を騙《だま》したってことでしょ。それじゃあ、たとえ鑑定結果でクロと出ても、正式な証拠としては使えない」

「かまわん。べつにこの鑑定結果を裁判に提出しようとは思っていない。おれはまず、その男が事件に関与しているという確証が欲しいだけだ――いや、もっとはっきり言うなら、おれはその男がホシだと睨《にら》んでいる」

「どうしてそこまで、その事件にこだわるの？」

「それは――」

言いかけ、多治見は口を噤《つぐ》んだ。そして代わりに、こう口にした。

「定年までにこの事件を解決できなかったら、おれはきっと死ぬまで後悔することになる」

多治見は明恵の瞳をまっすぐに見つめた。

「頼まれてくれるか？」

「その男――この唾液の持ち主も、暴力団の組員なの」

八年前、捜査本部は事件を暴力団同士の抗争と捉《とら》えて捜査を進めた。その結果、事件は未解決のまま現在に至っている。つまり、当時の捜査方針は間違っていたのだ。事件は、組同士のトラブルによるものではなかったのだ。

「この唾液の人物は、ヤクザ者なんかじゃない」

明恵の問いに、多治見は答えた。

「警視庁の、ある所轄署に勤務している男だ」

「まさか……嘘でしょ」

驚きに見開かれた明恵の瞳をまっすぐに見つめ、多治見は言った。

「交番《ハコばん》勤務の、現職の警官だ」

『北区専門学校生殺害事件』の第一回捜査会議が始まったのは、午後十一時近くになってからのことだった。捜査本部には、所轄である王子署三階の講堂が充《あ》てられた。

長机が縦三列に並べられ、四十名余りの捜査関係者たちが着席している。中央の列には本庁捜査一課から招集された二個班十二名と機動捜査隊の六名。左右の列には王子署刑事課と近隣署からの応援人員の計二十名が席を占めている。入口に近い後方の席には四名の鑑識課員の姿もあった。

そんな中、唯一の女性捜査員である早乙女《さおとめ》霧子《きりこ》は、中央の列の一番後ろの席にいた。彼女は本庁捜査一課三係の若手捜査員なのだ。

会議はまず、本庁捜査一課長の綿貫《わたぬき》による事件の概要説明から始まった。綿貫は五十代半ばのノンキャリアの警視だ。愛敬のある赤ら顔と、ずんぐりとした体型から、ひそかに『ブタヌキ』と渾名《あだな》されている。一見して人の好さそうなオジサン風だが、そこは筋金入りのデカ。優しげな眼差しの奥では、老獪《ろうかい》な瞳が眼光を放っている。

「えー、大まかな事件の流れはそんなとこだな。じゃあ続いて王子署刑事課より初動の報告を」

綿貫が事件の概要説明を終え、書類から目を上げた。

綿貫らが座る幹部席は、捜査員らと向き合うかたちで室内前方に据えられている。中央に座った綿貫の左右には、王子署の刑事課長及び署長、本庁の管理官と理事官がそれぞれ着席している。

綿貫に促された王子署の捜査員が席を立ち、初動捜査の結果報告を始める。

「繰り返しになりますが、被害者の氏名は笠原玲奈。年齢十九歳。池袋にある美容師専門学校の学生であります」

絶対に許せない――。

事件の経過を手帳に書き留めながら、霧子は怒りを抑えきれずにいた。人生これからという年齢で、理不尽に絶たれてしまった命。被害者本人の無念はもとより、先立たれた遺族の心を思うと、霧子はやりきれない気持ちに苛《さいな》まれた。

刑事になって四年、本庁捜査一課の配属となって三年余り――その間、霧子はいくつかの殺人捜査に携わってきた。駆け出しの頃は、憧れだった刑事の職につけたことで舞い上がっていたと思う。だが、その高揚感はすぐに虚《むな》しさへと取って代わることとなる。

自分は一体何のために、この仕事をしているのか――。

次第にそんな思いにとらわれ始めたのだ。

きっかけは、刑事になって二度目の特捜本部事件を経験した時だった。二ヵ月にわたる長い捜査の末、ある通り魔殺人事件が解決した。犯人はいわゆる引きこもり状態にあった二十代の若者で、薬物の常用者であった。現場に残された証拠の分析と地道な捜査の末にその若者に辿り着き、逮捕にこぎつけた。その夜、捜査本部ではささやかな祝杯が挙げられた。苦労の多い捜査だっただけに、普段は飲めない日本酒が格別の美酒に感じられたのを今でも覚えている。

そして、悲報が入ったのはその翌朝のことだった。

被害女性の両親が自宅で亡くなったという知らせだった。二人並んで鴨居《かもい》に紐をかけ、首を吊ったのだ。

〈残念なことだが、俺たちは自分の仕事をやり遂げただけだ。これはどうにもならないことなんだ〉

同僚のベテラン捜査員はそう口にした。だが、霧子は彼のように割り切ることはできなかった。

その両親の自殺が、犯人の逮捕を受けてのものであることは明らかだった。娘を殺《あや》めた者が捕まったことを知り、もう思い残すことはなくなったのだろう。残りの人生を苦しみながら生きることより、娘のそばへ旅立つことを選んだのだ。

そのことがあって以降、霧子は以前のように仕事に打ち込むことができなくなった。一度起きてしまった殺人事件に〝解決〟などは有り得ないと気づいたのだ。被害者の遺族は無論のこと、加害者の親族にしても、残された人生は苦しみに塗りつぶされている。犯人の逮捕は、決してそれらの人々の苦悩を癒《いや》しはしないのだ。

犯人を捕まえて罰することに、どれだけの意味があるのか──。

そんな疑問を抱えたまま、それでも霧子は刑事を続けた。いつかきっと、自分なりの答えを見つけることができると信じたからだ。

そして──答えは見つかった。三年前のことだ。

だがそれと引き換えに、掛け替えのない人を霧子は失った……。

「では続いて、目撃者から得られた証言をお伝えします──」

報告を続ける王子署の捜査員の声に、霧子は我に返った。

雑念を振り払い、会議に集中する。

今の自分に迷いはない。命を奪われた被害者のために、事件の真相を明らかにし、被疑者を検挙する──自分の使命はそれだけだ。

「事件現場は北区中十条二丁目。この王子署から直線距離にして一・五キロほど離れた、住宅街の路上です——」

捜査員の報告を手帳に書き留めながら、霧子は事件の内容を頭の中で整理した。

会議が始まる前に、霧子自身も現場に臨場していた。辺りは静かな住宅街で、被害者は表通りから横に入った路地に倒れていたらしい。

路地は左右を小学校と児童公園に挟まれており、五メートルほどの幅がある。二十メートルほどまっすぐに行くと寺の山門に突き当たるが、そこで行き止まりではなく、寺の土塀に沿って細い抜け道が続き、JR京浜東北線東十条駅方面へ抜けられるようになっている。

「事件の第一発見者は、駅前のスーパーでパート勤めをしている主婦です。仕事を終えた彼女は、寺の土塀沿いの抜け道を通って自宅へ向かっていました。それがちょうど、事件の発生した午後六時四十五分頃のことです——」

彼女が足を止めたのは、路地が見通せる位置まで来た時だったという。

〈路地の中ほどに、二人の人が立っていたんです〉

捜査員の事情聴取に対し、主婦はそう答えた。

はじめ彼女は、カップルが抱き合っているのかと思ったらしい。一人は主婦のほうへ背中を向けて立ち、もう一人はその人物に体を合わせるように立っていた。二人の顔はよく見えなかったという。ただ、向こう側に立つ人影が女性だということは分かった。髪が長かったからだ。

数秒の間、二人は揉み合うようなしぐさを見せた。そして突然、女性のほうが力を失ったように、がっくりと膝《ひざ》をつき、路面に倒れた。するともう一人の人物は、その傍らにうずくまったという。

その瞬間、中年女性は息を呑んだ。うずくまった人物が手にしている物体が、常夜灯の明かりを反射して光ったからだ。

それは、まぎれもなく刃物だった。

主婦は悲鳴を上げた。それに驚いた人影は慌てた様子で立ち上がり、よろよろと表通りのほうへ走り去っていったという。

その直後、悲鳴を聞きつけて飛び出してきた寺の住職によって救急車が要請され、警察への通報がなされた。

被害に遭った女性・笠原玲奈には、救急車が到着するまでの間、主婦と住職が付き添っていたが、彼女に意識はなかったという。コートの下に着たシャツの腹部は、おびただしい量の出血に染まっていたらしい。

やがて彼女は救急車で搬送され、機捜や鑑識をはじめとする捜査関係者らが現場に臨場した。そして霧子らが現場に到着した頃、病院からの連絡で女性の死亡が伝えられた。担当の医師の話によれば、女性は鋭利な刃物で右の脇腹を一突きにされており、傷は腎臓にまで達していたという。

「このことから、凶器は刃渡りが二十センチ以上ある細身の刃物ではないかと推測されます」

死因は内臓と動脈を傷つけられたことによる失血性ショック死だった。さらにそれだけではなく、女性は左手首の内側を刃物によって切り裂かれていた。こちらの創傷も動脈まで届く深い傷であり、相当量の出血があったものと見られている。

女性の死亡により、本庁鑑識課から検視官一名が病院へ向かったが、本格的な司法解剖は明日の午前中一番で行われることになっている。

被害者・笠原玲奈の身元は、バッグの中の所持品から判明した。彼女は現場近くの木造アパートに一人で暮らしており、学校から帰宅する途中で事件に遭遇したらしい。

王子署刑事課と機捜によって初動捜査――現場周辺を対象とした聞き込みが行われたが、今のところ有力な手掛かりはなく、不審な人物の目撃情報も得られていない。

唯一事件を目撃している主婦も、犯人の人相、服装については定かに記憶していない。常夜灯の明かりが逆光となっていたため、見て取ることができなかったのだ。

『身長百六十から百七十センチくらい。中肉。年齢・性別は不詳』

結局、犯人についての手掛かりは、現時点でそれだけだった。

さらにこの事件の犯人は、不可解な行動を二つとっている。そのうちの一つに言及したのは、病院で玲奈の遺体の検分にあたった検視官だった。

「遺体の状況には、特筆すべき点が一つあります――」

綿貫に指名されて席を立った長身痩軀《そうく》の検視官は、そう切り出した。

「被疑者は女性の腹部を刺したあと、さらに左手首内側を同じ凶器で切り裂いています。この行為には、疑問を感じざるを得ません」

霧子は目撃者である主婦の証言を思い返していた。犯人は女性を刺したあと、倒れた彼女の体にうずくまったという。手首を切り裂いたのは、おそらくその時なのだろう。

担当医師の説明にもあったとおり、腹部の刺し傷は致命傷といえる重篤なものであったと、検視官は語った。ではなぜ、犯人はそのうえ手首までをも切り裂いたのか。

それについて検視官は、自分なりの解釈を口にした。

「被疑者は女性を刺したあと、確実に絶命させるつもりで手首の動脈を切った――可能性として考えられる理由は、それくらいではないでしょうか」

検視官の見解に、捜査員たちの間から唸《うな》り声が洩れる。幹部席の綿貫も、その意見には首肯《しゅこう》し難いようだ。口をへの字に曲げて腕組をしている。

彼らの反応が、霧子には理解できた。

相手の息の根を止めるために手首の動脈を切るという行為が、通常の殺人事案において馴《な》染《じ》みの薄い殺害方法だからだ。犯人がプロの殺し屋であるなら話は別だが、被害者が学生であることを考えると、その可能性には疑問が残る。

続いて席を立った鑑識課長の口から、犯人の二つ目の不可解な行動が明らかになった。

「現場の路地には、被害者が倒れた場所から表通りに向かって、血液の垂れた跡が点々と続いています」

鑑識課長によれば、その血痕は路面に四ヵ所残されており、大きさはどれも直径五センチから七センチの大きさだったという。

その事実に捜査員らは首を捻《ひね》った。もし被害者の体を抱えて移動したのなら、そういった血痕が残ることも有り得るだろう。しかし血痕は、犯人が表通りへ向かって逃走する過程で垂れたものと推測される。仮に犯人がナイロンなどの化学繊維素材の服を着ていたのなら、返り血が滴ったとも考えられるが、それでも『五センチから七センチ』という血痕が残るには、それなりの量の血液が垂れなければならない。

つまり、二つの疑問『なぜ犯人は被害者の左手首を切り裂いたのか』『なぜ路面に血液が滴ったのか』を組み合わせて導き出される答えは一つしかない――。

各捜査担当者の報告がひととおり終了し、幹部席の綿貫が左右の捜査責任者に意見を求め始める。やがて結論が出たのか、綿貫は全捜査員を見回した。

「えー、犯人の不可解な行動の理由については、次のような解釈が考えられる。すなわち、被疑者はガイ者の手首から流れ出た血液を採取し、それを持ち去ろうとしたのだ。その際、目撃者が叫び声を上げたため被疑者は慌てて逃げようとし、採取した血液を地面にこぼしてしまった——」

綿貫一課長が口にした推論は、霧子が至ったそれとまったく同じものだった。

「もしそれが真実だとするなら、犯人は異常な性癖の持ち主であり、動機なき無差別猟奇殺人という見方もできる。だが一方で、ガイ者に対して何らかの恨みを持つ者の犯行である可能性も否定はできない。よって今後の捜査方針としては——」

現場周辺への徹底した聞き込みによる不審人物の特定。

さらに被害者の交友関係を中心とした容疑者の洗い出し。

以上の二点を捜査活動の柱にするよう、綿貫は捜査員たちに口達した。

続いて捜査会議は捜査員の班分けの発表に移った。綿貫がリストを読み上げ、ペアを組む捜査員の氏名と捜査の担当が発表される。

それを聞きながら、霧子は一つの危惧《きぐ》を抱いていた。仮に事件が無差別猟奇殺人であるのなら、第二第三の事件が起きる可能性がある。そう考えると、霧子は居ても立ってもいられなかった。誰かの人生が、突然断ち切られるようなことがこれ以上あってはならない。

「……所轄・畑山、本庁・中川……所轄・塚本、本庁・植松――以上の者は地取《じどり》にあたってもらう。続いて鑑取《かんどり》の担当。所轄・村木、本庁・阿川……」

綿貫一課長による、捜査の班割りの発表が続いていた。

時刻はまもなく午前零時になろうとしている。

管理官である財前春彦《ざいぜんはるひこ》は、綿貫の隣に座っていた。

財前は現在三十二歳で階級は警視。大学在学中に国家公務員Ｉ種試験に合格して警察庁に入庁した、いわゆる有資格者《キャリア》だ。同期の中にはすでに警視正に昇格し、地方の主要署の署長を務めている者もいる。だが自分の昇進は当分ないだろうと財前は感じていた。三年前に担当したある事件の判断ミスが、警察幹部の不興を買い、それがいまだに尾を引いているのだ。

このままで終わるわけにはいかない――。

財前は度の強いメガネのレンズ越しに、向き合った捜査員たちの顔を見渡した。どの者も神妙な面持ちで、綿貫が発表する班割りに耳を傾けている。

不意に、財前は息が苦しくなるのを感じた。気がつくと、動悸が激しくなっている。冷たい汗が、脇の下を流れ落ちる。

大丈夫だ、落ち着け——財前は自分に言い聞かせた。

今の俺は素顔を晒しているわけではない。こうしてメガネだってかけている——。

震える指先でフレームの両端を挟み、財前はメガネをそっと押し上げた。べっこうで作られた無骨なデザインのフレームは、メガネというより仮面に近い。実際、財前にとってのメガネは、視力を矯正する道具であると同時に、他人の視線を避けるための道具でもあった。醜いこの顔を他人に見られないための防具《プロテクター》だ。

「えー、以上の者たちは被害者の交友関係を中心として鑑取捜査にあたってもらいたい。各組の捜査対象地域に関しては明朝の会議で発表する。なお、明朝の会議開始は八時からだ。四階の講堂に寝具を用意してあるので、泊まり組は明日の捜査に備えて英気を養うように。以上、これにて散会とする」

綿貫が会議を締めたその時だった。室内に鋭い女の声が響き渡った。

「綿貫一課長っ！」

財前は顔を上げた。室内後方の席で、一人の女が挙手をしている。

早乙女霧子だった。

「あたしの名前、まだ呼ばれてません」

「えっ、そうだっけ？」

虚を衝《つ》かれたように調子の外れた声を洩らし、綿貫が名簿に目を落とす。

「あー、これだこれ。うっかり見落としてた」

綿貫は咳払いを一つし、威厳を取り戻した声で名前を読み上げた。

「本庁・早乙女、所轄・山川。この二人は鑑取にあたってもらう。以上だ」

午前零時七分、捜査会議終了。捜査員たちが席を立ち、ぞろぞろと会議室を出てゆく。

「じゃあ我々も、明日に備えて引き上げるとしますか――」

綿貫が左右に声をかけ、幹部席の面々も腰を上げた。

「どうだい管理官。最近は眠れてるのかい？」

机の上で書類をトントンとまとめながら、綿貫が財前を見上げる。

「ええ、まぁなんとか――」

「体だけは気をつけてな。なにせ今回の捜査の指揮は管理官に一任してるんだから」

ぎこちない笑みを浮かべ、財前は一礼した。そして捜査本部を出ると、まっすぐトイレへ向かった。

○

会議が終わり、捜査員たちが席を立ち始める。

霧子も手帳を閉じ、バッグにしまった。だが帰る前に一つだけ、やるべきことがあった。

それは今回の事件で捜査をともにする、山川という刑事への挨拶《あいさつ》だった。

霧子は首を巡らし、王子署刑事課員たちの席へ視線を向けた。

地味な背広をつけた十名余りの男たち。肩を叩いたり伸びをしたりしながら、彼らも席を立とうとするところだった。

霧子はバッグを肩にかけて立ち上がると、彼らのほうへ歩み寄った。いつのまにか、顎をやや突き出し気味にしている自分に気づいた。それはプレッシャーを感じた時に出る霧子の癖だった。

刑事の中には、パートナーが女性だと知ると、露骨に不満そうな顔をする者が少なからずいる。とくに年輩のベテラン刑事にその傾向が強い。これまでに参加した特捜本部で、霧子は何度か嫌な思いをしていた。

山川という男がそうでなければいいが——そう思いながら、霧子は彼らの席へと近づいた。

すると背広の集団の一人が、霧子の姿を認めて「やぁ」という表情を浮かべた。やや頭の薄くなった、五十過ぎくらいの男だった。男は席から立ち上がり、霧子に「どうも」と頭を下げた。その表情には穏やかな微笑が刻まれている。

「どうもどうも、刑事課の山川です――」

ニコニコと微笑《ほほえ》みながら、山川は霧子に歩み寄ってきた。

「明日からご一緒させていただきます。何かと御厄介をかけるかもしれませんが、一つよろしくお願いいたします」

腰の低い山川の人柄に、霧子は肩透かしを食らった思いだった。と同時に、心の中でホッと一安心したことは言うまでもない。この相手となら、何の気兼ねもなく捜査に集中できるに違いない。

「いえ、こちらこそ。本庁一課の早乙女です」

恐縮した様子の霧子に、山川は握手の手を差し伸べてきた。ジャケットの裾《すそ》で手のひらの汗を拭《ぬぐ》い、霧子は相手の手を握ろうとした。その時だった――。

「うっ――！」

いきなり山川は苦悶《くもん》の呻きを洩らし、白目を剝いた。と思う間もなくその場にがっくりと膝をつき、ばったりと前のめりに倒れる。

「きゃっ！」

思わず霧子は後ずさりをした。その場にいた男たちが、山川の周りに集まってくる。一人がひざまずき、山川の体を抱き起こした。

「ヤマさん、しっかりっ――うわっ！」

突然、男が声を上げた。

「こ、これは――」

山川を腕に抱いたまま、男は自分の手のひらを見つめて絶句した。

男の手のひらは、真っ赤な血に汚れている。

呆然《ぼうぜん》と目を見開き、霧子はその場に立ち尽くしていた。

○

扉を押し開いてトイレに入る。

小便器で用を足す捜査員たちを横目に、財前は個室の一つに籠《こも》った。蓋《ふた》を閉じた便器にズボンのままで腰を下ろす。

扉の外では王子署の捜査員たちが、他愛もない話に笑い声を上げている。財前は両手で耳をふさぎ、きつく目を閉じた。全身に汗が滲み、心臓が激しく鼓動を打ち鳴らす。浅い呼吸に息苦しさを感じ始める。

やがて人の気配が去り、トイレの中に静けさが戻った。

心の平静を取り戻し、財前はハンカチで額の汗を拭った。

腕時計に目を落とすと、すでに零時半に近かった。便器から腰を上げ、財前は個室を出た。今夜はこのまま、署の会議室で夜を過ごすつもりだった。自宅へ戻ったとしても、どうせ眠ることはできないからだ。不眠症のせいで、もう何ヵ月もまともな睡眠はとっていない。

トイレを出ようとした財前は、ふと洗面台の前で足を止めていた。壁の鏡に自分の姿が映っている。醜い素顔を無骨なメガネで隠した男の姿が。

〈管理官って——〉

不意に声がした。あの日の彼女の声だ。

〈管理官って、メガネを取ると、まったく顔の印象が違いますね〉

財前は鏡の中の自分と向き合った。

〈メガネ、ないほうがいいと思います〉

財前はフレームを両手で摑《つか》み、ゆっくりとメガネを外した。

何年振りだろう、財前は素顔の自分と向き合っていた。

その瞬間、声がした。彼女とは違う、別の女の声。

そう、あの音楽教師だ。

〈い、いいわよ、その感じ……メッゾフォルテ。だんだん激しく。だんだん強く……〉

財前に背を向け、腰を振り続ける音楽教師。二人の体は、勃起した財前の陰茎でつながっている。

不意に音楽教師は体を捻り、財前の顔からメガネをむしり取る。

〈ほら、見てごらんなさい……〉

財前の頬を鷲摑《わしづか》みにし、その顔を傍らの窓ガラスに向けさせる。

〈これが君の本当の顔なのよ。この醜い顔が、君の素顔……〉

窓ガラスに映った自分の顔は、たしかにひどく醜かった。射精の直前の自分の顔。初めての悦楽に歪《ゆが》んだ自分の顔――。

「うっ」

突然の吐き気に襲われ、財前は洗面台に突っ伏した。真っ白な洗面台に、胃の内容物がほとばしる。喉の奥がすぼまり、目に涙が滲んだ。

蛇口を全開にし、洗面台に水をほとばしらせる。

おびただしい汚物が、排水溝に吸い込まれてゆく。

ポケットからハンカチを取り出し、財前は口元を拭った。

鏡の中の自分が、じっとこっちを見つめていた。

その口が、少女の声を繰り返す。

〈財前くんって、メガネないほうがいいよ〉

抑えきれない衝動が、腹の底から衝き上がる。

握り締めた拳《こぶし》で、財前は鏡を殴りつけた。クモの巣状のひびが鏡を覆い、鋭い痛みが手の甲に疼《うず》く。

砕けた鏡に映る自分の顔は、いっそう醜かった。

財前は洗面台に両手をついてうなだれた。唇を噛みしめ、きつく目を閉じる。その瞼から涙が滲んだ瞬間、表から激しい声が聞こえてきた。

《あたしが女だからって馬鹿にしてんですかっ！》

騒々しくわめく女の声。

早乙女霧子だ。

○

「あたしが女だからって馬鹿にしてんですかっ！」

「おいおい早乙女。そう興奮せんでも」

　食ってかかる早乙女霧子を、綿貫は押し戻すように両手で制した。

「コーフンなんてしてません。あたしはただ、パートナーを替えてほしいって言ってるだけですっ」

「そんなこと言われたってなぁ、人員は限られてるし……」

　綿貫は困惑の表情を浮かべ、上目遣いに霧子を見た。靴のヒールを考慮しなくても、身長は綿貫より三センチは上回っているだろう。部下ではあるが、綿貫は早乙女霧子が苦手だった。造作の派手な目鼻立ち。肩まで届く茶髪。性格はとびっきりの負けず嫌いで、自分が納得できないことに対してはてこでも動かない。

「まぁここはひとつ、あの山川って人の尻の具合が快復するのを待ってもらって――」

「冗談じゃあ、ありませんっ！」

　ぴしゃりとはねつけ、霧子は鬼の形相で綿貫を見下ろした。

霧子の怒りの原因は、彼女が組むはずだった王子署刑事課の山川という捜査員にあった。なんと山川は、先ほど霧子が挨拶をしようとした際、突然その場に倒れたらしい。

何事かと立ち尽くした霧子に、王子署の刑事課員は笑いを噛み殺しながら言ったという。

〈じつはヤマさん、痔《じ》なんですよ。先週手術したばっかりで〉

どうやらその手術跡が、何かのはずみで開いてしまったらしい。

幹部席にいた綿貫は、鬼の形相をした霧子に廊下へと引っ張り出されたのだった。

「だから今あたしが言ってるんです！　あの人に捜査は無理です。今だって机に手ぇついて、ひぃひぃ唸ってますよ」

「俺だって、まさかそうとは知らなかったんだ」

「そうは言っても、他に人手は余ってないんだ」

「だったら、一課長があたしと組んでくださいっ」

「おいおい無茶を言うなよ」

「じゃあ、あたしはどうすりゃいいんですか。一人で動けって言うんですか？」

綿貫は唸り声を洩らした。霧子に単独行動を許すわけにはいかない。といっても、綿貫は彼女の捜査能力に不安を抱いているわけではない。霧子は男性顔負けの行動力と度胸を備えた優秀な捜査員である。

しかし、彼女には一つの欠点があった。

正義感が先走る傾向にあるのだ。

綿貫は、三年前に殉職した一人の部下のことを思い返していた。

その男の名は芳賀。三十代前半の警部で、三係の中では中堅の捜査員だった。そして彼は、当時一課に配属されたばかりだった霧子の教育係でもあった。

その芳賀が三年前に死亡した。ある事件の捜査中の出来事だった。

霧子が変わったのは、それからだ。

ひとたび凶悪事犯が起きるや、彼女は異常ともいえるほど捜査に打ち込むようになった。

彼女の変化を一言で言い表すなら、それは『正義感が強まった』ということになるのだろう。

悪を許さないという信念はもちろんのこと、彼女は犯罪被害者に対して強く感情移入するようになった。芳賀という同僚を失った悲しみが、彼女を衝き動かしているのだ。罪のない人たちが傷つけられたり、命を奪われるようなことがあってはならないという想いが、刑事としての霧子の原動力になっているのだろう。しかし――。

そのような心情は、刑事として必ずしも好ましいものではないと綿貫は思う。なぜなら、捜査には先入観にとらわれない冷静な目が必要だからだ。過剰な正義感は、時として刑事の目を曇らせる――。

「分かったよ。じゃあこういうのはどうだ？　新しいパートナーは俺のほうで探しておくから、それまで君には資料の整理や分析を手伝ってもらおう」

「へぇー、そういうこと言っちゃうわけですか――」

目を細め、霧子は冷ややかに綿貫を見下ろした。

「要するに、女は捜査の足手まといになるから大人しく電話番でもしてろってことですか」

「いやいや、決してそういう意味じゃあなくって――」

駄々っ子を持てあます母親の心境で、綿貫はかぶりを振る。

その時、通路の奥の扉が開き、トイレから一人の男が出てきた。

管理官の財前だった。トイレの前で立ち止まったまま、無表情にこちらを見詰めている。

彼の左手には、なぜかハンカチが巻かれていた。怪我《けが》でもしたのだろうか――。

それにしても財前のメガネのフレームは、あまりに大きく無骨なデザインだった。べっこう製のフレームは必要以上に大きく、まるでゴーグルのようである。

なぜ彼は、そんな不格好なメガネを愛用しているのか。その答えを綿貫が悟ったのは、ほんの数ヵ月前のことだった。ある朝、登庁した綿貫は、トイレで財前を見かけた。財前は洗面台に水を張り、顔を洗っている最中だった。不眠症の彼は、勤務後も帰宅せずに、本庁に泊まり込むことが多いのだ。

洗顔に気をとられていたらしい財前は、トイレに入ってきた綿貫に気がつかない様子だった。

〈おはよう、管理官〉

綿貫がそう声をかけた時の財前の反応は、今でもはっきりと覚えている。まるで感電したようにビクリと身を震わせ、財前は綿貫に顔を向けた。その瞬間、今度は綿貫が衝撃を受けた。

初めて見る財前の素顔は、驚くほど美しかった。それはまさに完璧《かんぺき》な容貌《ようぼう》だった。顔立ちの美しさだけでなく、その肌も陶磁器のように滑らかで白く、シミやホクロの類《たぐい》は一切ない。財前の顔からは、ある種の神々しささえ感じられた。

財前は素顔を見られたことにひどく狼狽した様子だった。タオルで顔を拭くこともせず、外していたメガネを慌ててかけた。そして、挨拶もそこそこにトイレを出ていったのだった。

そのことがあって以来、綿貫は思うようになった。

財前は、ある種の神経症——例えば対人恐怖症のようなものを患っているのではないかと。そしてその原因は、彼の整いすぎた容貌にあるのではないだろうか。

思い当たる節はいくつかあった。財前はあまり人前で発言することを好まない。今回のように捜査本部に参加した場合でも、捜査方針に関するアイデアは出すが、それを自ら捜査員たちに指示することはほとんどない。綿貫が捜査会議の進行役を務めているのは、そんな理由からだ。

そう考えると、彼の不格好なメガネにも納得がいく。メガネは彼にとって、視力を矯正すると同時に、素顔を隠すための役目を果たしているのではないだろうか。もっとも、なぜ財前が自らの美貌に劣等感を抱くのかは、綿貫にも分からないのだが。

いずれにせよ、財前は自らのコンプレックスを他人には知られたくないだろう。理由は言うまでもない。出世に影響するからだ。それがなくとも、財前は三年前のあの一件が災いして、同期の出世レースから後れをとっているのだ。

おそらくそれを挽回しようと考えてのことだろう、今回の特捜本部が立ち上がった際、綿貫は財前から一つの申し出を受けた。

〈今事案の捜査方針は、私に一任していただけないでしょうか〉

綿貫はそれに応じた。警視庁捜査一課内において、『管理官』は『一課長』『理事官』に次ぐナンバー3の地位にあたる。しかし、ひとたび特捜本部が設置されれば、その捜査の指揮を任されるのは管理官なのだ。

ただし、中には例外もある。

例えば財前のようなキャリア管理官の場合、現場経験が乏しいため、その職責を全うできないことがある。そのような場合は、実際の指揮は一課長が執り、管理官はお飾りということになる。

　また、一課長とキャリア管理官の関係もまちまちだ。一課長は原則的にノンキャリアの役職であるため、彼らの中にはキャリアに対して必要以上に距離を置こうとする者もいる。

　財前の申し出は、そうした事情を配慮した上でのものだろう。

　だが、日頃から財前とは対等な関係を保つようにしている綿貫にとって、そんな遠慮は無用だった。さらに財前の優れた情報分析能力は、綿貫も高く評価しているのだ。

　綿貫の言葉が途切れたことに不審な表情を浮かべ、霧子は振り返った。財前と霧子の視線がまともにぶつかり合った。

「少しは静かにしませんか」

　おもむろに口を開き、財前が言った。

「ここは本庁ではなく、所轄なのです。つまり我々にとっては他人の家に等しい。みっともない真似は、慎んでいただきたい。それに――」

　分厚いレンズ越しに霧子を見据え、財前は続けた。

「感情をあらわにしても、物事は解決しない」

　冷ややかに言い捨て、財前は立ち去ろうとした。その背中に、すかさず霧子が言葉を投げつけた。

「その台詞、そっくりそのままあんたにお返しするわ」

「おいおい早乙女君、言葉づかいには気をつけたまえ。財前君は君の上司なんだから」

立場上、一応綿貫は霧子をたしなめてみせた。だが、そんな注意に耳を貸すような女でないことは、綿貫自身が一番よく知っていた。

「どういう、意味ですか」

ゆっくりと体をこちらに向け、財前が霧子に問う。

「あたしが言ってんのは、三年前のあの一件のことよ」

「あの一件――？」

「とぼけるんじゃないわよ。葛飾《かつしか》のコンビニ立てこもり事件のことに決まってるでしょ」

財前の口元がヒクヒクと痙攣《けいれん》を始めた。それは緊張を強いられる場面で財前にあらわれる、いつもの反応だった。

「あの時のあんたは、明らかに感情に支配されていたはずよ。だからあんな無謀な指示を芳賀さんに与えた」

「私が感情的になっていたと思う根拠は何ですか？」

「それは――」

霧子は言葉を絶ち、唇をギュッと噛みしめた。

「私は、自分の判断が適切でなかったとは思っていない」

美形の管理官は踵を返し、その場を立ち去っていった。

ノックの音に目が覚めた。

ベッドを下りて扉を開けると、真理子が立っていた。

「どうしてここに……いつのまに退院したんだ？」

俺の顔を見て、真理子は優しく微笑んだ。

「たった今よ——そんなことより出かけましょ。外はとってもいいお天気よ」

俺は真理子に手を引かれ、陽光の中へと飛び出した。世界は穏やかで、安寧に満ちていた。

俺と真理子は手をつないだまま、降り注ぐ日差しの中をどこまでも駆けていった。だが——。

にわかに暗雲が空を覆い始めた。たちまち辺りは闇に沈んだ。気がつくと、真理子の姿を見失っていた。

「真理子——どこだ、どこにいるんだ？」

手探りで闇の中を進んでいた俺は、何かにつまずいて前のめりに転んだ。その瞬間、強烈な光に辺りが明るんだ。

「うわぁっ！」

俺は叫び声を上げ、尻餅《しりもち》をついたまま、後ずさりをした。

俺の前に一人の男が横たわっていた。仰向けになって、胸から血を流している。男は目を見開いているが、光を失った瞳には何も映ってはいない。

そう、俺がつまずいたのは死体だったのだ。

「これはどういうことだ、南條君」

声に振り返ると、上司の沼川が立っていた。制服姿の沼川は、険しい眼差しを死体に向けている。

「君が殺したのか？」

「違う、そうじゃない」

「警察官である君が、なぜこんなことを――？」

「俺はこの男を、殺すつもりなんてなかったんだ」

すると、別の方向から少女の声がした。

「でもさ、殺したって事実に変わりはないじゃん」

ユキだった。冷ややかな微笑を浮かべ、ユキは俺を見下ろしている。俺は言葉を失い、ただかぶりを振り続けた。

「ユキ、違うんだ。俺ははめられたんだ」

「言い訳なんて聞きたくないよ。南條さん、最低」

違う、違う、違う――俺は涙を流しながら、かぶりを振り続けた。

気がつくと、離れたところに真理子が佇んでいた。感情のこもらないガラス玉のような瞳を、ぼんやりと俺に向けている。

「真理子、みんなに説明してくれ。俺がなぜ、この男を殺したのかを――」

しかし真理子は、黙ったまま俺を見つめるばかりだった。

「どうしたんだ。なぜ何も言ってくれない？　どうしてそんなところで傍観している？　俺はおまえの――」

「わたしのために、その男を殺したというの？」

ガラス玉の瞳で、真理子が問いかける。

俺は言葉を返せなかった。真理子はゆっくりと、首を横に振った。

「わたしはそんなこと、頼んでもいないし、望んでもいない」

真理子は言って、右手を俺のほうへ突き出した。

俺は息を呑んだ。真理子の手には、拳銃が握られていた。

「さようなら――」

寂しげな笑みに口元を歪め、真理子は引き金を絞った。

「真理子ぉぉぉーっ！」
その瞬間――。

ハッと目が覚めた。

カーテン越しに、朝の光が差し込んでいる。

映画館の三階に間借りした自分の部屋。

十畳ある洋間の片隅に置かれたベッドの上。

いつもと変わらない、朝。

いつもと同じ内容の、夢。

南條はベッドの上で上体を起こした。パジャマ代わりのトレーナーがぐっしょりと汗ばんでいる。心臓の鼓動は激しく高鳴ったままだった。

ベッドを下り、南條は冷蔵庫に歩み寄った。取り出したペットボトルの水を、ひと息に半分ほど飲み干す。

悪夢の余韻が冷め、ようやく現実に戻った。

そう、現実という悪夢に。

ここに真理子はいない。

○

午前七時半、南條は自室を出て王子署へ向かった。

王子署は、南條の住む映画館から自転車で十分ほどの場所にある。灰色のコンクリート壁を晒した、古びた五階建てだ。

南條が到着すると、署の前にはテレビ局の中継車が数台止まり、歩道に記者やカメラマンがたむろしていた。

署内に特捜本部が立ったことは、すでに南條も知っていた。昨夜遅く、班長の沼川から二度目の電話があったのだ。それによると、今のところ本部から地域課への応援要請は来ていないという。

南條は署内で更衣を済ませ、他の地域課員とともに朝礼に出席した。課長からの連絡事項の伝達が済むと、外勤の地域課員はそれぞれの交番へ自転車で向かう。

交番での勤務のスケジュールは、決められたシフトの繰り返しだ。南條が勤務する東十条駅前交番では、四交代制がとられている。日勤と呼ばれる昼間の勤務を二日続けたあと、三日目に昼過ぎから翌日午前までの夜勤が組まれ、四日目が非番となる。勤務の内容は、おもに定時巡行と交番在所勤務の二つだ。

その日の午後二時、南條は巡行のために自転車に乗って町へ出た。

十条地域は、南北に二本のＪＲ線が走っている。一本は京浜東北線で、もう一本は埼京線だ。それぞれ北と西から走ってきたこの二本はいったん赤羽駅で合流し、その後ふたたび別々の方向——京浜東北線は上野を経て品川方面、埼京線は新宿方面——へ枝分かれしてゆく。十条地域は路線が枝分かれを始める部分に位置しており、二本の路線によってΛ《ラムダ》の形が描かれている。Λの左の線の中ほどには埼京線十条駅があり、右の線には京浜東北線東十条駅がある。

町の区割りもこのΛによって区切られており、Λの内側には『中十条一～四丁目』が、Λの東側には『東十条一～六丁目』、西側には『上十条一～五丁目』『十条仲原一～四丁目』が位置している。このうち、東十条駅前交番が管轄としているのは東十条全域と、中十条二丁目および三丁目だ。

交番を出た南條は、東十条駅前商店街を自転車で東へと向かった。昼下がりの時間帯のため、人通りはまばらだ。通りの左右には新旧の店が軒を連ねている。新しい店はフランチャイズのファストフード店や、若い女性向けの雑貨店などだ。一方、古い佇まいの店は鮮魚店やクリーニング店、惣菜の店などが目立つ。

昨日の事件を受け、各地域課員には巡行強化の指示が下されていた。いつも以上の緊張感を持って、南條は自転車を走らせる。

南條はこの町が好きだった。こうして自転車を走らせていると、人々の息遣いや温もりが感じられ、ホッとできるのだ。時おり吹く風に水の香りが感じられるのは、近くに二本の川——隅田川と荒川が流れているせいだろう。

このまま一交番勤務の警察官として生きるのも、悪くないのではないか——最近の南條の頭には、そんな思いがよぎるようになっていた。南條にとって、それは愕然《がくぜん》とする瞬間だった。

俺は次第に、真理子のことを忘れようとしている——。

南條はかつて、横浜にある広東《カントン》料理店に勤務していた。その仕事を辞め、警察官の職を選んだのは、ある一つの〝事故〟がきっかけだった。そしてその事故は、南條の人生を大きく狂わせる結果となった。

もう何ヵ月も、真理子の見舞いに行っていない。

南條は自分の心の変化に気づいていた。認めたくはないが、俺は真理子の存在を重荷に感じ始めているのだと。

巡行を終えて交番に戻ると、沼川が机についていた。机上には住民への巡回連絡の名簿が拡げられているが、沼川は机の下で開いた週刊誌に読み耽《ふけ》っている。戻ってきた南條に気づき、沼川は気まずそうに週刊誌を引き出しにしまった。

「さてと、昼飯にするか——」

名簿を片付け、沼川は奥の座敷へと姿を消した。

南條は机につき、日誌に記入した。ふと思い出し、ペンを止めて引き出しを開ける。そこには、自転車の盗難届が入れっ放しになっている。沼川が受理し、南條が受付印を捺した、あの若い女性の届出だった。

不意に南條は、胸に微かな痛みを覚えた。小さな罪悪感だ。

痛みを断ち切るように、南條は引き出しを閉めた。

気にする必要などないことだった。まさか彼女も、警官が自転車の捜索に奔走しているとは思っていないはずだ。署への被害届の提出が数日遅れたところで、誰が迷惑するわけでもないのだ。しかし——。

胸の痛みはいつまでも消えることはなかった。

南條は壁のカレンダーに目をやった。今日は十月三十一日だ。

席を立った南條は、十月のカレンダーをめくって破り捨てた。

彼女の盗難届は、明日必ず署へ提出しよう。

その夜、千鶴が家に帰り着いたのは午後八時前だった。

手に提げたビニール袋には、握り寿司の折り詰めが二つ入っている。駅前の寿司屋で買ってきたものだ。これから夕食の支度をする気にはとてもなれなかったのだ。

今日はひどく疲れた一日だった。午後から、NHK教育テレビの『趣味の書道』の収録のために渋谷へ出たからだ。このところテレビ関係の仕事はほとんど断っているが、この番組だけは半年間の契約を結んでいるためどうにもならないのだ。

収録は普段であれば夕方までには終わる。しかし今日は、担当のディレクターが急きょ病欠してしまった。収録は代理のディレクターによって行われたが、そのせいで終了予定時刻を大幅にオーバーしてしまったのだった。

家に入ると、千鶴はキッチンに荷物を置いて、まっすぐに離れへと向かった。母の清子の様子が心配だった。できることなら今日は出かけたくはなかったくらいなのだ。

千鶴が気にかけていることとは、昨夜起きた殺人事件のことだった。出かける間際にテレビでニュースを確認したが、まだ犯人は捕まっていないという。

千鶴の心に引っ掛かっているのは、例の柳刃包丁のことだった。

料理をしない母が、一体何のためにあの包丁を使ったのか。

昨夜の夕食時にそのことを確かめてみようと思ったが、どうしても訊けなかった。怖かったのだ。

千鶴は心に決めた。今夜の夕食の席で、母に真相を確かめてみよう——。

縁側から庭へ下り、千鶴は足早に離れに向かった。いつものように、濡れ縁のほうへ回り込む。部屋の明かりは消えているようだ。

「ただいま、母さん。ご飯にしましょ。今日は駅前でお寿司を買ってきたの。なんだかちょっと疲れちゃって……」

閉ざされた障子に向かって喋《しゃべ》ったが、中からの反応はなかった。

「ねぇ、母さん聞いてる？」

やはり返事はない。千鶴の心にさざ波が起きた。

千鶴はサンダルを脱ぎ、濡れ縁に上がった。障子に手を掛け、スーッと開く。母の姿はなかった。閉め切っていたせいか、饐《す》えたような臭《にお》いが籠っている。

部屋は八畳の和室だ。部屋の左手には床の間があり、その前に布団が敷かれたままになっている。乱れた掛け布団の上には、母のパジャマが脱ぎ捨てられていた。右手の壁際には簞《たん》笥《す》が据えられ、母の衣類や生活用具の大半は、そこに収められている。正面の襖《ふすま》は閉じられており、その向こうの廊下は浴室とトイレへ通じている。

千鶴は襖を開け、廊下へ歩み出た。浴室とトイレを見たが、母の姿はない。唇を嚙み、千鶴は部屋へ取って返した。ふと、簞笥に目がいった。一番下の引き出しが、わずかに開いている。畳に膝をつき、引き出しの中身を確かめた。母の普段着のうち、セーターとスラックスが一つずつ消えていた。

「母さん――」

母は一人で外へ出たに違いない。認知症を発症して以来、母は時おり近所を徘徊するようになっている。そのたびに千鶴は近所を探し回り、連れ戻すということを繰り返していた。しかし今は、そんな時とは比べものにならないくらいの動揺をおぼえていた。

母は何のために外へ出たのか――。とにかく一刻も早く連れ戻さなければならない。

立ち上がろうとした千鶴だったが、その動きは止まっていた。引き出しの奥に、何か丸めて突っ込んである。不審に思い、取り出してみる。

「きゃっ――」

短い悲鳴とともに、千鶴は手にした物を畳の上に放り出していた。

それは一枚の手拭いだった。くしゃくしゃに丸められ、何かをなすりつけたように赤黒い汚れが付着している。

千鶴は眩暈《めまい》を感じた。乾いて変色してはいるものの、その汚れは明らかに血だった。そう気づくと、室内に漂う饐えた臭いの正体にも思い至った。

この部屋には、血の臭気が籠っている——。

だが臭いの源が、この手拭いだとは思えなかった。乾いた血は、これほど生々しい臭いを放ちはしない。

千鶴は部屋の中を見回し、臭いの発生源を探した。それはすぐに見つかった。濡れ縁に面した障子の脇の壁際に、白木でできた台が据えてある。幅五十センチ、高さ三十センチほどの大きさだ。その台は、母が近所の家具店に注文して作らせたものだった。台の上には袱紗《ふくさ》が敷かれ、そこに高さ三十センチほどの立像が置かれている。ブロンズ製の、ローマ神話のヴィーナスに似た裸婦像だ。

母が日々欠かさず祈禱を捧げているのは、この像に対してだった。像の台座には小さな金色のプレートが付けられており、

『慈友神皇教会《じゆうしんのうきようかい》　神徒・立花清子女子』

と記されている。

『慈友神皇教会』とは母が信奉する新興宗教の名で、立像は母の大切な〝御神体〟だった。

母はこの像を購入するために、預金のほとんどを使い果たし、教団主催のセミナーにも数度にわたって参加していた。母がこの宗教に傾倒し始めたのは、そのセミナーがきっかけだった。何らかの洗脳を受けたとしか思えないほど、母はこの宗教にのめり込み始めた。

認知症を発症して以降、千鶴は母に教団への出入りを厳しく禁じている。慈友神皇教会は、その活動内容の不透明さが問題視され、たびたびマスコミにも取り上げられている疑惑の宗教団体であった。そんな場所に、正常な判断力を失った母を近づけたくはなかった。

しかし、今はそんなことはどうでもよかった。千鶴が目を留めたのは、裸婦像の前に置かれた小振りのグラスだった。グラスには、赤褐色の液体が入っている。グラスの容量の七分目ほどの量だ。

千鶴はグラスの液体に、おそるおそる鼻を近づけてみた。だが、すぐに顔を背けた。錆に似た強い臭気が鼻をついた。血だ。よく見ると、表面には薄い膜が張っている。

千鶴の頭は混乱し、もう何も考えられなくなった。

濡れた柳刃包丁。グラスに入れられた血液。二つの事実は、今度こそ千鶴に絶望を示唆《しさ》していた。

千鶴は部屋を出ると、庭へ下りた。慌ただしくサンダルをつっかけ、母屋へ戻ろうとする。その際、沓脱ぎ石に小さな血痕を見つけた。よく見ると、血痕は三十センチほどの間隔で点々と離れの裏のほうへ続いている。辿っていくと、それは離れの裏の生垣まで続いている。生垣は、低い部分が無理やり押し拡げられたようになっていた。生垣の向こうは路地だ。母はここを通って外へ出ていたのだ。

千鶴は走って母屋へ戻った。キッチンへ行き、流しの下の扉を開ける。案の定、包丁差しから柳刃包丁が消えていた。

千鶴は脱ぎっぱなしだったコートを引っ摑み、玄関から表へ出た。

急いで母を見つけ出さなければ。

格子戸の門を出かけた千鶴だったが、はたと足を止めた。徒歩で探していたのでは間に合わない。

千鶴は家の中へ戻り、バッグの中から車のキーを取り出した。母屋の横のガレージへと急ぐ。千鶴は運転が得意ではないため、ほとんど車には乗らない。だが今は、そんなことを言っている場合ではなかった。車は国産のワゴンである。購入したのは半年前だ。濃紺のボディは、まだ新車同然の輝きを放っている。

運転席に乗り込んでキーを差し、千鶴はエンジンを始動させた。

あぁ、もう秋なのかと気づき、立花清子は足を止めた。

近頃はとみに物忘れがひどくなってきている。だから今日が何月何日かと問われても、すぐには思い出せない。それでも秋だと分かったのは、ひんやりした夜風の中にキンモクセイの香りを感じたからだ。

清子は再び夜道を歩み始めた。そこは自宅から少し離れた、東十条駅に近い裏道だった。一方通行の路地だが、表通りから離れているため、車はほとんど通らない。道に沿ってすぐ横を新幹線の高架軌道が走り、さらにその横を京浜東北線の線路が走っている。高架下のスペースは駐輪場や倉庫、JRの施設などに利用されている。このまままっすぐに行って階段を上ると、東十条駅に出る。階段があるのは、この辺りの土地に高低差があるせいだ。

清子は駅のほうへは向かわず、高架下に作られた公園に足を踏み入れた。滑り台などの遊具が設置された子供のための遊び場だ。周囲を金網に囲われており、入口に『東十条二丁目高架下児童遊園』という看板が掲げられている。広さは十五メートル四方ほどだろうか。昼間でも薄暗い場所のため、ここで子供が遊んでいるところを清子は見たことがない。

公園に入ると、清子は片隅のベンチに腰を下ろした。

思わず、溜め息が漏れる。ずっと歩き通しだったせいで、足がひどくだるい。清子はスラックスのポケットからタバコを取り出した。両切りのピースだ。一本を口にくわえ、百円ライターで火をつける。とたんに咳《せ》き込んだ。近頃はいつもそうなのだ。

清子はタバコを地面に落とし、スニーカーの靴底で踏み消した。

今夜はもう帰ろうか――清子はそう思った。もうチヅちゃんも帰ってきているだろう。自分がいないことを知ると、きっと心配するに違いない。

清子はこれまでにも何度か、千鶴に無断で家を出たことがあった。もちろん、清子が自分で家まで戻れるのなら、千鶴も心配はしないだろう。だが物忘れがひどくなってからは、家までの道順が分からなくなることもしばしばだった。そんな時は必ず、千鶴が迎えに来てくれる。仕事でうんと疲れているはずなのに、文句一つ言わずに。

思えば、千鶴は子供の頃からしっかりした子だった。清子が夜の勤めに出ている間も、部屋でコツコツと宿題をしているような子だった。父親がいなかったため、寂しい思いもさせたと思う。だけど千鶴がそれを口にすることはなかった。千鶴はいつも、何かにじっと耐えているようなところがあった。何かを買ってくれとねだられたこともないし、遊びに連れて行ってほしいとお願いされたこともない。

そんな千鶴がただ一度だけ、清子に遠慮がちにせがんだことがあった。

〈母さん。わたし、書道教室に通っちゃだめ？〉

どうして急に、千鶴が書道に興味を覚えたのかは分からない。もちろん当時は、千鶴がプロの書道家として活躍することになるとは夢にも思っていなかった。

千鶴は今や、美貌の女流書道家として、世間に広く知られている。

それは千鶴の努力のたまものだった。運にも恵まれたのかもしれない。しかし娘の成功にもっとも寄与したのは、自分の祈禱の効力だと清子は思っていた。

清子が慈友神皇教会から立像を購入し、毎日祈りを捧げるようになったのと、千鶴がマスコミに取り上げられるようになったのは、時を同じくしているのだ。

だけど最近の千鶴は、テレビ出演を控えるようになっていた。電話口で出演依頼を断る千鶴の姿を、清子は何度か目にしたのだ。

その理由を、清子は知っていた。

少し前から、千鶴の利き手である左手はおかしくなっているのだ。千鶴は何も言わないが、清子はそのことに気づいていた。

清子は教会に相談した。千鶴には教会への出入りを禁じられていたが、彼女の留守中にこっそりと出かけたのだ。

清子の相談に応じてくれたのは、『グランダディ』と呼ばれる教会の指導者の一人だった。

彼は清子に向かってこう言った。

〈不自由な手は、悪しき血の禍《わざわい》の証《あかし》なり。悪しき血は、供物によって清められるであろう〉

その言葉は、清子にとってまさに天啓だった。千鶴の左手が麻痺を起こしているのは、血の汚れが原因だったのだ。不浄なる血は、澄んだ血を神に捧げることで清められる——教祖様の言葉の意味を、清子はそう解釈した。千鶴を成功へと導いてくれた神様なら、千鶴の左手の麻痺もきっと取り除いてくれるに違いない。清子はそう確信した。

ただ、清子には分からないことがあった。〝澄んだ血〟とは一体何だろう。それはどうすれば手に入るのだろう——その答えは清子の前に突然示された。

それは千鶴と病院へ行った帰りの、東十条駅のホームでのことだった。携帯電話でメールを打つ一人の若い女が清子の目に留まった。その女は左手に携帯電話を持ち、素早い親指の動きでメールを作成していた。その様を見て、彼女が左利きであるのだと清子は気づいた。

清子の脳裏に閃きがもたらされたのは、その瞬間だった。

昨日、清子はその女を駅から尾行した。夕方のホームで、清子は彼女を待ち伏せていたのだ。昨日は千鶴も午後から自分の病院へ出かけていた。清子は千鶴が留守の間に外出し、目的を果たしたあと帰宅した。もちろん、使った包丁は水で洗って元に戻しておいた——。

昨日のことを思い返し、清子は息苦しくなった。だが、あの女を殺した瞬間も、そして今も、恐怖はまったく感じていない。

千鶴のためなら、なんだってできる——。

気がつくと、清子は膝に乗せたトートバッグの中に手を入れていた。バッグの中には柳刃包丁が入っている。清子の左手は、無意識にその柄を強く握りしめていた。

今夜家を出てから、夜道で何人もの人々とすれ違った。そのうちの多くの人たちが、携帯電話でメールを打ちながら家路を辿っていた。だがその中に、条件に見合った者は一人もいなかった。つまり全員が右手で携帯電話を操作していたのだ。

あと何人分の供物を捧げれば、千鶴の左手は元どおりになるだろう――。

時間とともに人通りは減っていた。今日は日曜日なのかもしれない。仕事帰りと思われる人の数が少ないことから、そう思った。

今夜は諦《あきら》めて、家に帰ろう。

清子はトートバッグを手に、ベンチから腰を上げた。この公園は以前から散歩でよく訪れていた場所なので、一人で家まで辿り着ける自信がある。

疲れた足を、公園の出入口に運んだ。そして路地へ一歩踏み出した時だった。目の前を一人の女性が通り過ぎた。

清子は思わず、目を見開いていた。女性が左手に携帯電話を持っていたからだ。女性は、メールを打ちながらまっすぐ駅のほうへと歩いてゆく。

「神皇さまのお導きだ――」

右手に提げたトートバッグの中に、左手を再び差し入れる。包丁の柄を指先で探りながら、清子は女性のあとを追った。

母の姿はどこにも見当たらなかった。

車に乗ってきたことを、千鶴は後悔し始めていた。千鶴の家の近所は、車が進入できない細い路地がわりと多い。もしそんな道に母が迷い込んでいるのだとしたら、車に乗ったままでは見つけることができない。かといって乗り捨てる場所もなく、千鶴は徐行スピードでワゴンを走らせ続けた。

東十条駅の西側の出入口前を通過し、線路沿いの道を進む。日曜日の夜のせいか人通りは少ない。母を見つけられないまま、千鶴の車は踏切の前に辿り着いた。電車が通過し、ちょうど遮断機が上がったところだった。

千鶴はハンドルを切り、踏切を渡った。線路の反対側を探してみるつもりだった。踏切を渡ったところでハンドルを左に切り、駅のほうへと道を戻る。そこは新幹線の高架に沿った細い道だった。明かりの乏しい暗い道で、通行人の姿は見当たらない。

千鶴は徐行しながら左側の高架下に目を凝らした。高架下のスペースは、駐輪場や公園として利用されている。それらの物陰に母が潜んでいないとも限らない。

人影に気づいたのは、高架下の小さな公園の前を通過した時だった。道の前方を行く、少し猫背で、よろめくような足取り。母だった。

千鶴は安堵の息を洩らしクラクションを鳴らそうとした。だが、千鶴はその手を止めた。母が突然、歩調を速めたからだ。よく見ると、母の前をもう一つの人影が歩いている。暗くてよく見えないが、女性のようだ。

母は女性に追いつこうとしているのだ。

女性のほうは母の存在に気づいていない。俯《うつむ》きながら歩くその様子から、携帯メールに夢中になっているのだと知れた。母は何かにとりつかれたような速さで、女性との距離を縮めていく。そして、手にしたトートバッグから母は何かを取り出した。

「母さんっ——！」

千鶴は叫んだ。母の手にあるのは、柳刃包丁だった。

次の瞬間、母の足が地面を蹴った。


「——神皇さまのお導きだ」

女性のあとを追いながら、清子はもう一度繰り返した。

自然と歩みが速まっていく。散歩用のスニーカーを履いているおかげで、足音が立つことはない。背後に忍び寄る清子に、女性は気づかない様子だ。左腕にハンドバッグを掛け、携帯電話を操作し続けている。ブルゾンとジーンズを着た、まだ若い娘だ。右手には小さな花束を持っている。

清子は女性との距離を詰めていった。

女性の肩越しに、携帯電話を持った左手が見え隠れする。

トートバッグから、清子は柳刃包丁を抜き出した。

瞳を見開き、女性の左手を食い入るように凝視する。

全身の血が逆流し、何かが体に乗り移る。

耳の奥で激しい拍動が打ち鳴らされる。

うなじの毛が、一気に逆立った。

包丁を腰だめに構え、地面を蹴る。

清子は体ごと女性にぶつかっていった。

気配を感じたのか、女性がこちらを振り返る。

向かってくる清子に気づき、彼女は目を瞠《みは》った。

そして清子を避けるように、とっさに身を捻る。

だが女性は、清子の包丁を完全にはかわしきれなかった——。

束《つか》の間《ま》、清子は女性と見つめ合っていた。二人の間は、一本の包丁でつながっている。見開かれた女性の瞳は、清子に問いかけるように揺れていた。

やがて女性はがっくりと膝を折り、路面に倒れ込んだ。

清子は女性の傍らにうずくまった。まだやることがあるのだ。

手にしたままのトートバッグから、慌ただしくグラスを取り出す。それをいったん路面に置き、女性の左手首を取った。そこに包丁の刃先をあてがう。

だが——清子の動きはそこで止まった。

背後に人の気配を感じたのだ。

ゆっくりと振り返ってみる。

停車した車の前に、誰かが立ち尽くしていた。

千鶴だった。


目の前の光景を、現実だとは認識できなかった。

車から降りた千鶴は、呆然と立ち尽くしていた。路面には女性が横たわっている。二十代半ばくらいの女性だった。女性は千鶴のほうへ体を向け、横向きに倒れている。そばにはハンドバッグが落ち、少し離れた場所に小振りの花束が転がっている。白いユリとかすみ草の花束だ。

女性はブルゾンの下に白いカットソーを着ている。

とっさに千鶴は目を閉じ、顔を背けていた。

カットソーの腹部を染める、真っ赤な血が目に映ったからだ。

「チヅちゃん……」

母の声に、千鶴は瞼を開いた。

母は不思議な表情を浮かべていた。たとえるなら、それはいたずらを親に見つかった子供の顔だった。言い訳をするべきか、素直に謝るべきかを決めかね、親の顔色を窺うようにばつの悪そうな笑みを浮かべている。

「チヅちゃん……？」

母が繰り返す。その手には、血の付いた柳刃包丁が握られている。

千鶴は倒れた女性の前にしゃがみ込んだ。女性の顔は血の気を失っていた。意識があるのかどうかは分からないが、浅く短い呼吸を繰り返している。

まだ、死んではいない――。

千鶴はポケットから携帯電話を取り出した。慌ただしい手つきでフラップを開き、１１９のボタンを押す――その時だった。

道の前方の暗がりから、賑やかな声が近づいてきた。

誰か来る――！

咄嗟に千鶴は携帯電話を切っていた。停車したままの車に駆け戻り、運転席に乗り込んだ。エンジンはかけっぱなしにしてある。千鶴は車をゆっくりと発進させた。女性が倒れているのは、道の左端だ。千鶴はハンドルを左に切り、女性の体を隠すように斜めに車を止めた。

近づいてくる通行人は、学生とおぼしい五、六人のグループだった。酒を飲んだ帰りらしく、歩きながらふざけ合っている。やがて彼らの足取りは、千鶴の車の前に差しかかった。車体の死角になり、彼らから倒れた女性は見えないはずだ。

運転席で、千鶴はじっと彼らの様子を見守った。狭い道で斜めに止まった車に対し、学生たちは不平を口にしながら通り過ぎていった。こちらを振り返ることなく、サイドミラーの中で彼らの姿は遠ざかっていった。

ハンドルにかけた両手に額を乗せ、千鶴は息を吐いた。だが、安心している場合ではない。

再び車を降り、千鶴は倒れた女性の前に立った。自分が何をしようとしているのか、千鶴には分からなくなっていた。

目の前の女性を助けたいという気持ちと、誰にも知られたくないという気持ちが、胸の奥でせめぎ合っていた。

「――ママ、ごめんねぇ」

不意に、甘えたような声で清子が言った。認知症を発症して以降、時として母は千鶴のことを母親だと錯覚するようになっているのだ。

「ごめんね、ママ」

清子の言葉を無視し、千鶴は携帯電話を手にした。

目の前の女性を見殺しにすることなど、やはり自分にはできない。

千鶴は１１９のボタンを押し始める。その時だった。いきなり背後から、声をかけられた。

「あれ、千鶴先生。どうしたんです、こんな時間に？」

携帯電話を手にしたまま、千鶴はビクリと身を震わせた。

おそるおそる、振り返ってみる。

にっこりと微笑む、見慣れた中年の顔。

この近所に住む、佐原という男だった。

佐原はこの近くで、小さな古書店を営んでいる。そして彼は、千鶴の書道教室の生徒だった。

「先生がこんな時間に出歩くなんて、珍しいですね」

佐原は目尻に皺を刻み、人の好さそうな笑顔で言った。毛玉の目立つジャージの上下に、ダッフルコートを羽織っている。足元はサンダル履きで、手には財布を持っていた。もう一方の手には、店名のロゴが入ったビニール袋を提げている。

「また負けちゃいましたよ。おかげで今月は大赤字です」

佐原はのんきな声で笑った。どうやら、パチンコの帰りらしい。

千鶴は平静を装い、佐原に精一杯の笑顔を返した。だがうまくいったかどうか分からない。

「あぁ、どうもお母さん。散歩ですか」

千鶴の肩越しに、佐原は清子に会釈した。絶望感に、千鶴は目を閉じた。季節外れの汗が、脇の下を滑り落ちる。清子の手には血染めの柳刃包丁が握られている。そして千鶴の背後には、負傷した女性がまだ横たわったままなのだ。

しかし佐原が、それらのことに気づいた様子はなかった。

佐原は清子の姿を見たことで、千鶴の外出のわけを理解したようだった。清子が認知症であることを、そして夜間に徘徊を繰り返していることも、佐原は知っている。

「今夜は冷えますからねぇ、早めに帰ったほうがいいですよ。それにほら、物騒な事件もありましたしね」

子供に言い聞かせるような口調で、佐原は清子に言った。

「あっ、そうそう――」

佐原は思い出したように、手に提げたビニール袋に手を突っ込んだ。

「お母さん、これよかったら食べてください」

佐原がビニール袋から取り出したのは、二つのミカンだった。佐原はミカンを直接清子に渡そうと、千鶴の体の脇へ一歩踏み出した。しかし――。

次の瞬間、二つのミカンは佐原の手から落下し、路面に転がっていた。手を伸ばしたままのポーズで、佐原は体を硬直させていた。呆《ほう》けたような顔で、負傷した女性を見降ろしている。

「佐原さん……」

そう口にしたまま、千鶴はうなだれた。瞼をギュッと閉じ、強く唇を噛みしめた。そうしていないと、今にも泣き出してしまいそうだった。

「これは……」

佐原が息を呑み、呟いた。清子が手にした柳刃包丁に気づいたのだ。

「お母さん――ですか？」

佐原は訊いた。清子にではなく、千鶴に向けられた質問だった。

「お母さん――なんですね？」

千鶴は毅然と顔を上げた。佐原にすべてを知られたことで、千鶴の迷いは完全に吹っ切れていた。

「――私、救急車を呼びます」

手にした携帯電話のボタンを、三たび押そうとする。

「ちょっと待って」

佐原が千鶴を制した。視線は路面の女性に向けられたままだ。まばたき一つせず、佐原は何か考えを巡らせ続けている。

「先生――」

佐原は言って、千鶴へ目を転じた。千鶴は思わずたじろいでいた。普段は優しい佐原の瞳が、冷たく据わっている。

「――いいんですか、それで」

千鶴は無言で、佐原を見返した。佐原の質問の意味を理解するのが怖かった。

「何もかも失うことになるんですよ。それでもいいんですか？」

いいわけがなかった。だけど――。

「僕はいやですよ。先生が後ろ指をさされるなんて。そんなの、耐えられない――」

「じゃあ、一体どうすれば――」

気がつくとそう訊いていた。どこかで佐原にすがろうとしている自分の心に気づき、千鶴は慄然とした。

「とにかく救急車は、少し待ってください」

そう言ってしゃがみ込み、佐原は路面に落ちたハンドバッグを手に取った。負傷した女性の持ち物だ。佐原はハンドバッグの中身を探り始めた。化粧ポーチや定期入れ、ハンカチや手帳など、ハンドバッグの中身を一つ一つ確かめては戻してゆく。その手には、防寒用の革手袋がはめられていた。

佐原はハンドバッグを置き、そばに落ちていた携帯電話を手に取った。液晶画面に見入ったあと、親指でボタンを操作する。女性が書きかけていたメールを削除しているのだ。

佐原は携帯電話をハンドバッグにしまい、代わりにピンク色の物体を取り出した。手帳だった。慌ただしい手つきでページをめくり始める。

千鶴は負傷した女性に目をやった。苦しそうに目を閉じ、浅い呼吸を繰り返している。血の気を失った顔には、脂汗が滲んでいた。千鶴は女性の前にひざまずき、彼女の手を取った。

もうこれ以上、耐えられない――私も、彼女も。

涙に濡れた顔を上げ、千鶴は佐原に声をかけようとした。

しかし、それより早く、佐原は言った。

「彼女を移動させます。手伝ってください」

「移動って……？」

「ここで刺されたということを警察に知られたくはない」

千鶴は佐原の言葉の意味を察した。警察の捜査が始まれば、今夜の事件と昨夜の専門学校生殺害事件は同一犯の犯行とみなされるだろう。そうなれば母の清子が逮捕される可能性は格段に高まるに違いない。佐原はそのことを懸念しているのだ。

清子は完全に傍観者と化していた。無表情に佇み、千鶴と佐原のやりとりをぼんやりと見つめている。手には柳刃包丁を握ったままだ。

「もしかしたら無駄骨に終わるかもしれないが、何もしないよりはましです」

言って、佐原は路面に倒れた女性を両手で抱え上げた。小柄な体つきにもかかわらず、佐原は意外なほど力強かった。

「ドアを開けてください」

千鶴は車へ駆け戻ってスライドドアを開いた。車内は三列シートになっている。後部座席の隅に畳まれたビニールシートが目に留まった。以前、書道の公開イベントを行った際に使用したものだ。

とっさに千鶴は、それを前部座席の上に拡げた。その上に、佐原が女性の体を横たえる。

「何か拭くものはありますか？　あ、これ使っても？」

千鶴の答えを待たずに、佐原は前部座席にあった膝掛けを取った。それを千鶴に渡し、佐原は言った。

「これで路面の血をきれいに拭き取ってください」

言われるまま、千鶴は元の場所へとって返した。女性が倒れていた路面には血だまりができていた。

足がすくみ、千鶴はその場に立ち尽くした。

「何をしてるんですかっ。早くっ」

路面からハンドバッグを拾い上げ、佐原が声を放つ。その時だった。後方から、ゆっくりと車のヘッドライトが近づいてきた。

「まずいっ、行きましょうっ！　お母さんも車に乗って！」

清子の腕を取り、千鶴は車へ走った。運転席に佐原が、後部座席に清子が乗り込む。千鶴は女性が横たわる前部座席に乗った。スライドドアが閉まるのを待たずに、佐原は荒々しく車を発進させた。道を直進し、突き当たりで右へ折れて大通りへ出る。

女性は座席の上で胎児のように丸くなっている。必死で苦痛に耐えているのだ。千鶴は祈るような気持ちで、女性の手を握り締めていた。

佐原が運転する車は、やがて明治通りへ出た。日曜の夜のせいか、道は空いている。女性が衰弱してゆくのを目の当たりにし、千鶴は運転席に声をかけた。

「どこまで行くつもりなんですか？」

「――新宿です」

「どうして新宿へ？」

バックミラーに映る佐原の顔には、苦渋の色が滲んでいる。千鶴の質問に答える様子はなかった。

「しっかりして……お願いだから死なないで……」

保身のために、自分は一つの命を危険にさらしている――千鶴はきつく目を閉じた。

そのニュースを知ったのは、午前零時過ぎのことだった。

竹本という後輩巡査と交代し、南條は奥の座敷に仮眠のための布団を延べていた。今夜は夜勤である。仮眠は三時間、午前三時までだ。その間に管轄内で事件が起きれば、起きて出動しなければならない。事件現場に向かう際、制服警官は二人一組での行動が義務づけられているからだ。

今夜は今のところ平和だった。駅前で酔っ払い同士のいざこざを仲裁しただけで、大きな事件は起きていない。

寝床を整えながら、南條はテレビのニュースに耳を傾けていた。

《昨夜十時頃、新宿区高田馬場の路上で、血を流した女性が倒れているのを通りかかった近所の住民が発見しました。女性は鋭利な刃物で脇腹を刺されており、病院に搬送されましたが意識不明の重体となっています。この女性は北区中十条二丁目に住むアルバイト店員の桜《さくら》庭由布子《ばゆうこ》さん・二十四歳で、警察では桜庭さんが夜道で何者かに襲われたものとみて、捜査を――》

南條の目は画面に釘付けになっていた。女性が倒れていたという現場の映像が映し出され、被害者の氏名がテロップで表示されている。

その名前に、南條の中で何かが反応した。

嫌な予感に衝き動かされるように、南條は座敷を出た。

「あれ。どうしたんです、南條さん」

机についていた竹本が、欠伸《あくび》を嚙み殺しながら南條を見上げる。

南條はもう一つの机の引き出しを開けた。中に保管してあった盗難届を取り出す。一昨日に沼川が受理し、寝かせたままにしてあった自転車の盗難届だ。

氏名の欄に目をやり、南條は息を呑んだ。

桜庭由布子――そう記されていた。

たった今ニュースで目にした被害者と同姓同名だ。

その時、机の上で電話が鳴った。

「……了解。これから現場に向かいます」

緊迫した声でそう答え、竹本は受話器を戻した。

「東十条一丁目二十七の路上で、多量の血痕が発見されたそうです。今、自動車警邏隊《じらたい》が現場に向かってます」

竹本が言い終わらないうちに、南條は壁にかけてあった制帽を手に取っていた。南條のあとを追って、竹本も慌てて交番を出る。

現場の保存にあたるため、二人は自転車で急行した。

ペダルを漕ぐ南條の頭からは、桜庭由布子という女性のことがいつまでも離れずにいた。

○

血痕が発見された場所は、東十条駅からほど近い、高架沿いの道だった。南條のいる駅前交番から、直線距離にして南へ二百メートルほどの場所だ。

現場に到着するとすぐ、南條は竹本とともに現場保存の作業を開始した。遅れて到着した自邏隊の隊員と話し合い、血痕の位置を中心として、道を百メートルほどの長さで封鎖する。

その後は、現場への立ち入り制限のみが南條らの仕事となる。道に張り渡した黄色いテープの前での立番だ。相棒の竹本は、反対側の封鎖線で立番を行っている。

現場の保存作業を行う最中、南條は件《くだん》の血痕をそれとなく観察した。それは直径にして四十センチほどの大きさがあり、血痕というよりも〝血だまり〟に近いものだった。これがもし人間の血であるなら、一昨夜の専門学校生殺害事件との関連が考えられる。しかしそれならなぜ、現場に被害者の姿がないのだろうか。

やがて現場には機捜の隊員が到着した。彼らは血痕を確認したあと、すぐに未明の町へ探索のために散っていった。加害者や被害者がまだ近くにいる可能性が高いからだ。ただし一人が現場に残り、通報者から発見時の状況を聞いた。

血痕の発見者は、近所でスナックを営む年配の男性だった。それは店を閉めたあとの、深夜の犬の散歩の最中のことだったらしい。路傍にできた血だまりを犬が嗅《か》ぎ始めたことで気づいたのだ。驚いた男性はすぐに携帯電話で110番通報をしたらしい。

立番をする南條の近くで、男性は興奮した口調で供述をした。

だがその時の南條の脳裏には、別のことが引っ掛かったままだった。それは先ほどテレビのニュースで知った、桜庭由布子という女性に関する事件だった。新宿区高田馬場の路上で、女性は何者かに刺され、意識不明の重体だという。ニュースの中で、桜庭由布子は『北区在住』であると伝えられていた。ということは、やはり自転車盗難の被害届の女性と同一人物である可能性が高い。被害届に記された『桜庭由布子』の現住所は、中十条二丁目となっていたのだ。

瞬間、南條の頭には一つの可能性が閃いた。この現場に残された血痕は、桜庭由布子のものとは考えられないだろうか。

立番の開始から三十分ほどが過ぎた頃、現場に数台の車が到着した。110番通報に応じて臨場した、王子署刑事課の私服刑事たちと鑑識課員の面々だった。刑事たちは特捜本部詰めの人員である。やはり、昨夜の殺人との関連が疑われているのだ。泊まり込みのところを叩き起こされたらしく、誰もが寝起きの顔をしている。見慣れない顔は本庁からの派遣組だろう。現場は一気に物々しさに包まれた。

早乙女霧子が現着したのは、午前四時近くのことだった。一課長の綿貫から電話で叩き起こされ、新宿区百人町の自宅マンションからタクシーで駆けつけたのだ。現場はすでに、多くの捜査関係者で埋め尽くされていた。現場はＪＲの高架に沿った細い道だった。まっすぐに延びた道の百メートルほどが封鎖され、鑑識課員たちが作業にいそしんでいる。

「お疲れです」

刑事たちの中に綿貫一課長の顔を見つけ、霧子は声をかけた。

「おう、早かったな」

「どういうことなんです？　血痕しか残ってないって」

「まだ分からん。今、新宿に問い合わせてるところだ」

「新宿――？」

「ああ。昨夜遅くに高田馬場で傷害事件があった。ガイ者は鋭利な刃物で腹を刺されている。で、そのガイ者が住んでるのがこの辺りらしい」

綿貫によれば、この場所で見つかった血痕には、引きずったような跡が残されていたという。

「つまりガイ者はこの場所で刺され、高田馬場まで移動させられたってことですか？」

「まだ、可能性の話だがな」

言ったあと、綿貫は付け加えた。

「ちなみに、新宿の事件との関連に気づいたのは財前君だ」

辺りに財前の姿は見当たらない。あの男が現場に臨場することは、ほとんどないのだ。

「ガイ者は女性ですか？」

「ああ。だがまだ生きてる。意識不明の重体らしいがな」

「その血痕、ちょっと見てきます」

「おい、まだ鑑識の途中だぞ」

綿貫の制止を無視して、霧子は立入禁止のテープに歩み寄っていった。

「お疲れ」

立番をする制服警官に声をかけ、霧子はテープをくぐった。

路面で足跡《ゲソ》を採取していた鑑識課員が迷惑そうな顔を向けてくる。霧子はかまわず歩を進め、血痕の前に立った。

思った以上に多量の血がそこにはあった。血痕というより、血だまりだった。どす黒く変色している。立ち昇る臭いが鼻をついた。綿貫の言ったとおり、血だまりには端の部分に引きずったような痕跡があった。

　霧子は綿貫たちのもとへ戻った。携帯電話を耳にあてた綿貫は、ちょうど通話を終えたところだった。

「新宿からの回答だ。やはり向こうの現場でも、移動の痕跡が確認されたそうだ」

「血液を鑑定にまわす必要がありますね。鑑識課長に採取を頼んできます。それと、科捜研にも連絡を――」

　てきぱきと答え、霧子はその場を離れかけた。そしてふと思い立ち、綿貫を振り返った。

「新宿のガイ者の女性、なんて名前ですか？」

「桜庭由布子だ。桜の庭。自由の由に布の子」

　頷き、霧子は再び立入禁止テープのほうへ歩んだ。

　声をかけられたのは、テープをくぐった瞬間だった。

「あの――」

　声をかけてきたのは立番をしていた制服警官だった。制帽を目深にかぶっているので表情は窺えない。庇《ひさし》の陰から黒縁メガネが覗いている。声の様子から、自分より少し若い相手だと感じた。

「なに。なんか用？」

「桜庭由布子は、この場所で事件に――？」

「あんたたち制服にそんなこと関係ないでしょ。余計なことに首突っ込んでないで、あんたたちは自分の――」

言いかけた言葉を、霧子は思わず呑み込んでいた。相手が顔をわずかに上げたからだ。

街灯の明かりを受け、警官の顔は完全にあらわになっていた。霧子は言葉を失ったまま、男の顔を凝視していた。ある衝撃が、霧子の心を翻弄《ほんろう》していた。

「おい、早乙女君――」

不意に声をかけられ、霧子は我に返った。綿貫だった。

「科捜研には俺のほうから連絡しておいた。明日の午前中には、鑑定結果が出せるそうだ」

綿貫は、霧子から警官へと視線を転じた。警官の顔は、再び制帽の庇に隠れている。

「どうかしたのか？」

霧子へ目を戻し、綿貫は訊いた。

「いえ、なんでもないです」

踵を返し、霧子は鑑識課員たちのほうへ歩いていった。

先ほどの警官の視線を、背中にずっと感じていた。

現場の採証活動は、明け方近くまで続けられた。事件の一報を受け、班長の沼川は定時の交代時間よりも早く姿を見せた。受け持ち区域での事件発生に、沼川は苛立っているように見えた。

南條は午前十時で勤務を終え、映画館に帰り着いた。

「南條さん――」

自室へ向かう途中のロビーで、声に呼び止められた。ユキだった。ソファーに腰掛け、両腕で膝を抱え込んでいる。不安な時に見せるユキの癖だった。

「学校、休んだのか？」

「やっぱり、人が死んじゃったね。二人も」

ユキは言って、抱えた膝の中へ顔をうずめた。

「ユキが思い悩むことじゃない。それに、二人目はまだ生きている」

南條はユキに歩み寄り、そっと肩に手を乗せた。

「自分の部屋で休んだほうがいい。余計なことは考えずに――いいな？」

ユキは頷き、力なく立ち上がった。そのまま立ち去ろうとして、ふと南條を振り返る。

「南條さん、犯人を捕まえて。三人も誰かが死ぬなんて、わたし耐えられないよ」

ユキの後ろ姿を見送ったまま、南條はしばらくその場から動けずにいた。

自室に入ると、南條は片隅に置いてある机についた。引き出しから便箋《びんせん》を取り出し、万年筆のキャップを外す。

辞職願——黒いインクでそう認める。

南條はきつく目を閉じ、唇を嚙みしめた……。


新宿区高田馬場で倒れているところを発見された桜庭由布子。彼女はやはり、自転車の盗難届を出した桜庭由布子と同一人物であった。彼女は血痕が残された東十条で刺され、その後、新宿へと運ばれたことが、これまでの捜査でほぼ確定的となっていた。

南條がそれらの情報を知ったのは、午前十時半から王子署内で行われた記者会見でのことだった。記者たちに紛れ、南條は会見が行われた署内の会議室に潜り込んだのだ。そうでもしなければ、一制服警官である南條が事件の詳細を知ることはできない。

会見場には記者たちの熱気が充満していた。用意された席はすべて埋まり、あぶれた記者たちが室内後方で立ったままメモを取る。南條はその背後から、発表される情報に耳を傾けていた。

記者会見は広報担当である王子署副署長と、本庁捜査一課長の綿貫という警視によって行われた。

冒頭でまず、綿貫が事件の経過を説明した。その際に、被害者・桜庭由布子の住所が読み上げられたことで、南條は双方の桜庭由布子が同一人物であると知った。被害者の現住所は、自転車盗難届に書かれた住所と一致していたのだ。

負傷した桜庭由布子が新宿で発見されたのは、昨夜午後十時五分頃のことだったらしい。場所は高田馬場二丁目、神田川の近くの路上であったという。

通行人に発見された彼女はすぐに病院へ搬送され、緊急の手術が行われた。彼女は右の脇腹を刃物でひと突きにされており、急所は逸《そ》れていたが、かなりの失血状態にあった。そのため、手術によって一命は取り留めたものの、桜庭由布子は今もなお意識不明の状態が続いている。

事件を受け、所轄の戸塚署ではただちに捜査が開始された。不可解な事実が判明したのは、その直後のことだ。

桜庭由布子が発見された同じ場所で、それより少し前に通行人同士の喧嘩《けんか》があったというのだ。どちらも酒を飲んで帰宅途中のサラリーマンで、肩が触れた触れないの口論が喧嘩に発展したらしい。近所の住人が110番通報し、近くの交番から警官が出動。事情を訊くために、二人を交番へ連行していったという。それが午後十時前のことだったらしい。もちろん、その時点で現場に桜庭由布子は倒れていなかった。

では、現場から警官たちが去った直後に桜庭由布子は刺されたのか。だが、戸塚署の刑事たちのその考えはすぐに否定されることとなる。桜庭由布子の手術を担当した医師の証言によれば、彼女は刺されたあと、しばらく放置された状態にあったはずだというのだ。

その根拠は失血の量だった。傷が動脈を逸れているにもかかわらず、彼女の失血量はあまりに多かったらしい。医師は彼女が放置された時間を、三十分から四十分程度と推定した。

〈以上のことから、被害者・桜庭由布子は別の場所で刺されたあと、高田馬場へ移送されたと推測される。そしてその後——〉

手にした書類に目を落とし、綿貫は説明を続ける。

〈午後十一時五十分頃、北区東十条一丁目の路上に血痕があるとの通報が近隣住民よりなされた。高田馬場と東十条、双方の事件現場の状況、さらに被害者の現住所が血痕の発見現場から近いことから、被害者は東十条で刺されたあと、高田馬場へ移送された可能性が高いとみて捜査を開始した。そしてこの推論は、先ほど科捜研よりもたらされた血液の鑑定結果により裏付けられた〉

綿貫によれば、二つの現場に残された血液をＤＮＡ鑑定にかけた結果、同一人物のものであることがほぼ立証されたという。

さらに、これまでの聞き込みにより、桜庭由布子が事件に遭遇するまでの足取りも明らかになっていた。

彼女は赤羽駅前にあるハンバーガーショップのアルバイト店員で、昨夜は午後八時半頃まで仕事をしていた。その後九時十分頃に帰宅。そして直後に再び外出。帰宅時と外出時の彼女は、隣に住む大家によって目撃されている。

アパートをあとにした彼女は、いったん十条駅前の商店街にある花屋に立ち寄り、ユリとかすみ草の花束を購入。そのあと、東十条駅方面へ戻る途中で事件に遭遇したものとみられる。

事件の発生時刻は、医師の証言——負傷後の放置時間は三十分から四十分——から逆算して、九時三十分前後と推測されている。

〈ちなみに、その時刻に現場から急発進で走り去った不審なワゴン車を、車で通りかかった付近の住民が目撃しております〉

彼女が事件に遭遇したと思われる現場——つまり血痕が残された現場は、東十条駅から直線距離にして百五十メートルほどの場所で、彼女は電車で目的の場所へ向かおうとしていたと思われる。

花束を購入した彼女がどこへ行こうとしていたのか、それについては〝入院患者の見舞い〟や〝墓参り〟などが思いつくが、時間帯を考えるといずれの可能性も低いと言わざるを得ない――。

最後に綿貫は、昨日行われた笠原玲奈の解剖結果を読み上げた。死因は『右側腹部刺創による右腎臓および結腸動脈損傷に基づく失血性ショック死』。刺創の程度から、凶器は刃渡り二十センチ以上の有尖刃器と推測される――。

ひととおりの説明を終え、綿貫は書類から顔を上げた。

それを待ち構えていたように記者の一人が挙手をする。所属する新聞社名と氏名を名乗り、質問を投げかけた。

〈彼女が電車で向かおうとしていたのは、新宿だったということですか？〉

〈断定はできないが、おそらくその可能性は低いと思います。なぜなら、東十条駅で京浜東北線に乗った場合、電車は新宿とは方向の違う上野・品川方面へと向かいます。もし彼女が新宿へ行くつもりだったのなら、十条駅から埼京線に乗るはずです。だが彼女は十条駅近くの花屋に立ち寄ったあと、わざわざ東十条駅へ引き返している〉

〈となると、犯人が被害者をわざわざ新宿へと移送した理由は――？〉

〈現段階では、不明です〉

〈昨夜の事件は、一昨日の専門学校生殺害事件と同一犯の犯行とお考えですか？〉

〈凶器や殺害方法が酷似していることから、その可能性が高いと見ています〉

〈専門学校生殺害事件では被害者の左手首が切り裂かれていましたが、今回は？〉

〈その形跡はありません〉

〈それについて、どうお考えですか？〉

〈今の段階では、まだ何とも言えません〉

会見場を出た南條は、自責の念に苛まれていた。綿貫の説明を聞いているうちに、あることに思い至ったのだ。

それは、桜庭由布子が東十条駅へ向かう途中で事件に遭遇したという事実だった。彼女が刺された場所と東十条駅の間には、高架下に駐輪場が設けられている。そこは彼女がいつも利用していた駐輪場だ。もし彼女が昨夜、自転車で駅へ向かっていたなら事件に遭うことはなかったかもしれない。しかし――南條は彼女の自転車盗難届を署に上げることなく、机の中に保管してしまった。

通常、各所轄署では自転車盗難届を受理した場合、盗難自転車の防犯登録番号をデータベースに入力する。記録された番号は、不審自転車を発見した警察官が無線照会することにより、それが盗難品であるか否かの判断材料となる。

桜庭由布子が交番に被害届を出したのは一昨日の午後のことだ。そして事件に遭遇したのが昨夜。わずか一日の間に彼女の自転車が発見された可能性は低いかもしれないが、ゼロではなかったはずだ。

彼女が悲惨な事件に巻き込まれることになった責任の一端は、間違いなく自分にある……。

手にした万年筆を握り直し、南條は再び便箋に文字を認め始めた。

勤務を上がる際に、南條は交番から桜庭由布子の自転車盗難届を持ち出していた。班長の沼川は、昨夜の事件の被害者が盗難届の桜庭由布子と同一人物であることに気づいてはいないようだった。

書き終えた辞職願を懐にしまい、南條は席を立った。

心はすでに決まっている。だが警察を辞めるということは、八年前の誓いを放棄するということでもあった。

玄関脇の柱にかけた鏡に自分の顔が映っていた。黒縁の伊達メガネの奥で、暗い翳りを宿した瞳がじっとこちらを見つめている。

南條はやにわにメガネをはずし、思い切り足元に叩きつけた。床で弾んだメガネは玄関へと転がる。

鏡に映ったむき出しの瞳には、暗い情念の光が蘇っていた。この瞳が放つ暗い光を他人に悟られることを恐れ、警察官の職を拝命すると同時に南條はメガネをかけ始めたのだ。

だが、もうその必要はなかった。

南條は玄関で靴を履き、その場に落ちたメガネを力いっぱい踏みつけた。二つのレンズが音を立てて割れる。

辞職願を提出する前に、どうしても真理子に会っておかなければならない。あの日の誓いに背く自分を、詫《わ》びなければならない。

息を吐き、南條は部屋をあとにした。

電車を乗り継いだ南條が鎌倉駅に降り立ったのは、午後二時を回った頃だった。駅前でタクシーに乗り込み、行き先を告げる。もう何度この道を通《かよ》っただろうか。流れる車窓の景色を眺めながら、南條はそう思った。

真理子の入院する療養所は北鎌倉の丘の上に建つ、長期療養者向けの医療施設である。広い敷地には緑が豊富で、静かな落ち着いた環境にあった。

窓口で入所手続きを済ませると、南條はエレベーターで三階に上がった。真理子の病室は、窓から相模湾《さがみ》が望める個室だ。

ノックをして中に入ると、病室には先客がいた。黒い詰襟《マオカラー》のスーツを着た大柄な男だ。頭をスキンヘッドにしたその風貌は、悟りを開いた高僧の趣がある。

真理子の父・陳香詠《ちんこうえい》だった。

陳は横浜で中華料理店を営む華僑《かきょう》である。

「おや。久し振りですね、南條君」

ベッドの傍らに佇んでいた陳は、南條を振り向き笑顔を見せた。

南條は無言で会釈を返す。今日、このタイミングで会いたい相手ではなかった。心に秘めた決意が揺らぎ、罪悪感に似た思いが胸に拡がった。

「商用があって逗子《ずし》まで来たのでね。ついでに娘の顔を見に寄りました」

笑顔のまま陳は言った。南條の答えを待つかのように、じっと視線を逸らさない。

「今日は非番なものですから――」

こうして南條が真理子の見舞いに訪れたのは、四ヵ月振りのことだった。病室から足が遠ざかっていた期間の長さは、真理子に対する想いの変化を意味している。人の心を読むことに長けた目の前の人物が、そのことに気づいていないわけはない。

「どうやら、私はいないほうがよさそうですね」

南條の様子から、陳は察したようだった。

「あなたは今日、何か大切なことを決めてここへやってきた――違いますか？」

口を開こうとした南條を制して、陳は続けた。

「何も言わなくていいです。だいたいの想像はつきます」

陳は言って、ベッドの娘を見下ろした。

真理子は、今日も目を閉じたままでいる。血色はわりといいが、自力で呼吸ができないため、鼻にはチューブが通されている。シーツに覆われた胸が微かに上下しているのが、真理子の生を感じさせる唯一の証だった。

「あの事故があって、もう八年が経ちます。それは長い時間です。そして時間の経過とともに、人の心は少しずつ変わってゆく。あなたの心がどう変わったとしても、誰もあなたのことを責めはしません。むろん、私自身も」

真理子から目を離し、陳は南條をまっすぐに見た。

「むしろ、今までありがとうと言いたい。きっと娘も同じ気持ちでいるはずです」

陳は静かにベッドを離れ、南條の横をすり抜けて病室を出ていった。静寂に包まれた病室には、チューブの酸素を取り込む真理子の呼吸音だけが繰り返されている。

南條はベッドのそばに歩み寄り、真理子の顔を見下ろした。真理子は南條より一つ年上で、今年で二十八になる。しかし、その容貌は八年前から変わっていない。眠り続ける真理子にとって、時間は二十歳で止まったままなのだ。

南條は指先を伸ばし、そっと真理子の頬に触れてみた。その皮膚には温もりが感じられる。そう、真理子はたしかに生きているのだ。この八年間一度も目覚めていなくとも、仮にこの先、二度と目覚めることがないとしても――。

不意に南條の胸の内に怒りがよみがえった。それは真理子から時間を奪い去った者たちに対する激しい憤怒だ。

○

南條が関口真理子と出会ったのは、十九歳の春だった。

地元の高校を卒業した南條は、就職のために故郷を離れた。勤め先は横浜の中華街にある広東料理店だった。中華街でも一、二を争う老舗《しにせ》の名店で、そこのオーナーが陳香詠なのだった。

南條はその店の点心製造部門で働いていた。そこで作られた餃子や小籠包《ショーロンポー》は、食事の客に出される以外に、併設された売店でも販売される。

オーナーの娘である真理子は、横浜市内の女子大に通いながら、その売店でアルバイトをしていた。年の近い南條と真理子は、店内で顔を合わせるうちに言葉を交わすようになり、やがて親密な仲となった。

〈南條君。私の娘に手を出す以上は、それなりの覚悟をしていただきますよ〉

冗談とも本気ともつかない口調で釘を刺し、陳は若い二人の交際を容認していた。だが実際に、陳はそのつもりでいたのかもしれない。仕事の呑み込みが早く、手先の器用な南條に、陳は目をかけるようになっていたのだ。

南條と真理子は休日のたびにデートを重ね、互いに強く惹《ひ》かれ合うようになった。読書などしたことのなかった南條が、川端康成や三島由紀夫を読むようになったのは真理子の影響だった。映画に興味のなかった真理子が、『ブレードランナー』や『2001年宇宙の旅』について熱く語るようになったのは、SFを好む南條の影響だった。若い二人の心は互いに響き合い、やがてその夜を迎えた。

いつものように映画を観て、いつものように南條のアパートで語り合ったあとのことだった。二人にとって、それは特別な夜になった。

真理子の自宅は、中華街に近い高級分譲マンションの最上階の部屋だった。南條のアパートから歩いて十五分ほどの距離にある。二人がアパートを出た頃、時刻はすでに午前零時に近かった。

いつもと同じように、南條は家まで真理子を送るつもりでいた。

しかし、道の途中で真理子は南條を振り返った。

〈ここまででいいよ――〉

恥じらうような真理子の笑みは、穏やかな幸福に満ち溢れていた。

どちらからともなく無言で唇を合わせ、二人は手を振って別れた。

アパートへ戻ってベッドに横たわっても、なかなか南條は寝つけなかった。布団に残った真理子の香りを感じながら、世界中の幸せを独り占めにした気分になっていた。幸せすぎて怖いという感覚を、南條は初めて理解していた。だがまさか、その予感が現実になるとは夢にも思っていなかった――。

　未明に鳴った電話のベルに、南條は目覚めた。陳の震える声を受話器で聞いたあと、南條はタクシーを飛ばして病院へ向かった。真理子は長時間におよぶ手術の最中だった。廊下の長椅子には、ハンカチを握り締めた真理子の母親と、唇を嚙みしめた陳の姿があった。

〈おそらく、君と別れた直後のことです。うちの近くの裏通りで――〉

　陳の言葉に南條は愕然となった。通りかかったトラックの運転手が、裏通りに倒れていた真理子を発見したのだという。家に帰る途中で車にひき逃げされたのだ。

　幸いにも手術は成功し、真理子は一命を取り留めた。だが、彼女の意識は戻らないままだった。

　あのとき家まで送っていれば――南條は激しく自分を責めた。

　その後は一日中アパートに閉じこもり、抜け殻のようになった。カーテンを閉め切った部屋の中で、出口のない自責をひたすら繰り返した。

　事故から二日後、陳から電話があった。だが、南條は受話器を取らなかった。留守番電話に切り替わり、暗い室内に陳の声が響き渡る。

《南條君、いないのですか？　真理子をひいた犯人が分かりましたよ。警察に自首してきたのです――》

陳は、ある暴力団の名を挙げた。全国に名の知れた広域暴力団傘下の小さな組織で、横浜に縄張りを持つ『三信会』という組だった。自首してきたのは、行儀見習い中の若い構成員だという。その男は泥酔した状態で車を走らせ、真理子をひいたらしい。

《だから南條君、もう君は自分を責める必要はありません。どうか仕事に戻ってきてください》

だが、南條は仕事に復帰しなかった。ひいた人間がたとえ誰であろうと、真理子が事故に遭ったという事実に変わりはなく、その責任の一端は自分にあった。

事故から一ヵ月が過ぎた頃、南條は初めて真理子の病室を訪れた。当時の真理子は、市内にある総合病院に入院していた。しかし結局、南條が病室に入ることはなかった。昏睡状態の彼女を見るのが怖かったのだ。自分は真理子に面会する資格のない人間なのだと強く感じていた。

扉の前で踵を返し、南條は病室を離れようとした。その瞬間、背後にいた男が、慌てた様子で視線を逸らした。狼狽したその素振りから、男がずっと自分のことを注視していたのだと南條は察知した。

男は背中を向け、足早に立ち去ろうとした。

〈ちょっと待って――〉

不穏な何かを感じ、南條は男に追いすがった。

〈真理子に何か用ですか？〉

進路をふさぐように回り込むと、男は諦めたように立ち止まった。年齢は五十くらいだろうか。痩せた身体に、くすんだ色の背広を着ている。脂気のない頭髪には白髪が目立った。どことなく影の薄い、地味な印象の男だ。

〈あなた、誰なんです？〉

男は重い息を吐き、上目遣いに南條を見た。そして逆に、南條に質問を返した。

〈君は、被害者のご親族ですか？〉

数分後、南條と男は病院内の喫茶室で向かい合っていた。

南條が自分と真理子の関係をありのままに話すと、男の表情に微かな痛みが滲んだ。

男の名は尾島といった。中華街に近い加賀町警察署で、交通課の課長を務めているのだという。真理子の事故の処理に携わった尾島は、見舞いのために病室を訪れたのだった。

〈関口真理子さんの事故が、私には他人事《ひとごと》とは思えんのです〉

かつて自分も息子を交通事故で失ったのだと、尾島は語った。散歩中に目を離した隙に、まだ五歳だった息子はタンクローリーにはねられたらしい。

〈そんな自分が交通課に在籍しているなんて、皮肉なもんです〉

苦悩に歪んだ尾島の顔から、南條は目を背けた。南條には尾島の気持ちが痛いほど分かった。息子を死なせてしまったという自責の念から、いまだに解放されずにいるのだ。

南條は尾島に対し、今の自分の気持ちを吐露した。打ち明ける相手がいなかった分だけ、口調は熱を帯びた。気がつくと、南條は泣いていた。

無言で話を聞いていた尾島は、絞り出すような声で言った。

〈あなたは少しも、自分を責める必要はない〉

そして小さく、こう言い添えた。

〈責めを負うべき人間は、きっと他にいるのだから……〉

尾島の言葉を聞き咎め、南條は顔を上げた。瞬間、尾島はうろたえたように視線をさまよわせた。南條の話に心を動かされ、思わず口走ってしまった、そんな様子に見えた。

〈いけない、仕事に戻らないと――〉

取り繕うように伝票に手を伸ばし、尾島は席を立とうとする。

その手を、南條は思わず押さえていた。

〈今のはどういう意味ですか〉

南條に押さえられた尾島の手は、小刻みに震えていた。込み上げる感情を、無理やり抑え込もうとしているように見えた。

やがて尾島は、覚悟を決めたように口を開いた。

〈これから口にすることは、あくまでも私の独り言です〉

南條から顔を背け、尾島はゆっくりと語り始めた。

〈――関口真理子さんの事故は、単なる事故じゃない。自首してきた犯人は、おそらく替え玉です〉

意味が分からなかった。南條の視線から逃れるように、尾島はテーブルに目を伏せた。

〈あのひき逃げの一報を受け、すぐに刑事課と交通課が動きました。だがすぐに指示がくだり、事案は県警本部預かりとなった。犯人が自首してきたのはその直後です〉

自分にも詳しいことは分からない――そう前置きしたうえで、尾島は言った。あのひき逃げ事故には、表沙汰《おもてざた》にできない何らかの事情が隠されているのだ、と。

〈だからあなたは、自分を責める必要はないんです〉

おそらく尾島は、南條を自責から解放したいという思いで、その話を口にしたのだろう。

だが結果的に、南條の懊悩《おうのう》はさらに深まっていた。自首してきた男が替え玉であるなら、真犯人は誰なのか。事故を隠蔽《いんぺい》しなければならない事情とは一体何なのか。

南條の思いを察したかのように、尾島は忠告を口にした。

〈事故のことを忘れろとは言わないが、君は自分の人生を生きるべきです〉

事故の真相を探ろうなどと考えてはいけない——尾島は遠回しにそう言っているのだ。もちろんそれは、南條の身を案じてのことなのだろう。尾島は肩を震わせ、つらそうに目を閉じていた。

この男もまた、誰かに話を打ち明けたかったのだと南條は気づいていた。

尾島と会った翌日から、南條は『三信会』の事務所の監視を始めた。三信会は、自首をしてきたひき逃げ犯が所属する暴力団だ。小さな組織で、組員の数は二十名に満たない。このあたり一帯には、他に『塚本組』という暴力団があり、互いに鎬《しのぎ》を削っている。

南條はレンタカーを借り、三信会の動向を探り続けた。言うまでもなく、真理子のひき逃げ事件の真相を突き止めるためだ。何の力も持たない自分にとって、三信会だけが唯一の手掛かりだった。当然、ヤクザを相手にすることに対する恐れはあった。しかし当時は、真実を知りたいと願う思いが恐怖心を上回っていた。

数日間の監視の末、南條は一人の組員に目を付けた。カズヤと呼ばれている二十二、三の男で、幹部組員の運転手を務めている。毎朝決まった時刻に幹部を乗せ、マンションと事務所の間を往復し、夜は車を自宅アパートの駐車場に止めている。

南條は、何らかの手段でカズヤから情報を得ることはできないかと考えた。問題はその方法だった。いくら末端組員とはいえ、相手はヤクザ者である。脅しをかけようにも、一筋縄でいくとは思えない。思い悩む南條だったが、その問題は一人の男によって解決された。

ある晩、三信会の事務所を遠くから監視していた南條は、車の横に立った男の姿に気づいた。男は車内を覗き込み、サイドウィンドウをコツコツと叩いた。

南條の全身は緊張に強張《こわば》った。てっきり男のことを、三信会の組員だと思ったからだ。

〈南條さんですよね？　ちょっとばかし、顔貸してもらえますか〉

南條が下ろしたサイドウィンドウの隙間から、男はそう言った。言葉は丁寧だが、有無を言わさぬ口調だった。覚悟を決めて車を降り、南條は男のあとに従った。

背の高い男で、年は三十代の半ばくらいだろうか。細面の顔に色の薄いサングラスをかけ、英国製と思われる上質な三つ揃いに身を包んでいる。一見して、極道には見えない。上着のポケットには、折り畳んだスポーツ新聞を無造作に突っ込んでいる。

南條の予想に反し、男の足は三信会の事務所には向かわなかった。近くの繁華街にあるパチンコ店の扉を開き、片隅の台の前に腰を下ろす。戸惑いながら、南條も男の隣に腰を下ろした。

〈じつは、ひどく感動しちまいましてね〉

南條に横顔を向けたまま、男は言った。

〈事故で亡くなった恋人のために、真実を知ろうとするあなたの愚直な姿にね〉

男は首を巡らせ、南條に微笑みかけた。笑っているのは左目だけで、右目に生気は感じられない。義眼なのだと知れた。

〈真理子は死んではいない。あんたは一体誰だ？〉

〈名乗るほどの者じゃありませんよ。まぁ、善意の第三者ってとこですかね〉

そう嘯《うそぶ》いて、男はパチンコ台に目を戻した。レバーを回し、購入した玉を弾き始める。喧《けん》噪《そう》に満ちた店内で、二人に関心を向ける客はいない。

〈私はね、あなたを手助けしたいんです〉

〈手助け――？〉

男はパチンコ台のレバーから手を離し、折り畳んだスポーツ新聞をポケットから引き抜いた。それを無言で南條に差し出す。

受け取った新聞は、なぜかずしりと重かった。何かの物体を、新聞に挟み込んでいるのだ。

〈おっと、ここでは覗くだけにしといてくださいよ〉

新聞を開こうとした南條に、義眼の男は言い添えた。言葉に従い、筒状に畳まれた新聞を上から覗き込んでみる。

思わず息を呑んだ。挟み込まれた物体は、一丁の拳銃だった。

緊張に強張った南條の顔を見やり、義眼の男はニヤリと笑った。

〈安心してください。本物じゃありませんから。ロシア製のオートマチックを模したモデルガンです〉

新聞の包みを手にしたまま、南條は相手の顔を凝視した。

〈でもね、見た目は本物と変わらない。脅しに使うには充分です。ヤクザとやり合おうって人が、丸腰じゃいけませんからね〉

南條はようやく気づいていた。三信会を監視し続けていたこの数日間の自分を、この男はマークしていたのだと。

〈きっとあなたは、それを持っていて良かったと思うはずですよ〉

すべての玉を打ち終え、義眼の男は席を立った。新聞の包みを手にしたまま、南條はしばらく立ち上がることができなかった。


二日後の夜、南條は計画を実行に移した。カズヤのアパートは、本牧にある洒落た造りの二階建てだ。路地をはさんで向かいに駐車場がある。屋根のないコンクリート敷きで、八台分のスペースが白線で区切られている。レンタカーをカズヤのアパートのそばに止め、南條は駐車場の車の陰に身を潜ませた。

南條が背負ったリュックサックには、義眼の男から渡されたモデルガンが入っている。迷いはしたが、念のために持っていくことにしたのだ。だが決して使うつもりはなかった。南條の手には、自分で購入したサバイバルナイフが握られていた。

小一時間が過ぎた頃、道の向こうからヘッドライトが近づいてきた。黒のBMW——カズヤの運転する車だ。

用意していた目出し帽を頭からかぶり、南條は息をひそめた。BMWはゆっくりと駐車場に進入し、割り当ての区画に駐車する。

その時になって、南條の手足は震え始めた。カズヤが車を降りる気配を感じたが、南條は立ち上がることができなかった。震える手から、ナイフが地面に落ちる。コンクリートが鋼の音を響かせた。

車を離れようとしていたカズヤの足音が、ピタリと止まった。

〈おいっ、誰か居んのか?〉

こちらに向かって、カズヤが怯《おび》えの滲んだ声を放つ。

心臓が鼓動を打ち鳴らし、震えが激しくなった。とっさに南條は、背中のリュックサックからモデルガンを取り出した。ひんやりとした銃把《じゅうは》を握り締める。ズボンのベルトにモデルガンを挟み、南條は車の陰から飛び出した。

〈誰だてめぇっ！〉

目を剝いたカズヤに、南條は体当たりをくらわした。路面に転げるカズヤ。その体に馬乗りになろうとした南條に、仰向けの体勢のままカズヤは蹴りを放った。靴の踵がまともに鳩尾《みぞおち》に入り、南條は呻いた。たまらず、その場に尻餅をつく。立ち上がったカズヤは素早く車にとって返し、車内から木刀を取り出した。

〈貴様、どこの組のもんだっ！〉

怒りに目を吊り上げ、大股に歩み寄ってくる。

恐怖と苦痛で、南條は立ち上がることができなかった。

〈半殺しにしてやる――〉

仁王立ちになったカズヤが、南條を見下ろして木刀を振り上げる。とっさに南條の手は、ベルトのモデルガンを引き抜いていた。銃口を向けられたカズヤが一瞬怯《ひる》む。反射的に南條は、引き金にかけた指に力を込めていた。

耳を聾する銃声が轟《とどろ》き、カズヤの体が吹っ飛ぶように後ろへ倒れた。コンクリートの路面に、音を立てて木刀が転がる。南條は愕然となった。仰向けに倒れたまま、カズヤは微動だにしない。首から流れ出した血が、路面に血溜まりを拡げ始めた。

必死に立ち上がり、南條はその場から走り去った。レンタカーに向かって駆けながら、目出し帽を脱ぎ、リュックサックの中に拳銃を突っ込む。

――きっとあなたは、それを持っていて良かったと思うはずですよ。

義眼の男の言葉が、脳裏によみがえっていた。

翌朝、駐車場での発砲事件はニュースで大きく取り上げられた。被害者である木村和也は、搬送先の病院で死亡が確認されたという。死因は、頸部《けいぶ》大動脈に銃弾を受けたことによる失血性ショック死だった。

警察は所轄である山手署に特別捜査本部を設置し、捜査を開始した。だが結果的に、警察は捜査の方向性をあやまった。捜査本部は事件を暴力団同士の抗争と考えたのだ。木村和也の属する三信会は、同じ地域を縄張りとする塚本組と対立関係にあったからだ。

事件から数日間、南條はアパートに閉じこもったままでいた。部屋の片隅で膝を抱え、ただ震えながら時を過ごした。木村和也を殺してしまったという事実に怯えながら、同時にいくつかの疑問が頭から離れずにいた。

なぜ、あの義眼の男はモデルガンと偽って本物の銃を渡したのか。南條に木村和也を撃たせることで何のメリットがあるのか。

そして——そもそもあの義眼の男は、何者なのか。

事件から一週間が過ぎた頃、南條のもとに一人の男から電話があった。以前に会った、加賀町署交通課課長・尾島だった。南條の電話番号は、陳から聞いたらしい。

〈そう思いたくはないが、やはり君なんですね？〉

尾島は、いきなりそう訊いてきた。言うまでもなく、駐車場での射殺事件のことだ。

南條は涙を流しながら、木村和也に発砲するまでの経緯を尾島に語った。

〈君ははめられたんです〉

話を聞き終えた尾島は、ため息とともにそう言った。

〈その義眼の男は、『河内連合《かわち》』の人間に違いない——〉

尾島によれば、関西系の暴力団組織である河内連合は、数年前から関東進出を目論んでいるのだという。

〈きっとその義眼の男は、三信会の動向を探るうちに、君の存在に気づいたんです。そして君を利用しようと考えた——つまり、君に木村和也を撃たせることによって、三信会と塚本組の間に波風を立たせ、自分たち河内組は漁夫の利を得ようとした。その義眼の男が自ら手を汚すよりも、君にやらせたほうがはるかにリスクは少なくて済みますからね〉

実際、発砲事件以降は双方の組の間でトラブルが生じ、どちらの組からも数名ずつの逮捕者が出ていたからだ。三信会と塚本組は、確実に衰退の道を辿り始めている。

〈君はもう、この街にはいないほうがいい。電話で話すのも、これが最後です。私はどうやら監視されている〉

結局、南條は尾島の忠告に従った。数日の間にアパートを引き払い、東京へ向かった。そして東京湾の貨物倉庫で住み込みの肉体労働を半年ほどしたあと、警視庁の警察官採用試験を受けたのだった。

夜逃げ同然で横浜を離れた南條だったが、陳にだけは挨拶をしていた。入庁手続きの際の身元保証人も陳に頼んだ。南條が警察へ転職する理由について、陳は何も訊かなかった。その後、真理子が現在の北鎌倉の療養所に移ったと知ったあとは、定期的に見舞いに訪れていた。何度目かの見舞いで、南條は陳と病室で再会した。

言うまでもないことだが、南條は自身の殺人を誰にも口外したことはない。もちろん陳に対してもだ。だが南條は、陳は薄々感づいているのではないかと感じることがあった。南條が殺人を犯したということも、何のために警察官になったのかということも――。

南條が警察官になった理由、それは真理子の事故の真相を突き止めるためだった。尾島がかつて語ったように、警察上層部が事故の隠蔽に関わっているのであれば、外部の民間人には何も知る術《すべ》はない。だが警察官として内部に潜り込めば、真相究明の可能性はゼロではないはず——南條はそう考えたのだ。しかし警察は予想以上に巨大な組織だった。

警察官になってすでに六年が経つ。ようやく巡査部長に昇格したが、それは小さな一歩にすぎなかった。組織の上層部に接触できる地位にまで到達するには、あとどのくらいの歳月が必要なのか。いや、そもそもノンキャリアである自分が、そこまで辿り着くことができるのか。

一般にノンキャリアの警察官が昇進できるのは、警視正までが限界と言われている。警視正は巡査部長の四つ上の階級で、キャリア警察官であれば通常は三十四歳程度で昇格できる。一方、ノンキャリアの警察官は、どれほど順調に出世できたとしても、五十歳を過ぎなければ警視正への昇級は不可能だ。そして当然のことながら、そこまで昇級できるのは、実力と運に恵まれた一握りの人間にすぎないのだ。

ベッドの上の真理子は、穏やかな表情で眠り続けている。

警察の職を拝命した直後、南條はこの寝顔に誓った。

君の時間を止めた者を、俺は決して許しはしない。必ずこの手で犯人を捜し出し、相応の報いを与えてやる——と。

だが、今の自分はどうだろう。先ほど陳に見透かされたように、南條は次第に真理子のことを重荷に感じるようになっていた。その思いは結果的に日々の職務に対する意欲の低下を呼び、桜庭由布子を悲惨な事件の被害者にしてしまった。

瞼をきつく閉じ、南條はベッドの真理子に背を向けた。

もう二度と、ここへ足を運ぶつもりはなかった。

そのまま足早に病室を出ようとした瞬間、懐で着信音が鳴った。ジャケットの内ポケットから携帯電話を取り出してみる。

液晶の小窓には、発信者名が表示されている。

交番の班長・沼川の名だった。

「――大丈夫ですよ」

佐原が言った。

「我々につながる糸は、何一つないんですから」

テレビ画面から目を離し、千鶴は佐原に頷き返した。だが、不安感と罪悪感は少しも薄らぎはしない。

千鶴の自宅のリビングだった。庭に面した十二畳の洋間には、普段なら眩《まぶ》しいほどの日差しが差し込むが、今日の空は重い雲に覆われている。

時刻は午後三時になろうとしている。千鶴と佐原はダイニングテーブルにつき、テレビのワイドショー番組に見入っていた。テーブルの上には、昼食でとった出前の丼《どんぶり》が三つ置かれているが、千鶴はほとんど手を付けていなかった。

テレビ画面には、スーツ姿の若いアナウンサーが映っている。彼は略図が描かれたパネルの前に立ち、指し棒を使って事件の概要を説明し始めた。昨夜、母・清子が起こした『女性刺傷事件』についてだ。画面の隅には『北区から新宿区へ　被害女性移動のナゾ』というテロップが添えられている。

画面には略図の描かれたパネルがアップで映っていた。それは事件現場である東十条と、その周辺の地図だった。地図の上方──つまり北側には『赤羽駅』の文字が四角で囲われており、そこから枝分かれした二つの線路が南下し、地図上でΛ形を描いている。二つの路線は東側がJR京浜東北線で、西側がJR埼京線だ。そして二つの路線の中ほどには、それぞれ『東十条駅』と『十条駅』の名が四角で囲われている。

《ご覧のとおり、十条一帯にはこの二つの鉄道路線が走っています。そして昨夜、被害者が刃物で刺されたと思われる場所がこちらです──》

アナウンサーの指し棒が、東十条駅の斜め右下に付された×印を示した。母が被害者を刺した場所だ。

《この場所の路面には多量の血液が残されており、被害者・桜庭由布子さんはここで犯人に刺されたと警察では見ています。ところがです──》

いったん言葉を区切り、アナウンサーは語気を強めた。

「負傷した桜庭さんが実際に発見されたのは、新宿区高田馬場の路上でした」

画面が横へパンし、もう一枚のパネルを映し出す。そこにはさらに広範囲の地図が描かれており、新宿区高田馬場と北区東十条の位置関係が分かるようになっていた。新宿区と北区は、間に豊島区を挟んで南北に並んでいる。パネル上の地図には三つの区を貫く一本の道路が描かれており、『明治通り』と添えられていた。

《目撃情報から、被害者が北区で事件に遭遇したのは午後九時三十分前後とみられています。そしてその後、被害者は十時五分頃に高田馬場の路上にて発見されました。この間、三、四十分。昨夜は日曜日で道も空いていたはずですから、車を使えば時間内に被害者を運ぶことは充分可能だったと思われます。そして実際に、犯人はそうしたのでしょう。しかし、分からないのはその理由です。もし犯人が犯行場所を偽装したかったのなら、新宿でなくてもいいはずです。新宿が犯人にとってどんな意味があるのか、警察もいまだにそのことを摑めずにいるようです》

佐原が小さく舌打ちした。自分が犯してしまったミスを悔やんでいるのだろう。そう、昨夜佐原は二つのミスを犯していた。そのことが原因で、新宿で事件が起きたように見せかけようとした佐原の画策は、警察によって早々に見破られてしまったのだ。

千鶴は昨夜のことを思い返していた。

被害者の女性・桜庭由布子を乗せて、佐原は新宿へと車を走らせた。ただし、いまテレビで言っていた明治通りは使っていない。佐原はずっと、明治通りに沿った裏道を選んで車を走らせたのだ。

〈『Nシステム』ってご存じですか？〉

理由を尋ねた千鶴に、佐原はそう訊き返した。佐原によれば、主要な道路にはNシステムと呼ばれる、ナンバー自動読み取り装置が警察によって設置されているのだという。もし本来の事故現場が東十条だと発覚した場合、Nシステムに記録されたデータを分析することによって、当該時刻に新宿方面へ向かった車輌を警察はたちどころに特定できるらしい。

古書店を経営しているだけあって、佐原は物知りだった。しかし裏を返せば、佐原がNシステムを意識したということは、すでにその時点で偽装の発覚を覚悟していたということでもある。つまり、佐原はその時すでに一つ目のミスを犯していた。

事件現場の血だまりを拭い去ることができず、そのままにしてきてしまったのだ。もっとも、厳密に言うならそれはミスではない。あのとき佐原は、千鶴に血だまりを拭うよう指示したのだが、通りがかりの車が近づいてきたため断念せざるを得なかったのだ。それでも、もう後へは引き返せないと決めたのだろう。

〈本の買い取りであちこち回ってますから、道にはわりと詳しいんです〉

そう言ったのを最後に、佐原は無言で車を走らせ続けた。

一方、千鶴のほうは完全に冷静さを欠いていた。座席に横たえられた桜庭由布子は、すでに意識を失っているように見えた。千鶴は彼女の頭を膝に乗せ、懸命に呼び掛け続けた。

〈お願いだから、死なないで――〉

千鶴は泣いていた。よっぽど佐原を説得して病院へ向かってもらおうかとも思った。だが、そのたびによみがえるのは、先ほど佐原が口にした言葉だった。

〈何もかも失うことになるんですよ。それでもいいんですか？〉

きつく閉じた瞼の隙間に涙が滲んだ。どちらを選択していたとしても、結局は地獄なのだと気づいた。

〈ごめんねぇ、ママ……〉

不意に後ろの座席から声がした。母の清子だった。

〈ママ、ごめんねぇ。許してねぇ……〉

幼児に退行した母は、同じ台詞を何度も繰り返した。

〈いいかげんにしてよっ！〉

千鶴の一喝に清子は黙り込んだ。顔を伏せ、怯えた様子で視線をさまよわせる。

たとえ何があったとしても認知症の人を叱ってはいけません――主治医の指示を破ったのは、その時が初めてだった。だが、今の千鶴には母の様子を気にかけている余裕はなかった。

〈着きました。ここで降ろしましょう〉

佐原が車を止めたのは、川に沿った細い路地だった。どちらかといえば用水路に似たその川には、『神田川』という表示板が立てられていた。表示には小さく『新宿区』と添えられている。川の向こう側には、川べりからせり出すようにして古い家並みが続いている。

〈どうしてここに――？〉

慌ただしく運転席を降りようとした佐原は、千鶴の問いかけに振り向いた。

〈彼女が今晩、向かう予定だった場所です〉

佐原は上着のポケットから手帳を取り出した。彼女の手帳だ。佐原は手帳のページを開き、千鶴に示した。

それは日々のスケジュールを記入する欄だった。一ページにつき月曜から日曜までの枠が区切られている。佐原が開いたのは今週のページで、今日の日付の欄にはボールペンの女文字で『夜、新宿』と書かれていた。

〈新宿のどこへ行くつもりだったのかは分かりませんが、ここで降ろします。これ以上は彼女の体が保《も》ちそうにない。急ぎましょう〉

千鶴の手から手帳を奪い取ると、佐原は車を降りた。泣き濡れた顔のままで、千鶴も外へ降り立つ。清子は魂が抜けたような顔をして、後ろの座席で放心したままだ。

〈千鶴さん、脚を――〉

促され、千鶴は彼女の脚を抱えた。生温かい、粘つくような湿り気を手に感じた。血だった。座席の上に敷いておいたビニールシートは、おびただしい量の血液に濡れている。

〈見ちゃダメですっ！〉

佐原に言われ、千鶴は目を背けた。恐ろしさに膝が震えだす。それでも彼女の脚を必死に抱えたままでいた。佐原と千鶴は彼女の体を路地の上に横たえた。

〈何してるんですっ、早く乗って！〉

車へ戻ろうとした佐原が、押し殺した声を放つ。だが千鶴はその場を離れられなかった。路面に横たわった彼女の顔は、街灯の明かりを受けて死人のように見えた。

〈人が来ないうちに早くっ！〉

腕を取られ、千鶴は無理やり車の中へ押し込まれた。佐原は車を急発進させ、来た道を戻り始めた。千鶴の瞳から再び涙が溢れ出す。しゃくりあげながら、千鶴は泣き続けた。

佐原が舌打ちを洩らしたのは、東十条の近くまでさしかかった時だった。

〈――しまった〉

路肩に車を止め、佐原は上着のポケットから何かを取り出した。

彼女の手帳だった。

〈彼女のバッグの中に戻し忘れました――〉

バックミラーに映る佐原の眉間には、悔恨の翳りが濃く滲んでいた。

それが、昨夜二つ目のミスだった。

〈きっと大丈夫です。心配ない――〉

自分を励ますように佐原は言った。

〈もし彼女が誰かと会う予定でいたのなら、その人物が証言してくれるはずです。今夜彼女が新宿へ行こうとしていたことを――〉

しかし結局、犯行現場が東十条であることを警察は突き止めた。東十条に残された血液が、被害者・桜庭由布子のものであることが、血液鑑定によって明らかになったのだ。

そのことを千鶴と佐原は昼のニュースで知った。そして今――。

二人が見入るワイドショーが、決定的な事実を告げていた。それは被害者・桜庭由布子が昨夜どこへ向かおうとしていたか、という点についてだった。

《さて次に、被害に遭った桜庭さんの当日の足取りを振り返ってみたいと思います》

画面が再び横へパンし、はじめのパネルを映し出す。Λ形に線路が枝分かれした十条一帯の略地図だ。Λの右側の線の中ほどには東十条駅が、左側の線には十条駅がある。

《警察の調べによりますと、桜庭さんは昨夜九時十分頃にアルバイト先から帰宅し、その後すぐに外出しています。桜庭さんの自宅アパートがあるのは中十条二丁目――ちょうどこの

辺りです》
アナウンサーの指し棒が、東十条駅と十条駅の中間地点、つまりΛの中心を指し示した。彼女のアパートがここから近いことに千鶴は気づいた。千鶴の自宅は中十条三丁目だ。
《アパートを出た桜庭さんは、まず十条駅方面へ向かいました――》
言いながら、アナウンサーは指し棒の先端をΛの左側の線へと移動させた。
《そして駅前の花屋でユリとかすみ草の花束を購入しています。ちなみのこの時、桜庭さんは花束の用途を店員に話してはいません。そして――》
指し棒の先端が、今度はΛの右側の線へと移動する。
《そのあと桜庭さんは、東十条駅方面へ向かったと見られます。そして九時半前後、桜庭さんはこの場所で何者かに刃物で腹部を刺されました》
東十条駅のそばに付されたバツ印を、指し棒が叩いた。
《桜庭さんの現在の容体《ようだい》についてですが、発見されるまでの時間が長かったため出血がひどく、今もなお意識不明の状態が続いています。そのため、花束を購入した桜庭さんがどこへ行こうとしていたのかは分かっていません。ただ東十条駅へ向かう途中で事件に遭遇しているることから、桜庭さんは京浜東北線に乗って上野・品川方面、もしくは下りの大宮方面へ向かおうとしていたものと思われます》

思わず千鶴は、佐原の横顔に眼を転じていた。

「これって……どういうことなんでしょう？」

千鶴と同様、佐原も困惑に眉をひそめていた。自分と同じ疑問を、佐原も抱いているのだと知れた。

「昨夜、彼女は新宿へ行こうとしていた――佐原さんはそうおっしゃいました。でも彼女は十条駅の近くまで行っていながら、わざわざ引き返し、東十条から電車に乗ろうとしていた。ということは――」

「彼女は新宿へ行くつもりじゃなかった――」

千鶴の言葉を引き継ぎ、佐原が言った。愕然としたその面持ちは、テレビ画面に向けられたままだ。

もし昨夜の桜庭由布子が新宿へ行くつもりだったのなら、十条駅から埼京線に乗ったはずだ。そうすれば、新宿駅までは一本で行ける。ところが、東十条駅から新宿駅へ行くためには、京浜東北線で赤羽駅まで戻ったあと、埼京線に乗り換えなければならない。明らかな遠回りとなる。彼女が新宿へ行くつもりだったのなら、はじめから十条駅で埼京線に乗っていたはずだ。

佐原は千鶴に顔を向けた。眉間《みけん》には深い縦皺が刻まれている。

「だけど、手帳には確かに『新宿』と書いてあったんだ……」

分からないのはそこだった。彼女の手帳の昨日の日付の欄に『夜、新宿』の書き込みがあったことは、千鶴自身も目にしているのだ。

彼女の手帳や座席に敷いていたビニールシート、血が付着した千鶴と佐原の衣類は、すべてポリ袋に入れて庭の隅に埋めてある。それを決めたのは佐原で、作業自体もほとんど彼が一人でこなした。はじめは焼却することも考えたようだが、すぐに断念したようだ。煙の発生によって近所に気づかれることを懸念したのだろう。

泥だらけになった佐原が作業を終えたのは、午前三時過ぎのことだった。千鶴も佐原も昨夜は一睡もしていない。

二人はテレビ画面に目を戻した。

《東十条では一昨日も女性が刺されて死亡しています。警察では同一犯の犯行の可能性が高いとみて捜査を進めています》

画面がシャンプーのCM《コマーシャル》に切り替わった。それを待っていたかのように、隅のソファーで「ふぁーあ」と欠伸の声が上がった。

母の清子だった。

昼食をとったあと、母はずっとソファーの上で昼寝をしていたのだ。

「あらぁ、もうこんな時間？」

掛時計を見上げ、清子は言った。場の空気にそぐわない、のんきな口調だった。自分がしでかしたことなど、すっかり記憶から消えているのだ。

千鶴は母に対する憎しみを禁じ得なかった。唇の端を噛み、母を強く睨んだ。そんな様子に気づいたのか、佐原がとりなすように表情を和《やわ》らげた。

「お母さん、お目覚めですか。よく眠っていましたよ」

「あたし、お祈りしてこなくっちゃ」

よっこいしょっ、と清子は腰を上げた。

佐原は千鶴に目顔で頷き、椅子から立ち上がった。清子に寄り添い、リビングから出ていく。

「大丈夫よぉ、佐原さん。あたし、一人で行けるもの」

「まぁ、そうおっしゃらずに。ご一緒させてください」

二人の気配が離れのほうへと遠ざかってゆく。リモコンを手に取り、千鶴はテレビを消した。テーブルに肘をつき、伏せた顔を手のひらで覆う。

心も体もひどく疲れていた。ほんのひと時でいい、何も考えずに頭を休めたかった。しかし、昨夜からの悪夢のような記憶は、千鶴の思考を捉えて放さなかった。

手帳や衣類を庭に埋めたあと、千鶴と佐原は清子に問い質《ただ》した。なぜ母は、二人の女性を刃物で襲うという凶行に及んだのか。

きっと佐原がいなければ、母からは何も聞き出せなかったに違いない。動揺のあまり千鶴は取り乱しそうになり、そんな千鶴を前にした母は、怯えるだけで何も話そうとはしなかった。ただ一人冷静だった佐原が、千鶴を落ち着かせ、根気よく母から言葉を引き出そうとした。結果、母は事件の動機らしきものを切れ切れの言葉で語り始めた。しかしそれは、到底千鶴が理解できるものではなかった。

〈神皇さまがねぇ、お導きくだすったのよ……〉

母の瞳は、虚ろでありながら妙な熱気を帯びていた。

〈けがれた血を清めるために、きれいな血が要るって……だから清子ね、一生懸命にやったのよ……ママの左手が元どおり動きますようにって……血にお祈りしたの……〉

千鶴がまず驚いたのは、左手の震えについて母が知っていたという点だった。今まで千鶴はそのことを一度も母に話したことはない。余計な心配をかけたくないという気づかいもあったが、それより、認知症である母に打ち明けたところで無意味だと思ったからだ。しかし母は、千鶴が思う以上に娘のことを観察していたのだろう。

千鶴の左手の不調について、母は『慈友神皇教会』に相談をしたらしい。千鶴が禁じたにもかかわらず、母はひそかに教会に出入りしていたのだ。そこで母は、教会の幹部から供物を捧げるよう勧められたという。言うまでもなく、その言葉は教会への寄進を意味していたのだろう。だが、母は幹部の言葉を曲解してしまった。

〈左利きの手のきれいな血をお供えしてお祈りすれば、きっと神皇さまがチヅちゃんの左手を良くしてくださるよぉ〉

そのために母は、帰宅途中の若い女性を包丁で刺殺し、切り裂いた左手首から血を採取した。それが一昨日の『専門学校生殺害事件』だ。

〈やっぱり母は、入院させておくべきだったんだわ――〉

母の話をひととおり聞いたあと、千鶴は激しい後悔に苛まれた。テレビ出演や取材の対応で忙しかった頃、千鶴は母を認知症患者専門の施設へ入院させることを考えたことがあったのだ。

〈いや、今回のお母さんの行動に認知症は無関係だと、僕は思いますよ。お母さんを凶行に衝き動かしたのは、おそらく教会の洗脳です〉

うなだれた千鶴を慰めるように佐原は言った。

〈だけど、お母さんはどうやって左利きの人間を見分けたのだろう？〉

佐原の疑問を耳にした母は、途端に得意げな表情を浮かべた。

〈だってホラ、みんな夢中になってプチプチやってるじゃないさ〉

母は左手で携帯メールを打つ仕種《しぐさ》をしてみせた。その意味を理解するのに、千鶴は数秒かかった。要するに母は、左右どちらの手で携帯電話を操作しているかで利き手を見極めていたのだ。ただし、左手で携帯をいじっていたからといって、必ずしも左利きとは限らない。だが、今そんなことを母に説くのは詮《せん》ないことだった。

母から話を聞き終えると、佐原は離れの部屋へ入った。

〈お母さん。すみませんが、これは処分させてもらいますよ〉

佐原が指差したのは、血液の入ったグラスだった。部屋の隅に置かれた白木の台の上に、立像とともに並べられた例のグラスだ。室内に漂う生臭い臭気が、先ほどよりも強くなっているように千鶴は感じた。

〈こんなものを残しておくと、みんなが困ることになりますからね〉

そう言って佐原がグラスに手を伸ばした瞬間だった。

〈やめろぉっ！〉

吼《ほ》えるような声を発し、母は佐原の腕に摑みかかった。圧倒されたように佐原がたじろぐ。

〈これは神皇さまへのお供え物なんだっ。汚い手で触るなっ！〉

それからは佐原がいくら説得しても、母は頑として聞き入れようとはしなかった。それどころか、母は逆に佐原に食ってかかった。

〈もう一つの血はどこへやった⁉　おまえだなぁ？　おまえが捨てたんだなぁ！〉

昨夜、桜庭由布子を襲ったことは記憶しているが、彼女の血を採取していないことは覚えていないのだ。

結局その場は佐原がなだめ、母はやがて大人しくなった。しかし――。

〈当面の問題は、お母さんの存在ですね。あの様子じゃ、こっそり抜け出してまた同じことを繰り返さないとも限らない〉

それはまさに、千鶴自身も懸念していたことだった。

その後二人で話し合い、佐原と千鶴は清子を交代で監視することにした。昼間は千鶴が、夜間は佐原が、清子のそばに付きっきりで過ごすのだ。

そのため佐原は、着替えなどの必要な物を取りに、早朝に一度自宅へ戻った。古書店の店舗を兼ねた佐原の自宅は、東十条駅前商店街の中ほどに位置している。通りに面した一階が古書店になっており、その奥と二階部分が住居スペースだ。そこに佐原は一人で住んでいる。妻はもうずいぶん前に病死し、子供もいないらしい。

〈うまくいきました。早い時間なので、近所の人には誰も見られていません〉

店は当分の間、休業するつもりだと佐原は言った。下ろした店舗のシャッターに、その旨を記した貼り紙をしてきたという。

〈これまでにも旅行なんかでしょっちゅう店は空けてますからね。誰も不審には思いません〉

にこやかに言う佐原は、千鶴がよく知るいつもの佐原だった。様々な偽装工作を講じた昨夜の険しい表情は、今は微塵《みじん》も感じられない。

〈ただし、私がここにいることは、誰にも知られてはなりません。だから私は一切の外出は控えることにします〉

佐原は持参した寝袋に潜り込み、座敷の隅で昼まで仮眠をとっていた。清子の監視があるため、夜間は一睡もできないからだ。清子もさすがに疲れたのか、リビングのソファーでじきに寝入った。ただ一人、千鶴だけがダイニングテーブルについたまま、呆然と時を過ごした。眠気はまったく感じなかった。それどころか、これからのことを思うと頭はどんどん冴えるばかりだった。そして昼をだいぶ過ぎた頃、出前の昼食を三人でとり、先ほどのワイドショーを目にしたのだった。

離れのほうから、唸るような声が聞こえていた。母が祈禱を捧げているのだ。きっと佐原はその様子をそばでじっと見守っているに違いない。

千鶴は椅子から腰を浮かしかけた。昼間の監視は自分の役目なのだ。佐原と交代しなければばならない。しかし千鶴は立ち上がることができなかった。もう少しだけ、このままじっとしていたかった。佐原には申し訳ないが――。

千鶴は思った。自分は佐原に感謝するべきなのだろうか、と。

たしかに佐原がいなければ、今頃自分はどうなっていたか分からない。母の凶行を前にして、きっとうろたえるばかりだったに違いない。だがそこへ佐原が現れ、力を貸してくれた。思惑どおりにいかなかった部分もあるが、とりあえず今は静かな時間が流れている。

でも、それは本当に正しい選択だったのだろうか。

佐原が千鶴の書道教室に通うようになったのは、半年ほど前のことだった。きっかけは共通の知人を介しての紹介だった。

〈いやぁ、以前から〝書〟には興味があったんですが、なかなかチャンスがなくって。そんな時、永井さんからたまたま先生のお噂を聞いて……家も近いですし、是非この機会にと思いましてね〉

初めて会った時、佐原は千鶴にそう語った。『永井さん』というのは地元の商工会の会長をしている人物だ。佐原は週に一度、千鶴の自宅に足を運び、千鶴から書の手ほどきを受け始めた。だが熱心な態度のわりに、佐原はなかなか上達しなかった。千鶴の書道教室は、原則として個人教授である。

千鶴は次第に気づき始めた。佐原の目的は書ではなく、自分にあるのではないかと。

〈いやぁ、先生を紹介してくれって、しつこくせがまれちゃってねぇ、参りましたよ。あの男、よっぽど先生にお熱なんですな。ハッハハッハッ〉

のちに永井からそんな話を聞かされ、千鶴の思いは決定的となった。それからは意識的に、佐原とは距離を保つように努めた。食事や映画に何度か誘われたこともあったが、そのたびにやんわりと断った。佐原はたしかに好人物ではあるが、千鶴のほうにその気はまったくなかった。

それが今――佐原との関係が大きく変わろうとしていることに、千鶴は小さな脅威を感じていた。昨夜から今朝にかけて佐原が行ったことが明らかになれば、佐原は間違いなく罪に問われる。危険を冒してまで、なぜ佐原は自分に力を貸してくれるのか。

千鶴が畏れているのは、その点だった。

佐原をそこまでの行動に駆り立てるもの――それが千鶴に対する一方的な好意によるものであるのなら、近い将来、佐原は自分に対して何らかの見返りを求めてくるのではないだろうか。そう考えると、同じ屋根の下に今も佐原がいるという事実が、千鶴を怯えさせた。

いずれにせよ、今のこの状態がこの先もずっと続くとは思えなかった。いや、仮にずっと続いたとしても、千鶴の人生には佐原の存在が常につきまとうことになる。

やはりそうなのだ――どちらに転んだとしても、自分の将来には絶望が待つだけだ。
離れから続く祈禱の声を聞きながら、千鶴は頭を抱え込んだ。

「話したいことは二つだ」

ベンチに腰を下ろすなり、沼川は切り出した。

「――まず一つ、桜庭由布子の自転車盗難届を渡してもらいたい」

隣に座る南條は、まっすぐ前を向いたまま、何も答えずにいた。二人の前を、買い物帰りの主婦が自転車で通り過ぎる。

東十条駅前交番から徒歩で五分ほどのところにある、公営団地の敷地内だった。高層アパートが十棟ほど並んだ団地で、棟と棟の間には休憩用のベンチが配されている。

沼川と南條は、そのうちの一つに腰を下ろしていた。

今から二時間近く前、真理子の病室にいた南條は、沼川からの電話連絡を受けた。

〈どうしても君に話したいことがある〉

沼川はそう言って、待ち合わせにこの場所を指定したのだ。真理子の療養施設がある鎌倉から、南條は電車で再び東十条へ戻ってきたのだった。

「君が持ち出したのは分かってるんだ。今すぐ出したまえ」

無言を貫く南條の横顔に、沼川は続けた。

「気づいたのは、君が上がったあとのことだったよ。『桜庭』という苗字は珍しいからね。その上、昨夜の被害者の住所が『中十条二丁目』だ。間違いないと思った。彼女の盗難届を寝かせたままだったことが明るみになれば、君はタダじゃすまんぞ」

南條はゆっくりと、沼川に顔を向けた。

「忘れたわけじゃないだろう？　あの書類の受付者の欄には、君が自分で名前を書いたはずだ」

沼川の言葉の意味を南條は理解した。自分の責任を棚上げし、すべてを南條に押しつけようとしているのだ。

「どのみち彼女は助からん。あの盗難届は握り潰すんだ」

まばたきもせず、二人は束の間見つめ合った。その前を子供たちがはしゃぎながら駆け抜けてゆく。すると、不意に沼川の瞳がフッと緩んだ。そのまま視線を外し、走り去っていった子供たちを遠い目で見送る。

「息子がいるんだ。高校二年になるかな——」

何かを懐かしむような眼差しで、沼川は目尻を下げた。

「小学生の頃は〈大きくなったらお父さんのような強いお巡りさんになるんだ〉って、いつも言ってたんだが、最近じゃ見向きもされんよ。いつからこんなふうになっちまったのか」

日に焼けた五十男の顔が、哀しげな笑みに歪んだ。そんな沼川の表情を目にするのは初めてだった。

南條はジャケットの懐から折り畳んだ書類を取り出した。桜庭由布子の自転車盗難届だ。

「悔やんでますよ」

南條は言って、手にした盗難届に目を落とした。

「あの日のうちにこれを署に上げていれば、彼女が事件に巻き込まれることはなかったかもしれない」

「無理だ。たとえ君の言うとおりにしていたとしても、たった一日で自転車が見つかるはずは――」

「でも可能性はゼロじゃなかったっ！」

沼川は息を吐き、南條が手にした盗難届に目を向けた。

「それをどうするつもりかね」

南條は答えなかった。言いようのない憤りが、胸の奥で渦巻いていた。沼川の頭には保身のことしかない。不祥事の発覚によって処分されることを恐れているのだ。しかし南條には、この盗難届の件を世間に告発しようなどという気はなかった。そんなことをしても何の意味もない。

なぜなら、南條の憤りは自分自身に向けられたものだからだ。

南條は盗難届を懐にしまい、代わりに一通の封筒を取り出した。昼間書いた、辞職願だった。

座ったままで居住まいを正し、両手で持った封筒を沼川に差し出す。

「――これまでお世話になりました」

受け取った封筒に目を落とし、沼川は口を開いた。

「初めて会った時から、君とは反りが合わないと感じていた。もちろん、その思いは今も変わっちゃいない」

沼川は表情を引き締め、まっすぐに南條を見た。

「二つ目の話だ。特捜本部から応援要請が来ている。地域課から一名、本部に捜査員として参加してほしいと――」

刑事課で一名、体調不良のため欠員が出たのだと沼川は説明した。

「地域課長《うちの》から誰か推薦するよう言われ、私は君の名を上げた。たとえ限られた期間だとしても、君と顔を合わせずに済むのだからね」

沼川の顔を、南條はじっと見返していた。

「しかしどうやら、その必要もなくなったようだ」
指先につまんだ辞職願を、沼川はひらひらと振ってみせた。
南條は俯き、瞼をきつく閉じた。
耳の奥でユキの声がよみがえる。
〈南條さん、犯人を捕まえて。三人も誰かが死ぬなんて、わたし耐えられないよ〉
目を閉じたまま、南條はかぶりを振った。
路面に残された血だまり――。
真理子の白い寝顔――。
あの夜の銃声――。
南條は目を開けた。
隣に沼川の姿はなく、代わりに封筒が置かれている。
南條が渡した辞職願だ。
立ち上がり、遠ざかる沼川を南條は呼んだ。

時刻は午後七時をまわったところだった。

テーブルの上のコーヒーカップは、すでに空になっている。二本目の煙草を灰にし、多治見は窓の外に目をやった。

JR京浜東北線・桜木町駅近くの喫茶店だった。

店の前の通りを、多くの人が行き交っている。駅のほうへ急ぐ人々は、仕事を終えた勤め人たちだ。反対に駅から町へと向かうのは、ほとんどが家族連れやカップルだった。それらの人々は、中華街での食事や遊びを目的にこの街を訪れたのだろう。

多治見は店の中に目を戻し、三本目の煙草に火をつけた。造りは古いが、わりと広めの店だった。テーブル席の半分ほどが埋まり、オールディーズのBGMが静かに流れている。

娘の明恵から多治見のもとへ連絡があったのは、昼間のことだった。一昨日の夜に多治見が依頼した、唾液の鑑定結果が出たという。明恵がこの店を指定したのは、同僚の目を避けるためだろう。科捜研からは、だいぶ離れた場所にある店だった。

約束は七時だが、明恵が現れる様子はなかった。

煙草をくゆらせながら、多治見は鑑定の結果について思いを巡らせた。昼間の電話では、明恵はそのことに一切触れなかったため、多治見はまだ結果を知らない。

東十条の映画館に通いつめ、常連客になりすまして採取した南條達也の唾液。もしそのDNAの型が、八年前に本牧で起きた『組員射殺事件』の現場遺留物のそれと一致するなら、南條が事件に関わっている可能性は飛躍的に高まることになる。

多治見はじりじりする思いで、明恵が現れるのを待った。

きっと明恵は、父が八年も前の事件になぜ固執するのか、理解できずにいるだろう。しかも射殺されたのは一般市民ではなく、当時本牧一帯を縄張りとしていた暴力団組織の構成員なのだ。

だがそのことこそが、多治見に執念を燃やさせる唯一の動機なのだった。

射殺された被害者・木村和也は横須賀の出身で、十代のはじめから何度も補導されていた札付きの不良だった。そして彼を補導していたのが、当時横須賀署の少年課に在籍していた多治見なのだった。

悪さはするがどこか憎めない――いつしか多治見は、和也のことを息子のように思い始めていた。おそらく和也自身も、多治見を父のように感じていたはずだ。彼がまだ幼い頃に両親は離婚しており、和也は母親に引き取られて育った。だが、地元のキャバレーで働く母は身持ちが悪く、家庭環境は良好とは言い難かった。

それでも和也は、多治見と出会ったことで次第に更生してゆき、無事に工業高校へと進学した。

多治見は事あるごとに、親身になって和也の面倒を見た。授業参観に母親の代理で出席したこともあった。初恋の相談にも乗ってやった。高校卒業後の就職の世話もした。

だが結局、和也は『三信会』という暴力団の準構成員となった。多治見の斡旋《あっせん》した自動車修理工の仕事は一ヵ月たらずで辞めてしまったのだ。同僚たちにうまく馴染めなかったのが原因らしい。三信会には、不良時代の和也の仲間が何人か籍を置いている。和也は彼らに誘われたようだった。

多治見は幾度か和也を説得した。だが、和也はもう堅気に戻る気はないようだった。

状況に変化が起きたのは、二年後のことだった。和也の母親が突然亡くなったのだ。心筋梗塞だった。和也が久し振りにアパートを訪ねると、母は布団の中で冷たくなっていたらしい。

決して仲のいい親子ではなかったが、母の死に和也はショックを受けた。唯一の肉親を失った和也は、多治見の説得に耳を貸すようになった。

〈タジさん。こんな俺にでも勤まる仕事って、あんのかなぁ〉

多治見は知り合いのつてを頼って、和也の就職先を探し始めた。そんな多治見の親身な姿に、和也も組から足を洗う決意を固めたようだった。それでも、もし組が和也を手放そうとしない場合は多治見が間に入るつもりでいた。

だが、その必要はなくなった。

ある夜、和也が何者かに撃たれて死亡したからだ。

それが、『本牧組員射殺事件』だった。所轄の山手署には特別捜査本部が設けられ、捜査が行われた。だが結局、事件は解決をみなかった。

事件を『組同士の縄張り争い』と捉えた捜査方針が誤っていたからだ。実際に、本牧一帯では三信会の他に『塚本組』という暴力団組織が存在し、互いに覇権を争ってはいた。そして三信会は木村和也殺しを塚本組の仕業と考え、報復行為に出た。死者こそ出なかったものの、双方が相手方組員や事務所への発砲を繰り返し、多くの組員が検挙された。

しかし捜査本部は、肝心の木村和也殺しの容疑者を特定することはできなかった。

それから八年。未解決のまま現在に至る『本牧組員射殺事件』は、多治見の心に引っかかったままだった。そして定年を間近に控えた今、多治見は事件について独自に調べを進め始めた。このまま刑事の職を離れてしまっては、あの世で和也に合わせる顔がない。そして何より、一刑事としての矜持《きょうじ》が多治見を衝き動かしたのだった。

まず多治見が行ったのは、事件を再検証する作業だった。とはいっても、多治見が正式な捜査記録を読むことはかなわない。所轄が違うし、そもそもそれを閲覧するだけの正当な理由を持たないからだ。

よって、事件を振り返るためには、新聞やインターネット上の記事に頼る他なかった。しかしそのことが、多治見に大きな収穫をもたらす結果となった。

三信会についての情報をインターネットで収集していた多治見は、ある一つの事実に行き当たったのだ。それは、三信会の若手組員が起こしたひき逃げ事件に関する記述だった。横浜市中区の裏通りで、深夜、酒に酔った組員が若い女性をひき逃げし、翌日になって自首してきたのだという。その事件が起きたのは、『本牧組員射殺事件』の十日前だった。

これは偶然だろうか——多治見の頭からは、そのひき逃げ事件のことがいつまでも離れなかった。もちろん、ひき逃げをしたのは和也ではない別の組員だ。だが、もし二つの事件に何らかの関連があるとするなら、どんな因果関係が考えられるだろうか。

ひき逃げの被害者は、関口真理子という当時二十歳の女性だった。真理子の父親は華僑で、中華街で『萬寿楼』という広東料理店を経営している。真理子は事故の際に頭部を強打したため、現在も意識が戻らないままでいるらしい。

多治見は、関口真理子についてひそかに調査を行った。すると、一つの事実が判明した。

当時、真理子と交際していた男性が、ひき逃げ事件のおよそ二十日後に姿を消しているのだ。その時期は、『本牧組員殺害事件』の直後であった。男性は当時十九歳の若者で、萬寿楼の厨房で働いていた。

その人物が、他でもない南條達也なのだった。南條は恋人がひき逃げされてからはほとんど仕事には出ておらず、夜逃げ同然に姿を消したらしい。多治見は当時の同僚たちに聞き込みを行ったが、誰一人として南條の行方を知る者はなかった。

現段階では何一つ証拠はないが、南條は『本牧組員殺害事件』に関与している——多治見はそう直感し、同僚に頼んで南條の犯歴を照会してもらった。しかし、南條に前科はなかった。

そこで多治見はひき逃げ事件についてさらに詳しい情報を得るため、加賀町警察署を訪れた。加賀町署は、ひき逃げ事件の捜査を担当した所轄署で、交通課に多治見の後輩がいるのだ。

〈他ならぬタジさんの頼みだから、当時の捜査資料を探してみたんですよ。でも、どういうわけか見つからなくって——〉

書類として保管されていた頃と違い、現在の捜査記録はすべてコンピュータ上のデータとして保存されている。つまり、紛失ということはまずあり得ない。にもかかわらずデータが残されていないという事実は、一体何を意味するのか。

その後輩によれば、八年前のひき逃げ事件を知る交通課員は、課内には一人もいないという。皆すでに、他の部署へ異動しているのだ。

多治見は後輩から、当時交通課に籍を置いていた課員三名の現在の所属を聞き出した。彼らはいずれも加賀町署を離れ、神奈川県内の別の所轄署に勤務していた。多治見は話を聞くために、身分を偽って彼らに接触を試みた。現職の刑事だと知られれば、相手が警戒すると懸念したのだ。

多治見は自らを『関口真理子の父親・陳香詠の旧友』であると告げ、彼らに面会を申し入れた。

〈陳さんには若い頃にずいぶんと世話になりましてね。その娘さんがひき逃げに遭ったって聞いたんで、驚いたのなんの。しかも娘さんはいまだに意識不明だっていうじゃないですか。じつは私もずっと以前に事故で弟を亡くしてましてね。とても他人事とは思えない。だもんで、事故当時の詳しい状況を聞きたいと思いましてね〉

結果、はじめの二人にはにべもなく断られた。捜査で知り得た情報を外部に漏らすことはできない――それが理由だった。しかし三人目の人物が、多治見の申し出に応じた。

それは尾島という男だった。

尾島は現在、保土ヶ谷署の庶務課で課長の職に就いている。年の頃は五十代後半くらいだろうか。地味な印象の男で、頭髪は真っ白だった。

尾島の勤務が終わるのを待って、多治見は彼を署の近くの喫茶店に呼び出した。

〈じつは私も、息子を交通事故で亡くしているのです。だから田中さんの気持ちは痛いほど分かります〉

『田中』というのは、多治見が名乗った偽名だった。そして尾島には、幼い息子を事故で失ったという過去があるらしい。咄嗟についた方便の嘘が、尾島を共感させたのだった。多治見の胸は罪悪感に疼いた。

記憶を辿る顔つきで、尾島はひき逃げ事件の状況を淡々と語った。だがその内容には、多治見が把握している以上の情報は含まれてはいなかった。

業を煮やした多治見は、尾島に問いかけてみた。

〈尾島さんは、南條という人物をご存じですか？〉

〈いえ、知りませんが――〉

答えた尾島の瞳は、明らかに動揺していた。その瞬間、多治見は確信していた。『ひき逃げ事件』と『本牧組員射殺事件』の間には何らかの因果関係が存在し、木村和也を射殺したのは南條であるのだと。

翌日の夕方、多治見の姿はＪＲ横浜駅西口の繁華街にあった。大通りから一本中へ入った裏路地に古びた雑居ビルがある。『河内連合』の組事務所は、その二階のワンフロアーを丸々借り切っていた。

河内連合は、関西に拠点を置く広域暴力団の傘下組織で、八年前に横浜へ進出していた。八年前――それはちょうど本牧組員射殺事件の直後のことだった。事件後の抗争によって組員の多くを検挙された三信会と塚本組は、現在は双方とも組織を解散している。その両組織の縄張りを巡っては、複数の組の間で水面下の争奪戦が繰り広げられた。だが結局、関西から進出してきた河内連合が、その大半を手中に収めたのだった。

埃っぽい雑居ビルの階段をのぼり、多治見は二階へ上がった。薄暗い通路の奥にスチール製のドアがあり、磨りガラスには寄席文字で『河内連合　横浜支部』の名が記されている。ドアの上に取り付けられた監視カメラが、多治見をじっと見下ろしていた。

多治見の訪問は、まったくの飛び込みだった。通常、警察官が暴力団関係者に接触する場合、所轄署の暴力団担当者を通すのが慣例である。だが多治見は、その手続きを踏まずにここを訪れた。どうせ半年後には定年を迎える身であるし、多治見の意図を知れば、彼らは難色を示すはずだからだ。

〈ちょっとばかし、話を聞かせてほしい。上に取り次いでもらえるか〉

　応対に出た若い組員に、多治見は身分証を示した。相手の顔が緊張に強張ったのは、多治見が管轄外の刑事だからだろう。

　多治見が通されたのは、事務所の奥の部屋だった。迎えたのは、三つ揃いに身を包んだ上背のある男だ。年の頃は四十代前半だろうか。精悍《せいかん》で理知的な顔に、色の薄いサングラスをかけている。

〈どうぞ、おかけください〉

　男に促され、多治見はソファーに腰を下ろした。ガラステーブルを挟んだ向かいのソファーに、男も腰を下ろす。そこはゆったりとした広さを持つ個室で、奥には窓を背にしてデスクが据えられている。

〈この支部を任されている、邑野《むらの》といいます〉

　男が差し出した名刺を、多治見は受け取った。肩書きは『支部長』となっている。男を見返し、多治見は身分証を提示した。

「多治見だ。戸塚署の刑事課にいる」

　管轄外の刑事の来訪に、邑野が動揺した素振りを見せることはなかった。口元には薄い笑みをたたえ、余裕すら感じさせる。いい退屈しのぎができそうだと、多治見の訪問を歓迎しているようにも見える。

多治見はいきなり切り込んだ。

〈八年前の、本牧の事件を知っているか？〉

〈本牧——あぁ、覚えてますよ。どこかの組のチンピラが撃たれて死んだって事件ですよね。あの当時、ウチは横浜への進出を考えていましてね。私は上の指示で、下準備のために横浜に出てきていたんです。懐かしいなぁ——〉

芝居がかった表情で邑野は遠い目をした。

舐められている、多治見はそう感じた。この男に前置きは不要だ。

〈単刀直入に訊く。本牧の事件はあんたが仕組んだのか〉

もし他の刑事がこの場に居合わせたなら、馬鹿げた質問だと笑ったことだろう。もちろん、相手が素直に認めるとは多治見も思ってはいない。それでも質問をぶつけたのは、相手の反応を見たかったからだ。

だが、不敵な笑みを浮かべた邑野の表情に変化はなかった。

〈——多治見さん〉

わずかな間をおいたあと、邑野はおもむろに口を開いた。

〈あなた、ゴキブリってどうやって退治します？〉

脈絡のない質問だった。訝しみながら、多治見は投げやりに答えた。

〈叩いて殺せばいいだろ〉

〈そんなことしたら、手が汚れちまいますよ。雑誌か何かで叩いたとしても、結局は床が汚れる〉

〈だったら殺虫剤を使えばいい〉

〈馬鹿げてる。虫コロ一匹殺すのに、カネをかけるんですか〉

〈なら、あんたはどうやる？〉

決まってますよ——そう言って、邑野はほくそ笑んだ。

〈手を汚さず、カネもかけない唯一の方法——それは〝共食い〟です。ゴキブリ同士に共食いをさせりゃいいんですよ〉

なぜ邑野がそんな話をしたのか、多治見はようやく理解した。

〈それが、あんたが八年前にやったことなのか？〉

〈え、何の話です？〉

不敵な笑みを深め、邑野はとぼけてみせた。多治見は邑野の目をまっすぐに見つめた。サングラスの奥の邑野の瞳。笑っているのは左目だけで、右目に生気は感じられない。

義眼だと気づいた。

結局、邑野からはそれ以上の話を引き出すことはできなかった。何を尋ねても、邑野は多治見の質問をのらりくらりとはぐらかすばかりだったのだ。

しかし、河内連合の事務所をあとにした多治見の頭には、一つの推理が形を成していた。

八年前、邑野は河内連合の関東進出のため、横浜に送り込まれた。彼は地元の組織である三信会と塚本組を抗争させ、自滅に追い込もうと考えたのだろう。そんな時、邑野は何かのきっかけで南條の存在を知る。南條は恋人を事故に遭わせた三信会に対し、恨みの念を抱いていたはずだ。邑野はそれを利用し、彼に拳銃を与えたのではないだろうか。ひょっとしたら、それなりの報酬も支払われたかもしれない。

いずれにせよ南條は、その銃で三信会の木村和也を撃った。そして三信会は塚本組に対して報復を行い、いさかいは抗争へと発展、邑野の目論見どおりに双方の組は自滅した――。

しかし、釈然としない点があった。

南條はなぜ、木村和也を撃ったのだろうか。もちろんそれは、邑野の指示だったのかもしれない。邑野にしてみれば抗争のきっかけさえ作れれば良かったわけで、そのためには、常にガードされた幹部よりも下っ端組員のほうが当然狙いやすい。だが、南條のほうはどうだろう。三信会の構成員とはいえ、木村和也はひき逃げ事故とは直接何の関係もない。南條にとって、そんな相手を撃つことにどれだけの意味があるだろうか。しかも当時の南條は一般市民だったのだ。いくら恋人の復讐とはいえ、殺人を犯したりするだろうか。

吉野からの連絡があったのはその頃だった。吉野は多治見と同じ戸塚署に勤務する男だ。かつては吉野も刑事課に所属していたが、親の介護を理由に、現在は総務課に籍を置いている。

パソコンが苦手な多治見のために以前、南條の犯歴の検索を引き受けてくれたのが、吉野だった。

〈タジさん。例の南條って人物、何者なんです?〉

〈今、俺が追っているヤマの容疑者だ〉

〈そんな………嘘でしょ?〉

あのあと吉野は、気まぐれに南條の名を別のデータベースで検索してみたという。そのデータベースとは、警視庁の『司法警察職員名簿』だった。

〈おい、まさか………〉

〈その南條って人、警視庁《とうきょう》所属の現職警官ですよ〉

はじめ、多治見は同姓同名を疑った。だが、地道な調査の結果、横浜から姿を消した南條が、警視庁の採用試験を受けるまでの足取りが、ほぼ一本の線でつながった。

しかし、南條が警察官になったという事実は、多治見にさらなる疑問をもたらした。もし南條が木村和也殺しの犯人であるなら、警察という組織には近づきたくないと考えるのが普通だろう。にもかかわらず、なぜ自ら警察官になる必要があったのか。

だが、実際に南條は警視庁王子署に所属し、東十条駅前交番に勤務しているのだった。多治見は南條に接触することを決めた。彼が住む映画館に客の振りをして通い、言葉を交わす間柄となった。

そして先日、多治見は南條の唾液を採取することに成功したのだった――。


カウベルの音が鳴り響き、多治見は回想から覚めた。店の入口に目を向けると、明恵がドアを押して入ってくるところだった。

「ごめんなさい、遅くなっちゃって――」

多治見の向かいに腰を下ろし、明恵は店員にカモミールティーを注文した。

「退勤間際になって、急ぎの依頼が飛び込んできたものだから」

「かまわん。仕事が第一だ」

運ばれてきたティーカップに口をつけると、明恵は携えていた大型の封筒を多治見に差し出した。

「例の唾液の鑑定結果よ」

封筒の中に入っていた一枚の紙を、多治見は取り出した。Ａ４サイズの紙に、ボールペンの女性文字が書き連ねてある。内容は、専門用語や記号の羅列だった。

「引き受けてくれた法医科の子が書いてくれたものよ。分かってると思うけど、正規の鑑定書は出せないから」

多治見が手にしているのは、手書きの鑑定結果なのだった。

「こんなもの見せられても、素人の俺にはさっぱりだ。口で説明してくれりゃ、それでいい」

明恵は頷き、口を開いた。

「唾液からDNA鑑定をするといっても、唾液そのものを調べるわけじゃないの。試料《サンプル》となるのは唾液に含まれている頬の内側の細胞よ。これを探し出して、五つの鑑定法で調べを進めるの。それらは『STR法』『MLP法』『SLP法』『ミトコンドリアDNA法』『Y染色体STR法』と呼ばれていて――」

「おいおい、もうそのへんにしといてくれ」

明恵の言葉を遮り、多治見は言った。

「前置きは不要だ。結果だけ教えてくれ」

「いいわ。じゃあ結論だけ――唾液のDNA型と、八年前の本牧組員射殺事件の現場から採取されたある毛髪のDNA型が、ほぼ完全に一致したわ」

「ってことは──」

　明恵は頷いた。

「その唾液の主は、事件の現場に足を踏み入れたことがあるということになる」

　自分の推理は間違ってはいなかったのだと、多治見は確信した。

「でも、これだけじゃ、その唾液の人物が犯人だという証拠にはならないわ」

「そんなことは分かってる。ただ、今の俺にはこれで充分だ。逮捕に必要な証拠は、これからじっくり掴む」

「私にはいまだに信じられないわ」

　両手で包み込んだティーカップに目を落とし、明恵は言った。

「だってその人、現職の警察官なんでしょ？　そんな人がなぜ人殺しを？」

「警察官になったのは、事件のあとだ」

「だったらなおさらよ。どうして罪を犯した人間が警察官になる必要があるのよ？」

　それはまさに多治見自身が抱いている疑問だった。返答に窮した父を見つめ、明恵はさらに言った。

「もし仮にその人が、本当に事件の犯人なのだとしたら、何かの手違いのようなものがあったんじゃないのかしら？」

「手違い――？」

「具体的には思い浮かばないけど、例えば過失で相手を死なせてしまったとか」

「馬鹿馬鹿しい――」

娘の言葉を、多治見は一笑に付した。

「過失で銃を撃ったっていうのか？　考えられんだろ、そんなこと」

今度は明恵のほうが黙り込んだ。しばらくの間、父と娘は互いに口を開こうとはしなかった。

「たとえどんな事情があったにしても――」

やがて多治見は静かに言った。

迷いを振り切るように、きっぱりと。

「罪は罪だ」

王子署三階の講堂に設置された捜査本部は、二件目の事件を受けて『東十条連続殺傷事件』と改称されていた。

午後九時を過ぎると、一日の聞き込みを終えた捜査員たちが続々と戻り始めた。財前は捜査本部の幹部席に座り、各捜査員から提出された捜査報告書に目を通していた。

今朝の捜査会議で、財前は四つの捜査方針を挙げた。

一つは、両事件の現場周辺の地取捜査——つまり聞き込みを徹底的に行うこと。これは目撃者を探すためだ。

二つ目は、二人の被害者についての鑑取捜査——交友関係や、日常生活についての情報収集を行うこと。その過程で二人の被害者に接点が見つかれば、事件は怨恨目的の計画的犯行とみることができる。

三つ目は、足跡痕を手掛かりとした捜査だった。

第一と第二の事件現場から検出された足跡痕を比べたところ、一致する足跡——つまり犯人のものと思われる足跡が一つだけ見つかっていた。

警視庁の鑑識課データベースには、靴底のパターンが約二十万点保存されている。検索の結果、件の靴底は国内のメーカーが半年前に製造・販売したスニーカーであることが判明した。検出された足跡のサイズは二十三・五センチ。意外だが、女性の足跡であると考えてまず間違いない。

担当の捜査員たちは、スニーカーの持ち主を特定するため、今朝から販売ルートへの聞き込みに回っている。

そして四つ目は、第二の事件で目撃された不審なワゴン車の特定だった。現場から走り去ったその車によって、桜庭由布子は新宿区高田馬場へと移送された可能性が高い。そのことを受けて、財前は現場周辺のワゴン車オーナーに対する聞き込み捜査を指示したのだった。

運輸局へ照会したところ、第一と第二の事件現場周辺一帯——東十条一丁目〜六丁目、中十条一丁目〜四丁目、上十条一丁目〜五丁目、十条台一丁目〜二丁目、十条仲原一丁目〜四丁目、岸町一丁目〜二丁目、さらに王子一丁目〜六丁目、王子本町一丁目〜三丁目の地域において、いわゆるワゴンと呼ばれるタイプの車輌は、合計三百二十五台の登録が確認された。ただし、目撃証言によれば車体は『黒っぽい色』であることから、明るい色のワゴンは捜査の対象から除外されている。さらに、件のスニーカー痕が女性のものであることから、聞き込み対象は女性のワゴン所有者に限定して行われている。

以上の捜査方針に沿って、捜査員たちは四つのグループに分かれて捜査を行っていた。だが、本部へ戻ってきた捜査員たちの報告書を読む限り、今のところ目立った収穫は得られていないようだった。とくに、二人の被害者――笠原玲奈と桜庭由布子の間には、何の接点も見つかっていない。

やはり、事件は通り魔的な犯行なのだろうか――。

思いを巡らせていた財前は、携帯電話の着信音で我に返った。時刻は九時半になろうとしている。スーツの懐から電話を取り出し、財前は発信者名を確認した。

胸の鼓動が、一瞬高鳴った。

大きく息を吸い、財前は電話に出た。

「……分かりました。すぐに行きますから」

通話を終えると、財前は隣席の綿貫に目を向けた。

「一課長。すみませんが、少しだけ席を外してもよろしいでしょうか」

「あぁ、かまわんよ。まだ会議までは間があるしな」

コートを羽織り、財前は王子署を出た。大通りを小走りに進むと、前方に明るい電飾の看板が見えた。ハンバーガーやフライドチキンを扱うファストフード店だ。ウィンドウ越しに、若い客たちで賑わう店内の様子が見て取れた。

彼女は、店の前でひっそりと佇んでいた。膝丈のワンピースにブーツ、キャメル色をした革のハーフコートを羽織っている。

そして手には、一本の白杖《はくじょう》が握られていた。

「沙織さん」

財前が声をかけると、彼女の顔が笑みに綻《ほころ》んだ。少女のようにあどけない表情だった。

「春彦さん——？」

「どうしてこんなところに——店の中で待っていてくれればよかったのに」

「だって、春彦さんと一緒に注文したかったから」

財前は頬が赤らむのを感じた。

「さぁ、入りましょう」

財前が先に立って店に入ると、沙織は彼の肘をそっと摑んで歩を進めた。

彼女はホットコーヒー、財前はコーラを注文した。「何か食べませんか」と勧めたが、彼女は俯いた顔を小さく振った。

二人は窓際の小さなテーブル席に落ち着いた。

「今日は早番だったから。王子だと池袋からわりと近いし……春彦さんは、今日も深夜勤務なの？」

この近くの工場に応援で派遣されたのだと、財前は沙織に電話で知らせてあった。

沙織は池袋にあるマッサージ店でアルバイトをしている。関東一円にチェーン展開をしている会社で、沙織のように目の不自由な人たちを、積極的に採用しているらしい。

「ここまでは電車で？」

「ええ」

胸に熱いものが込み上げるのを、財前は感じた。

「会いに来てくれて嬉しいです。でも、夜は危ないからあまり無理はしないでください。帰りはタクシーにするといい」

沙織は曖昧《あいまい》な笑みを浮かべ、コーヒーに口をつけた。

淡いグロスの色が、紙コップのふちにうっすらと残る。思わず目を伏せたあと、沈黙を取り繕うように財前は訊いた。

「眼のほうは、どうですか。医者は何と？」

「手術をすれば、見えるようになるって」

「だったら受けたほうがいい。費用のことだったら僕が――」

「ううん、まだいいの。それに、春彦さんにそこまでしてもらうわけにはいかないもの」

「しかし――」

沙織がまだ目の手術を受けるつもりがないことを知り、財前は内心ホッとしていた。無論、金が惜しいわけではない。

「春彦さんは何も悪くない。責任なんて感じる必要ないですよ。だけど――」

口元をきゅっと引き締めたあと、沙織は続けた。

「だけどやっぱり、警察だけは許す気になれない。わたしの大切なものをすべて奪ったんだもの」

財前の中で痛みが滲み、それは澱《おり》となって胸の底へ沈んでいった。

「だけどね――」

沙織は続けた。

「もしいつの日か手術を受けて、目が見えるようになったら、最初に見たいものはもう決まってるの」

沙織の瞳が手探りをするようにさまよい、財前の視線と絡んだ。

「あなたの顔が見たい」

はにかんだような沙織の表情から、財前は目を逸らしていた。メガネのフレームを、そっと押し上げる。

「――僕の顔なんて、見たって仕方がありません」

「ううん、そんなことない。きっと財前さんは、優しい素敵な顔をしているはずだもの」

耐えきれずに、財前は腕時計に目を落とした。

「ごめんなさい、もう行かなければ――」

笑顔で頷き返し、沙織は席を立った。そのはずみで、椅子に立てかけてあった白杖が床に転がる。財前はそれを拾い上げ、沙織の手にそっと持たせた。

瞬間、彼女の手の温もりを感じた。沙織の顔が財前を見上げ、柔らかく微笑む。

ぎこちない笑みを財前は返した。涙が溢れそうになっていた。

店の外へ出ると、財前はタクシーを拾った。

「どうもありがとう」

財前は言って、車代の紙幣を沙織に手に握らせようとした。

しかし彼女は受け取らず、そのまま座席に乗り込んだ。

車が走り出す直前、ウィンドウ越しに彼女の唇が動いた。

――また、会いに来ます。

走り去るタクシーを、財前はいつまでも見送り続けていた。

ふと思い出し、何の気なしにした質問だった。

「なぁ、由香里――」

「えっ、なに？」

股間で揺らしていた頭の動きを止め、由香里は陰茎から口を離した。亀頭の先端と彼女の唇を、粘液の糸がつないでいる。

「今日、何調べてた？」

「何って、なぁに？」

見開いた瞳で、由香里が見上げる。

「とぼけるなよ。ＳＴＲの試薬を使ってただろ。今日はＤＮＡの依頼なんてなかったはずだぜ」

「えへっ、ばれちゃった？」

小さく舌を出し、由香里は首をすくめた。小振りな乳房が、弾みでプルンと揺れる。

「頼まれたの、芳賀さんから」

「芳賀って、薬物科の芳賀明恵か？」

「うん」

「どうして彼女がおまえにＤＮＡの鑑定を頼むんだ？」

「芳賀さんも頼まれたらしいよ」

「誰に？」

「所轄の刑事課の人」

「だったら正式に依頼をすればいいだろ」

「なんか、ワケありみたい」

「どういう意味だ？」

「課長、『本牧組員射殺事件』って覚えてる？　たしか八年前だから、あたしがまだ入所する前に起きた事件」

「その事件がどうした？」

訊き返す声が、思わず震えた。

「その刑事さん、あの事件のことを調べてるみたい」

由香里は語った。刑事が持ち込んだのは、唾液の付着した切手だったらしい。つまり唾液のＤＮＡ鑑定を依頼してきたのだ。そして本牧組員射殺事件の現場で採取された現場遺留品のＤＮＡの型の中に、唾液のそれと一致するものがないか調べてほしい――それが、芳賀明恵を介した非公式な依頼の内容だった。

「おまえ、どうして無断でそんなことを――」

「だってぇ、芳賀さんの頼みじゃ断りづらいし……」

これで勘弁して、課長――そう言って、由香里が再び陰茎を咥《くわ》え込む。その肩を摑んで押し戻し、強い口調で訊いた。

「その刑事って、なんて名だ？　どこの所轄だ？」

「分かんないけど、たぶん、芳賀さんのお父さんだと思う。もしそうなら戸塚署」

「芳賀の父親は刑事なのか？」

「そうだよ。課長、知らなかったの？」

「で、どうだったんだ？」

「何が？」

「鑑定結果に決まってるだろ」

苛立ちを抑えきれなかった。唇を尖らせ、由香里は答えた。

「一致してるものが一つだけあった。事件現場で採取された毛髪」

息を吐き、腰かけていたベッドから立ち上がった。ソファーに放り出してあったカバンを探り、携帯電話を取り出す。全面が鏡になった部屋の壁に、全裸の自分が映っている。表情は不安の翳りに覆われていた。

「……一体どうしたの？　へんだよ、今夜の課長」

不満げな由香里の声を背中で聞きながら、慌ただしくボタンをプッシュする。

「いいもん。今夜はもうお願いされたって、やってあげないからネ」

それどころじゃなかった。

翌朝、『東十条連続殺傷事件』の捜査本部では、いつものように午前八時から捜査会議が行われた。三日前に起きた笠原玲奈刺殺事件、そして一昨日の桜庭由布子刺傷事件。二つの事件を同一犯の犯行とみて捜査が進められているが、いまだに捜査本部では決め手となる手掛かりを摑めずにいた。

とりわけ捜査陣を戸惑わせたのは、二つの事件に見られる相違点についてだった。一つ、第一の事件では被害者の手首が切り裂かれているが、第二の事件ではそれがなされていない。二つ、第一の事件で被害者は殺害されているが、第二の事件では致命傷を与えられていない。被害者の桜庭由布子は、現在も搬送先の集中治療室で予断を許さない状態が続いている。

そして三つ。東十条で刺された桜庭由布子は、なぜか新宿区高田馬場まで運ばれている。どのような理由で犯人がそのような行動をとったのかは、いまだに判明していない。

捜査員たちの間では、二つの事件が同一犯の犯行であるという考えに、ひそかに異を唱える者も出始めていた。

そんな中、財前は会議の席上、捜査方針の変更を口にした。

「今日からの捜査は、『ワゴンの捜索』と『スニーカーの捜索』の二つに絞ります。つまり、昨日まで行っていた『現場周辺の地取捜査』、『被害者二人の鑑取捜査』は打ち切りとします」

幹部席で発言する財前を、霧子は不思議な思いで見つめていた。昨日まで綿貫が務めていた会議の進行を、今朝は財前が行っているのだ。霧子が知る限り、それは初めてのことだった。財前は、それだけ焦っているに違いない。

理由は霧子にも想像がついた。

ワゴンの所有者が予想以上に多く、捜査に手間取っていることに苛立っているのだ。限られた人員で捜査を進める難しさを、財前は痛感しているに違いない。さらに、有力な手掛かりである『スニーカー』も、量産品であるため、購入者の特定は容易ではないだろう。

やがて会議は終了し、捜査員たちはそれぞれの聞き込みに出かけていく。

昨日、おとといと霧子は捜査本部に残り、捜査報告書や資料の整理に忙殺されていた。捜査に参加できないのは不本意だが、パートナーが不在の状況では仕方ない。だが、今日は違った。

霧子は綿貫一課長に呼ばれ、幹部席の前に歩み寄った。

「早乙女君、君の新しいパートナーが決まった。紹介しよう」

そう言って綿貫は、幹部席の前で直立不動している男に目を転じた。

「地域課から応援に来てもらった南條君だ。今日から彼とペアを組んで捜査にあたってくれ」

普段は陽気な綿貫だが、なぜかその瞳は困惑に翳っている。その理由を霧子が悟ったのは、南條という男に目を向けた瞬間だった。

「東十条駅前交番に勤務しています、南條です。よろしくお願いします」

緊張しているのだろう。男は強張った表情で挨拶し、お辞儀を一つした。

霧子は思い出していた。この男とは、昨日の未明、東十条の事件現場で一度会っていた。

臨場した霧子に対し、男は質問したのだった。

〈桜庭由布子は、この場所で事件に——？〉と。

そして霧子は絶句したのだ。この男の顔を見た瞬間に——。

「早乙女君、どうかしたのですか？」

それまで無言でいた一人の男が、初めて口を開いた。

綿貫の隣に座っている財前だった。

「いつもはよく喋るあなたが、別人のように無口だ」

財前の薄い唇は、苛虐《かぎやく》的な笑みに歪んでいる。霧子はようやく気づいていた。

「私のパートナーにこの人を選んだのは、管理官ですか？」

霧子は問うた。ただし財前にではなく、綿貫に対してだ。

だが綿貫が答えるより早く、財前が返答を口にした。

「残念ながら僕ではありませんよ。南條君を推薦したのは地域課の課長です。僕はただ、地域課で最も優秀な人材をと要望しただけです」

「だからといって、昨日まで交番《ハコ》に立っていた人間と、どうして私が——？」

思わず口にしてしまったその言葉は、霧子を自己嫌悪へと陥らせた。なぜならそれは、霧子が南條を拒絶する本当の理由ではなく、いたずらに南條を傷つけるだけの言葉だったからだ。

だが、南條に動揺した様子は見られなかった。まばたきもせず、霧子を見つめている。

やれやれといった顔をして、財前は言った。

「日頃から交番に立っている南條君なら、地元の地理にも詳しい。捜査をする上で、あなたにとっても心強い存在となるはずです。それとも——」

いったん言葉を切り、財前は霧子を見上げた。

「何か他に、彼を嫌がる理由があるのですか？」

唇を噛んだ霧子は、南條に目を向けた。

昨日は黒縁メガネをかけていたが、今日はしていない。やっぱり、よく似ている——南條の顔から霧子は目を逸らした。

「君たちには、被害者二名の鑑取捜査を行ってもらいます。他の捜査員たちは、ワゴンとスニーカーの捜索で手一杯ですからね」

静かな口調で財前が言った。

捜査本部をあとにした南條は、タクシーに乗って北新宿方面へと向かっていた。行き先は、第二の事件の被害者・桜庭由布子が入院する総合病院だった。

南条の隣には、早乙女霧子が同乗している。

二人はこれから、桜庭由布子の親に話を聞きにいくところだった。事件のあと、母親はずっと病院に詰めているらしい。

早乙女霧子は、捜査本部を出てから一言も口をきこうとはしなかった。口元を引き結んだまま、まっすぐにフロントガラスを見つめている。

南條は、自分に対する霧子の拒絶反応が理解できずにいた。いや、はじめは自分なりに理解しているつもりではいた。自分のような交番勤務者とペアを組まされることは、彼女にとって不本意なのだろうと。実際に霧子自身もそう口にしていた。

しかし霧子の拒絶の激しさに、南條の思いは次第に変化していた。何か他の理由があるのではないかと思い始めたのだ。

南條が霧子と会ったのは、今日が初めてではなかった。

昨日の未明、桜庭由布子が襲われた事件現場で、立番中の南條は彼女に声をかけたのだ。その時の彼女は、南條の顔を見てひどく驚いていた。そして先ほど捜査本部で再会した時も、彼女は同じ反応を示した。

そのことと、彼女が自分を拒絶することとが、何か関係しているのではないか——南條にはそんな気がしていた。

病院に着くと、二人は看護師の案内で集中治療室へ向かった。

ガラス張りの部屋の中で、桜庭由布子はベッドに横たわっていた。まだ意識は取り戻していない。彼女は鼻にチューブを通され、静かに眠っていた。

由布子の母親は佐知子《さちこ》という名で、歳は五十代半ばに見えた。細面の整った顔立ちの女性だが、さすがに憔悴は隠しきれないようだった。

南條らの来訪を、佐知子は深々としたお辞儀で迎えた。

〈今日は、主人も店を休んでここに来ております〉

そう言って佐知子は、傍らに立った夫を紹介した。恒吉《つねよし》というがっしりとした体つきの人物だった。恒吉は小さな工務店を経営しているらしい。見るからに頑固そうな父親に対し、母親は控えめな印象の女性だった。

四人は、病院内の喫茶店のテーブル席で向き合った。

「何度もお手間を取らせてすみません」

霧子が頭を下げた。桜庭由布子の両親に対しては、すでに複数回の事情聴取が行われている。

「その後、由布子さんのことで何か思い出されたことは？」

南條は霧子の変化に気づいていた。先ほどまでとは打って変わり、霧子の顔にはいたわるような表情が浮かんでいる。被害者の両親に、深い同情を示しているのだ。

「前の刑事さんにも話したんですが、あの子とはこの三年、会ってなかったんです」

そう答えた母親の横で、父親はフンッと鼻を鳴らした。

「あいつは以前から、勝手ばかりするやつでね。近頃はもう、娘だなんて思ってなかった」

「やめてください、お父さん。よそ様の前で——」

憤りをあらわにした夫を、妻は遠慮がちにたしなめた。

「あいつの兄貴のほうは優秀でね。司法試験に合格して、今は弁護士事務所で働いとるんです。だけど誰に似たのか、娘のほうは口ばっかり達者で親の言うことなんて聞きやしない。三年前も、男と暮らすだなんて言いやがって家を出ちまった」

「お父さん、そんなことまで言わなくたって……」

「お嬢さんは、同棲《どうせい》されていたんですか？」

思わず南條は質問を発した。咎めるような一瞥を霧子が向ける。

「いえ、今はもう……」

「恋人とは別れた、ということですか？」

南條の問いに、母親は曖昧な表情を浮かべた。

「つまらん男に引っ掛かったと思ったら、今度はこんな事件に巻き込まれやがって——どこまであいつは親不孝なんだ」

口調の激しさとは裏腹に、父親の声は湿り気を帯び始めている。

南條の心には罪悪感がよみがえっていた。盗まれた自転車がもし見つかっていれば、桜庭由布子は事件に巻き込まれずに済んだかもしれないのだ。

昨日の夕方、沼川と会った時のことを南條は思い出していた。いったんは警察を辞めるつもりで辞表を書いたが、沼川に告げられた捜査本部からの応援要請に、結局南條は応じることにしたのだった。このまま警察を辞めてしまえば、きっと自分は一生後悔する——そんな思いに衝き動かされたのだ。

南條が警察組織に身を置いているのは、真理子の事故の真相を突き止めるためである。だが、そんな自分のせいで、誰かが傷つくことには耐えられなかった。それにもしこの先も同じようなことが起きるとしたら、自分は警察官であり続けることはできない。南條はそのことを、今回の一件で思い知らされていた。だからこそ、辞める前にけじめだけはつけておきたいと考えたのだ。

もちろん、警察の捜査はチームプレイである。単独の活躍で犯人が検挙できるとは思っていない。ましてや自分は、正規の刑事でもないのだ。だがそれでも、捜査の進展に少しでも寄与したかった。南條にとっては、それが桜庭由布子に償う唯一の術だからだ。

結局、桜庭由布子の両親からは、捜査の手掛かりになるような情報は何も得られなかった。

病院を出た南條と霧子は、近くの定食屋で早めの昼食をとった。カウンターとテーブル席が三つあるだけの小さな店だ。奥のテーブル席に着き、二人は日替わり定食を注文した。

霧子はハンドバッグから煙草を取り出し、テーブルの上の灰皿を引き寄せた。煙草はラッキーストライクで、ライターは銀色のジッポーだった。

「あんたさ、聞き込みで手帳なんか出すのやめてくれる？　相手が警戒して、口が固くなるじゃない。メモを取りたいんだったら頭の中にするのね」

顔を横に向け、霧子はフーッと煙を吐いた。反発心をおぼえ、南條は霧子の横顔を強く見返す。

「あんた、刑事になりたいの？」

南條は、初めて霧子の顔をまともに見ていた。歳は自分より一つか二つ上――二十八、九だろうか。目鼻立ちのはっきりとした顔は、度胸と気の強さを感じさせる。女性とはいえ、髪を明るい茶色に染めているのは刑事にしては珍しい。

　南條とまともに視線が合うと、とたんに霧子は目を伏せた。

「刑事になんて、なるつもりはありませんよ」

　南條の答えが意外だったのか、霧子は顔を上げた。

「ふーん。ま、あんたみたいな生まじめタイプは、交番勤務が似合ってるかもね」

「警察は辞めるつもりでいます」

「えっ？」

「この事件が解決したら辞職する——そう言ってるんです」

「どうして？」

　南條は答えなかった。フンと鼻を鳴らし、霧子はコップの水を飲み干した。

「ま、べつにいいけどね。あたしには関係ないことだし」

　南條は、右手をそっとスーツの胸にあてた。懐のポケットには、折り畳まれた書類が忍ばせてある。桜庭由布子の自転車盗難届だった。

　やがて二人の前に、定食の盆が運ばれてきた。

「ところでこの先の、あたしたちの捜査についてだけど——」

割り箸を割り、霧子は口を開いた。このあと二人は、桜庭由布子の友人たちから話を聞くことになっている。

「すべてあんたに任せるわ。あんたの好きなように聞き込みをやってかまわない。報告書もあんたが作成して」

南條は戸惑い、霧子を見返した。

「今回の事件に関しては、鑑取捜査なんて無意味なのよ。無駄なことに労力を割くなんて、あたしはまっぴらだわ」

「だけど自分には捜査の経験なんてない」

「もちろん、分からないことがあったら教えるわ。でも、それ以外のことで、あたしに話しかけるのはやめて」

「なぜなんです？」

「なにが？」

「どうして俺のことを、それほどまでに拒絶するんです？」

顔を険しく歪め、霧子は箸で焼き魚をむしり始めた。

「僕の顔が誰かに似ているんですか？」

霧子の箸が動きを止めた。

「たとえばそれは、あなたがとても恨んでいる誰かとか——？」

南條がそう言った瞬間、霧子は顔を上げた。激しい感情のこもった眼差しで、強く南條を見据える。

殴られる——思わず南條はそう感じていた。

しかし霧子はすぐに俯き、食事の続きに戻った。

「あとは私が見てますから、佐原さんは寝てください」

千鶴の言葉に、佐原は壁の時計を見上げた。午後一時を過ぎたところだった。三人での昼食を終え、母の清子はソファーで昼寝をしている。

「あぁ、もうこんな時間か。じゃ、お言葉に甘えて――」

佐原は椅子から腰を上げた。テーブルに置いていた文庫本――吉川英治の『三国志』を手に、リビングを出ていく。その姿を見送りながら、千鶴は内心ホッとしていた。

昼間は千鶴が、夜間は佐原が清子の監視を行う――そう決めたのは佐原自身だった。実際、昨夜から今朝にかけても、佐原は一睡もしないで清子のそばにいたようだ。しかし佐原は、朝になっても寝ようとはしなかった。朝食を千鶴や清子とともにとり、そのあともリビングに腰を落ち着けたままだった。

千鶴は気づいていた。佐原はできるだけ自分との時間を持とうとしているのだ。

午前中の母は、朝食後に一度離れで祈禱を行う。それが終わるとリビングに戻り、テレビで時代劇を観る。さすがに佐原が離れまでついてくることはなかったが、清子が時代劇に夢中になっている間は、何かと話しかけてきた。

〈千鶴さんは、どうして結婚なさらないのですか？〉

〈どんな男性のタイプがお好みです？〉

〈相手の職業とか気にされるほうですか？〉

〈ところで書道家の年収ってどのくらいです？〉

〈この家はいくらで購入されたんですか？　当然ローンですよね〉

共犯関係になったことの見返りとして、佐原は私自身を求めようとしている——そんな脅威が現実になりつつあることを千鶴は感じていた。

気を取り直し、千鶴はダイニングテーブルの上の寿司桶を片付け始めた。昨日から、食事はずっと出前だった。以前は店屋物を嫌っていた母も、今では黙って食べるようになっている。

流しで寿司桶を洗うと、千鶴はお茶を淹《い》れて椅子に腰を下ろした。ソファーでは、母の清子が微かに寝息をたてて眠り続けている。幼子のように、何の邪気もない寝顔だ。

この母親に、自分の人生は振り回されっぱなしだった——千鶴は今さらながらにそう感じていた。

千鶴は父親の顔を知らない。顔どころか、どこの誰なのかさえ知らない。母が父親に関する話をしてくれたことは一度もなかったからだ。子供の頃から何となく、それは訊いてはいけないことなのだと感じていた。そして思春期を迎える頃になると、千鶴は自分なりに納得していた。きっと母自身も、娘の父親が誰なのかは分からずにいるのだろうと。

千鶴が生まれる前、母は女優を目指していたらしい。そのことは、母自身の口から何度か聞いたことがあった。

〈大部屋っていってね。まだ売れない女優の一人だったんだけど、あたしゃ才能があったからね。ある大物監督に声をかけられたんだ。新作の準主役に抜擢《ばってき》されたのさ〉

酔って機嫌の良かった母は、まだ幼かった千鶴にそう自慢した。

不思議に思い、千鶴は訊いた。

〈じゃあ、どうしてやめちゃったの？〉

その頃の母は、深夜にスナックで働きながら千鶴を育てていたのだ。母は一瞬うろたえたような顔をしたあと、こう答えた。

〈ふんっ、こっちから降りてやったのさ。才能もないくせに大物ヅラする監督となんて、一緒に仕事ができるかって啖呵《たんか》切ってね〉

子供ながらに、千鶴は母の嘘を見抜いていた。気の短い母のことだから、撮影中にトラブルを起こして降板させられたのだろうと。ともかく、母は女優の夢を諦めたらしい。

千鶴が生まれたのは、それから間もなくのことだったようだ。千鶴の父親が誰なのかを母が知らないのは、当時の母が複数の男性と関係を持っていたことを意味している。つまり自分は、望まれて生まれた子ではなかったのだ。ならば堕胎すればよさそうなものだが、ずぼらな母は自分の妊娠にもしばらく気づかずにいたのだろう。

自堕落で、堪《こら》え性がなく、そのくせプライドだけは人一倍高い母。

そんな母が、子供の頃の千鶴は恥ずかしくて仕方なかった。

〈千鶴、あんたは頭がいいんだっ。ぼやっとしてないで早く手を挙げなきゃだめだろっ〉

小学校の授業参観。二日酔いで酒臭い息をまき散らしながら怒鳴る母。教師やクラスメート、他の母親たちの冷たい視線を感じながら、授業の間ずっと、千鶴はいたたまれない思いでいた。

〈おい、あんたかい？　ウチの千鶴を袖にしたって男は？　ふんっ、大したことないじゃないさ。あんたみたいなナヨナヨした男には、千鶴はもったいないね〉

中学二年の頃の昼休み。教室に乗り込んできた母は、千鶴を振った男子生徒にそう言い放った。当然、その後の千鶴はクラスの笑い物になった。

思春期以降の千鶴は、そんな母を嫌悪しながら成長した。母のような女性にだけはなりたくない。母の存在は千鶴にとって、完全な反面教師だった。

それでも千鶴は、母に感謝していることが一つだけある。

それは、母が書道教室に通わせてくれたことだった。

あれは小学四年生の頃だった。千鶴はクラスのある男子を好きになった。とても字が上手な子だった。しばらくして、その子が近所の書道教室に通っていることを千鶴は知った。同じ教室に通いたいと思った千鶴は、おずおずと母に申し出たのだ。

だけど、当然許してもらえないだろうと千鶴は思っていた。当時の生活はスナック勤めの母の給料だけで賄《まかな》われており、家計に余裕はなかったはずだからだ。

しかし、たまたまその日は母の機嫌が良かったのかもしれない。千鶴が書道教室へ通うことを、意外にあっさりと母は許可してくれたのだった。

その後、学年が上がると同時に、千鶴が好意を持った男子は書道教室をやめていった。しかし千鶴は教室に通い続けた。その頃の千鶴は、だんだんと書道の面白さに目覚め始めていたのだ。

ただし、書道を始めたことがきっかけで、千鶴にはある劣等感が芽生えてもいた。それは自分が左利きであるということだった。字を書くこと自体に問題はないが、右利きの先生の筆の動きを見て覚えるという点において、利き手が左であることは明らかに不便だった。

左利きであることについては、母を恨んだ時期もあった。母の清子も左利きである。左利きの不便さを知っているはずなのに、母はなぜ矯正してくれなかったのか——それは母が子育てに無頓着であった証のように千鶴には思えた。それでも、千鶴の書道の腕前はみるみる上達していった。

結局、千鶴の書道教室通いは中学二年まで続いた。その後の高校三年間と、奨学金で進学した私立大学の四年間は、書道とは無縁に過ごした時期だった。

大学卒業後は大手の事務機器メーカーに就職し、企画開発の仕事に携わった。しかしその会社を、千鶴は半年で退社した。大勢の人々と行う仕事が、自分には馴染めないと感じたからだ。

千鶴の中で、書道への想いが再燃し始めたのはその頃からだった。

千鶴はアルバイトをしながら書道教室に通い、その講師の紹介で、ある書道家の弟子になった。第一人者とは言えないまでも相応のキャリアのある五十代の男性で、三十名近い弟子を抱えていた。弟子たちの多くは親も書道家で、そのコネで表舞台に羽ばたいていく者も少なくはなかった。そんな中、千鶴は地道な努力を続けていった。

だが千鶴は、数年後にその書道家のもとを離れた。書道家に無理やり関係を迫られ、拒んだことが原因だった。

〈今までは口にしなかったが、左利きの書道家なんぞ、邪道もいいとこだ。おまえは絶対に

大成せんぞ〉

去ってゆく千鶴に対して、書道家はそう吐き捨てた。

だがその頃には、千鶴は右手でも筆を使えるようになっていた。そしていくらかの貯金もできていたので、千鶴は自分で書道教室を開くことにした。市のカルチャー施設の一室を借り、若い女性を中心とした生徒たちに週に二度、書道の教授をした。千鶴が三十一の頃だ。

やがて生徒数も徐々に増えてゆき、書道教室の収入だけで生活できるようになった。千鶴はそれまで住んでいたアパートを出て、一戸建ての借家に移り住んだ。埼玉から呼び寄せた母と一緒に暮らし始めたのもその頃だ。大学入学と同時に東京へ出てきた千鶴は、ずっと母とは別々に暮らしていたのだ。そして――。

転機が訪れたのは二年前、四十二歳の時だった。大手広告代理店に勤務する書道教室の生徒が、千鶴の美貌に目をつけ、CMへの出演を持ちかけたのだ。それは二ヵ月後に控えた衆議院選挙に向けての、ある野党のテレビCMだった。

『常識なんて、打ち破れ！』というキャッチフレーズとともに、大振りな筆を左手で持った千鶴が、全身を使って床に敷かれた巨大な半紙に書をしたためる――そんな内容のCMだった。

奇抜なCMは評判を呼び、千鶴の存在は世に広く知れ渡った。左利きというコンプレックスが、書道家・立花千鶴の武器に変わった瞬間だった。

その後の千鶴はちょっとしたマスコミの寵児となった。新聞や雑誌の取材は言うに及ばず、NHK教育テレビの『趣味の書道』の講師や、大河ドラマの題字制作の依頼などの仕事が次々と舞い込んだ
そんな娘の成功を、母は手放しで喜んだ。

〈今のあんたがあるのは、あの頃に書道教室に通わせてやった、あたしのおかげだよ〉

冗談めかした口調で、母はそんなことを言った。母に対する嫌悪感は、千鶴の中でいつしか薄らいでいった。

母が慈友神皇教会に入信したのはその頃だった。千鶴がCM出演した政党をバックアップしていると噂されていたのが慈友神皇教会だったのだ。娘の成功のきっかけを作ってくれた教会に対する母の感謝の念には、並々ならぬものがあった。母は千鶴と自分の幸せを願い、教会に多額の寄進を行っていたようだ。

だが、そんな幸せな時期も長くは続かなかった。一年前に購入した現在の家に移り住んだ頃から、母にアルツハイマー型認知症の兆候があらわれ始めたのだ。はじめは些細なもの忘れをする程度だったが、次第に症状は進行していった。

さらに千鶴自身の体にも異変が生じた。パーキンソン病による左手の振顫《しんせん》麻痺だ。今の千

鶴は左手で筆を握ることも困難になっている。そして追い討ちをかけるように起きた、今回の母の犯罪――。

千鶴は思った。佐原がどう言おうと、捜査の手が自分たちに及ぶのは時間の問題に違いない。

自首しようか――ふと、そんな思いが頭をよぎった。その場合、私たち三人は逮捕され、罪を問われることになるだろう。いや、自分や佐原はまだいい。しかし母はどうなるのだろうか。一件目の被害者は死亡し、二件目の被害者はいまだに意識不明の状態にある。死刑ということもありうるだろうか。仮に死刑にならなかったとしても、服役は免れないのではないか。

千鶴は眉間を曇らせ、唇を嚙んだ。母が刑務所での生活に耐えられるとは思えなかった。今の母は普通の精神状態ではないのだ。かといって千鶴は、母の犯行の原因が認知症にあるとは思っていない。母を凶行に走らせたのは、あくまでも慈友神皇教会の洗脳が原因なのだ――。

そこまで考えたところで千鶴は気づいた。今回のような犯行の場合、加害者が心神耗弱状態にあったということで罪に問われない場合もあるのではないか。いや、しかし――。

仮に母が無罪になったとしても、犯した罪に変わりはないのだ。殺人犯の娘というレッテルを貼られた千鶴は、この先ずっと陽のあたらない人生を余儀なくされることになるだろう。

ソファーに横たわった母は、いぎたなく眠りこけたままでいる。

千鶴は、母に対する憎しみを感じずにはいられなかった。

結局この人がやっていることは、私の足を引っ張ることばかりなのだ。小学生の頃の授業参観の時も、中学生の頃に失恋した時も、私は母のせいでクラスの笑い物になったのだ。そして今、私はようやく手にした幸せを、母のせいで失おうとしている――。

千鶴は壁の時計を見上げた。午後一時を回っていた。

今日は書道教室がある日だった。仕事が増えて忙しくなった今でも、千鶴は火、水、木曜日の週三日、午後二時から書道教室を行っている。今日は火曜日だから、明日、明後日と教室は続く。

今日の生徒は、あるＩＴ関連企業の社長夫人だった。この家で生徒をとるようになってから、応募してくるのは金と時間に余裕のある人々がほとんどだった。

千鶴は準備のために、椅子から腰を上げた。

ソファーの母は当分目覚めそうもない。千鶴はリビングから座敷へ向かおうとした。その時だった。ローテーブルに携帯電話が置かれていることに気づいた。佐原のものだ。

うっかり忘れていったのだろう。少し迷ったが、千鶴はその携帯電話を手に取った。この家に来てからも、佐原の携帯電話には何度か電話がかかってきていた。相手は同業者で、古書に関する問い合わせのようだった。そんな電話がまたかかってきた時に、もし佐原が出なければ、相手は不審に思うかもしれない。

携帯電話を手に、千鶴は廊下に出た。佐原が寝室に使っているのは、廊下を挟んでリビングの斜向《はすむ》かいにある六畳の和室だった。その部屋に、佐原は持参したボストンバッグと寝袋を持ち込んでいる。

「佐原さん、寝てます——？」

声をかけて襖を開いたが、部屋には誰もいなかった。隅のほうに寝袋が延べてあるが、佐原の姿はない。

その時、離れたところから物音が聞こえた。引き出しを開けるような音だった。

千鶴は部屋を離れ、廊下を玄関のほうへと進んだ。足を止めたのは、廊下の右側に位置している十二畳の座敷だった。普段は使っていない部屋だが、そこには洋服簞笥や和服を収納した衣装簞笥が置いてある。

妙だった。襖が閉じられている。換気のために、いつもその座敷の襖は開けっ放しにしてあるのだ。

千鶴は襖を開いた。瞬間、息を呑んでいた。

「――何してるんですか、こんなところで」

声をかけられた佐原は、驚いた顔でこちらを振り向いた。

「いや、違うんです……」

うろたえた様子で、佐原はそう口にした。彼が立っているのは、大振りな洋簞笥の前だった。一番上の小引き出しが開かれ、その中に手を入れたままの格好で佐原は体を硬直させていた。

　預金通帳や実印、株式の証券などを保管している引き出しだった。

　千鶴は佐原の足元に目を向けた。いくつかの預金通帳や、家の権利書などが散乱している。

「何が違うんですかっ。あなた一体どういうつもりなんですっ！」

「いや、まいったなぁ」

　佐原はぎこちない笑みを浮かべた。開き直ったような態度だった。

「ちょっとした好奇心ってやつですよ。千鶴さんのこと、何でも知っておきたいんです」

「出ていってくださいっ。今すぐこの家からっ！」

「ちょっと待ってくださいよ、千鶴さん」

　佐原の口元が、嘲笑《ちようしよう》に歪んだ。

「自分で何言ってんのか分かってます？　私をこの家から追い出すってことが、どういうことか分かって言ってるんですか?」

愚弄《ぐろう》するような口調だった。冷ややかな眼差しで千鶴を見下ろす。

本性をあらわにした佐原に対し、千鶴は嫌悪感を覚えた。だが逆にそれで決心がついた。揺れ続けていた心の糸が切れ、決断という重りが腹の底にすとんと落ちたのだ。

千鶴は毅然と言い放った。

「すべて警察に打ち明けます。母と一緒に自首します」

「おいおい……」

話にならないとばかりに佐原が首を振る。

「馬鹿なことは言いっこなしですよ、千鶴さん。そんなことしたら、あなたの人生はおしまいなんですよ」

「あなたに一生まとわりつかれるよりもましだわ」

「分かりました。千鶴さん、少し冷静になりま——」

その時だった。インターホンの呼び出し音が、玄関で鳴り響いた。

「——出ないんですか?」

いやらしい笑みを浮かべたまま、佐原が訊いた。

千鶴は佐原をひと睨みし、玄関へ向かった。壁のインターホンの受話器を取り、耳にあてる――次の瞬間、心臓の鼓動が急速に高鳴り始めた。

「今開けます。少々お待ちください」

千鶴は受話器を置いた。いつのまにか、佐原が背後に立っていた。

「誰です？」

目を閉じ、千鶴は答えた。

「警察の人です。ちょっと話を聞きたいと――」

佐原の顔から、薄笑いが消えた。

千鶴は深呼吸を一つし、ゆっくりと目を開いた。

このタイミングでの刑事の来訪に、さすがの佐原も虚を衝かれたようだった。眉間に皺を寄せ、じっと千鶴の顔に見入っている。

「これも何かの巡り合わせです。外にいる刑事さんに、何もかも話します」

佐原の目を見返し、千鶴は言った。佐原がどう説得してこようと、決意を翻すつもりはなかった。しかし佐原の反応は、予想外のものだった。

「いいでしょう、あなたの好きなようにしてください」

佐原は言って、唇の端をぐにゃりと歪めた。

「もう私はあなたを止めませんよ。だけど、千鶴さん――」

千鶴の瞳を覗き込むようにして、佐原は続ける。

「あなたにそれができますか？　今まで苦労して築き上げたものをすべて手放す覚悟が、あなたにありますか？」

決意を試すような佐原の口調。千鶴は唇を嚙み、思わず俯いていた。

「僕には、できないと思うなぁ。少なくとも僕があなたの立場なら、そんな馬鹿な真似はしない。だってまだ、ほんのわずかでも希望は残っているんですからね」

千鶴は再び目を閉じていた。ふっ切ったはずの迷いが、再び心を揺らし始める。

「さぁ、早く出ないと不審に思われますよ」

千鶴は目を開き、インターホンのボタンを押した。表門の格子戸が解錠される。佐原がリビングへ戻ってゆくのを背中に感じながら、千鶴は玄関へ向かった。三和土に下りて引き戸を開けると、飛び石伝いに二人の男が歩いてくるところだった。

千鶴は二人を玄関に招じ入れた。

「どうも、お忙しいところすみません」

片方の男が愛想よく言って頭を下げた。千鶴はつっかけたサンダルを脱ぎ、式台に上がって二人と向き合った。

今日の刑事は以前とは違う二人組だった。愛想よく千鶴に挨拶をした刑事は、ずんぐりとした体型でよく日に焼けていた。もう一人のほうは対照的に長身で色が白い。歳は二人とも同じくらいで、四十代の後半に見えた。

「一応、こういうもんです」

ずんぐりしたほうが懐から警察手帳を出し、身分証を開いてみせる。長身のほうはその背後に佇んだまま、じっと千鶴の顔に視線を向けている。

「お察しのことと思いますが、先日起きた殺傷事件のことで、ご近所を回ってまして――」

刑事の質問は型どおりのものだった。

事件以降、何か変わったことはなかったか。

近所で不審な人物を目撃していないか――。

以前の聞き込みの際と変わり映えのしない質問だったため、千鶴は淀みなく答えることができた。

ずんぐりした刑事が質問をする間、長身の刑事はその背後に立ったままだった。答える千鶴の様子に無言で見入っている。

「ところで立花さんは、ワゴンを所有されてますよね？」

不意に、ずんぐりした刑事がそう訊いてきた。ふと思いついて尋ねたといった感じの、さりげない口調だった。

「十月三十一日の夜は、車で外出されました？」

愛想のいい笑顔のまま、刑事は訊いてくる。答えを口にするまでの一瞬の間に、千鶴の脳裏に様々な思いが飛び交った。

十月三十一日は、母が第二の事件を犯した日だ。そして千鶴はその現場に居合わせ、たまたま通りかかった佐原とともに、刺された被害者を新宿まで運んだのだ。

刑事の質問の意図を千鶴は理解していた。被害者を乗せて走り出す直前、後方から迫ってきた別の車に千鶴のワゴンは目撃されているのだ。だが報道によれば、具体的な車種や色まではは特定されていないらしい。そのため刑事たちは、付近一帯でワゴンを所有している家に聞き込みを行っているのだろう。

脳裏に佐原の言葉がよみがえった。

〈すべて手放す覚悟が、あなたにありますか？〉

千鶴は目の前の刑事をまっすぐに見つめ返した。

無言で佇む長身の刑事は、変わらずこちらを凝視している。

拳をギュッと握り締め、千鶴はそっと息を吸った。

そしてはっきりとした口調でこう答えた。

「いいえ――私、外出はもっぱら電車なんです。車の運転は得意じゃなくて。もうひと月以上乗っていません」

運転が苦手なのは事実だった。仕事の便を考え、現在のワゴンを購入したのだが、車体の大きさにいまだに慣れることができない。

「では、当日の夜は何を？　時間で言うと、八時から十時くらいの間なんですが」

それは被害者・桜庭由布子が母に刺された前後の時間帯だった。刑事の質問がアリバイの確認であることは、千鶴にも分かった。

「この家で、母と二人で過ごしていました。いつものように夕食を食べ、そのあとはテレビを——そうそう、食事を始めたのがちょうど八時でした。NHKの大河が始まる時間でしたから。で、後片付けをしたあとは、再び母とテレビを見ていたと思います」

「そういえば、立花さんは大河ドラマの題字を書かれたのだとか」

どうやら刑事は、書道家としての自分のことを同僚から聞いたらしい。千鶴は微笑を浮かべ、小さく頷いてみせた。

「ところでこちらには、お母さまと二人暮らしですか？」

「ええ、そうですが——」

「お母さまにもお話を伺いたいのですが、呼んでいただけますか？」

「それは——」

予想していなかった事態に千鶴は戸惑った。認知症の母を刑事の前に立たせたら、何を口走るか分かったものではない。

「じつは母は——」

そう口にしかけた時だった。いきなり背後で、素っ頓狂な声が上がった。

「あらぁーっ、パパーっ、今までどこに行ってたのよぉ！」

千鶴は驚いて振り返った。母だった。母の清子は廊下をドタドタと駆けてくると、千鶴を突き飛ばすような勢いで玄関に降り立った。そしていきなり、長身の刑事に抱きついた。

「パパーぁ、どうして清子をひとりにしたのぉ？　あたし、ずっとさみしかったんだからね」

甘えたような声を出し、母は長身の刑事の胸に頬ずりをした。それまで一貫して無表情だった刑事は、一転して狼狽をあらわにした。

「ちょ、ちょっと奥さんっ……やめっ、やめてくださいっ」

「どうして清子を嫌がるの？　パパ、清子のことが嫌いになったのね？　そうなのね？」

「母さん、やめてっ」

千鶴は母を刑事から引き離した。

「すみません。ウチの母、認知症なんです」

歪んだネクタイを整えながら、長身の刑事は忌々しげに清子を見返した。ずんぐりしたほうの刑事は、苦笑いを噛み殺している。

母から話を聞くのは難しいと分かったのだろう、刑事たちはそれ以上の聞き込みを諦めたようだった。

「参考までにお尋ねしますが、お母さまのかかりつけの病院はどちらか、お教えいただけますか？」

険しい顔つきのまま、長身の刑事が訊く。千鶴は病院名を告げた。

二人の刑事が去ってゆくと、母が口を開いた。

「チヅちゃん、どうぉ？　あたしの演技力もなかなかのもんだろぉ？」

「母さん……」

得意げな顔の母に、千鶴は呆れて言葉を失った。認知症を患っているはずの母の行動は、時として千鶴の理解の範囲を超えていた。今の母の行為は、千鶴と自分の窮地を救う機転――つまり演技だったのか。

「だってあたし、昔は女優だったんだもの。チヅちゃんをいじめる奴は、あたしが許さないんだから」

その時、廊下の奥で拍手の音が鳴り響いた。佐原だった。満足げな笑みを浮かべ、廊下に立った佐原が清子に拍手を送っている。

「ところでチヅちゃん。あの男たち、一体何なのさ？　ウチへ何しに来たんだい？」

脱力のあまり、千鶴は式台にしゃがみ込んでいた。

その夜の捜査会議は十時過ぎから始まった。

朝の会議に引き続き、進行役は財前が務めている。

綿貫は、幹部席から捜査員たちを見渡した。どの顔も疲労と憔悴に翳っている。

会議はまず、スニーカー捜索班の報告から始まった。捜査員たちは昨日に引き続き、北区を中心とした近隣地域のスニーカー販売店への聞き込みを行った。だが、購入者の割り出し作業は困難を極めていた。商品の単価が安いため、ほとんどの客が現金で支払っており、手掛かりが乏しいのが原因だった。

「では次、ワゴンのオーナーへの聞き込みの結果報告を」

財前に促され、王子署刑事課の一人が立ち上がる。日に焼けた肌の、ずんぐりとした体つきの捜査員だ。

「えー、現時点で捜査の終了した地域は『中十条』および『上十条』であります。結論から申し上げますと、第二の事件発生時にアリバイのない女性のワゴン所有者は、この地域だけでも二十一名おります」

長テーブルの端からプリントされた紙の束が回され、全捜査員に一枚ずつ行き渡る。同じものがすでに幹部席にも届いていた。二十一名分の住所氏名が記されたリストだ。

「さらにこの二十一名のうち、第一の事件発生時のアリバイもない者は八名です。その八名に関しては、お手元のリストの名前の横に※印が記してあります」

綿貫は手にしたリストにざっと目を通した。

その視線がある一つの名前でふと止まった。

それは『立花千鶴』という氏名だった。立花千鶴は、最近テレビなどでよく見かける書道家だ。住所は中十条三丁目となっている。

それにしても、この限定された地域だけでもこれほど多くのワゴンが登録されているとは、綿貫には意外だった。その思いは財前にしても同じだったのだろう。だから財前は、捜査員の多くをワゴンの捜索に投入したのだ。

だが、目撃されたワゴンがこの中に含まれているとは限らない。他の地域から来た可能性もあるのだ。同じ意見は、王子署署長や王子署刑事課長からも出された。

これほど多くの人員を割いてまで、ワゴンの所有者を虱潰《しらみつぶ》しにあたる価値があるのか——

そんな彼らの意見に対し、財前は答えた。

〈ガイ者を乗せた車は、主要道路のNシステムに映ることなく高田馬場まで行っています。

つまり、被疑者はNシステムの存在を知っており、あえて裏道を選んで高田馬場へと向かった。にもかかわらず、東十条から高田馬場まで必要最小限の時間しかかかっていません。このことから被疑者は土地勘を持つ人物であると推測され、事件現場周辺に住んでいる可能性が非常に高いと考えられます〉

財前は昨日のうちに事件現場周辺の道路に設置されたNシステムのデータを分析していた。そこには数台のワゴンのナンバープレートが画像として記録されていたが、聞き込みの結果、運転手たちにはアリバイがあり、運転手たちは事件とは無関係であることが判明していた。

理路整然と説明する財前に、異論を唱えた幹部たちは口を閉ざした。しかしそれは、財前の捜査方針に対する同意という意味ではない。いわば諦めだった。捜査本部においては、所轄署の署長や刑事課長に捜査方針決定の権限は与えられてはいない。それを持つのは、あくまでも管理官の財前であり、一課長の綿貫なのだ。その現実が、署長や刑事課長の不満を助長する結果となる。

もし十条一帯のワゴン所有者への捜査が空振りに終われば、財前は同じようにして、高田馬場までの明治通り周辺一帯に対する同様の捜査を指示するはずだ。そこで収穫が得られなければ、捜査員たちの徒労感はさらに増すこととなる。

つまり、捜査員たちがいたずらに疲弊するのを、王子署の署長や刑事課長は懸念しているのだ。捜査は原則として本庁と所轄の捜査員がペアとなって行われるが、双方の疲労度が等しいかといえば、答えは否だ。本庁の捜査員のほうが立場が上である以上、所轄の捜査員は様々な面での気づかいをすることとなる。そのため、所轄捜査員のほうが精神的負担を強いられるのだ。

その結果、彼らの不満の矛先は、署長や刑事課長に向かうことになる。

――まったくまいったぜ。署長や課長は本庁さんの言いなりなんだからよ。靴底減らしてる俺たちの身にもなれってんだよ。

仮にそのようなことが囁《ささや》かれ始めたら、捜査員同士の和は乱れ、士気にも悪影響を及ぼすことになる。

所詮、所轄の刑事など消耗品の兵隊――意識、無意識にかかわらず、本庁の人間にそのような認識があるのは事実だと、綿貫は思っている。そのことが、捜査本部における本庁と所轄の見えない溝を作っているのだった。

綿貫自身は、財前の捜査方針に異論はなかった。他に手掛かりがない以上、今は地道にスニーカーの購入者とワゴンの所有者を追う以外に策はない。たとえどれほどの労力がかかり、それが徒労に終わったとしても、捜査とはそういうものなのだ。九十九の無駄を費やさなければ、一の成果は得られない。

会議の最後に、被害者の鑑取捜査にあたった捜査員からの報告がなされた。室内後方の隅の席についていた男が、報告書を手に立ち上がる。今日から捜査本部に参加した、地域課の応援人員・南條であった。

はじめの頃、鑑取捜査には複数組の捜査員があたっていた。しかし現在は早乙女霧子と南條のペアのみが鑑取を担当している。スニーカーとワゴンの捜索に人員をとられているため、人手を回せないというのも理由の一つではある。だが一番の理由は、今回の事件が通り魔的な犯行であるという捜査本部の見解にあった。

二人の被害女性の接点は見つからず、犯人の動機も判然としないことから、顔見知りによる痴情のもつれや、怨恨による殺人の可能性は極めて低いと判断されたのだ。気休めともいえる鑑取捜査に霧子と南條を充てたのは、財前の意思だった。

「被害者・桜庭由布子の両親、および友人への鑑取の結果を報告いたします――」

南條の報告に目新しい事実は含まれていなかった。無理もない。桜庭由布子の両親や友人には、すでに何度も聞き込みが行われているのだ。

ひととおりの報告が終了したところで、財前は捜査員たちのほうへ顔を向け、今後の捜査方針を口にした。

「明日以降もスニーカー購入者の捜索とワゴン所有者への聞き込みを続行してもらいます。

なお、明日のワゴン所有者の聞き込み対象地域は王子および王子本町。それと並行して、アリバイ所持者の裏取り作業を行うこと。本日は以上です」

会議が終了し、捜査員たちが席を立ち始める。

綿貫も席を立った。幹部席を離れ、長テーブルの間を進む。

「なんだなんだ、ずいぶんと辛気臭い顔してるじゃないか」

早乙女霧子の席の前に立ち、綿貫は声をかけた。席についたままの霧子は、生気のない目で綿貫を見上げた。

「鑑取に回されたのが、そんなに不満なのかい？」

「べつにそんなんじゃありません」

「じゃあやっぱり、南條君とのペアが嫌なのか？」

霧子は答えることなく、綿貫から目を背けた。悔しさと悲しみの入り混じった目をしている。

「たとえ見込みが薄いとしても、やらなければならん捜査もあるんだ。今回の事件が、通り魔的な犯行だと、まだ決まったわけじゃないからな。あるいは被害者同士に、なんらかの接点があるかもしれん。それに――捜査に無意味なことなんてないんだ。人生と同じようにな」

「気休めも人生論も、今の私には必要ありません」

「君がどうしてもつらいのなら、南條君とのペアは解くぞ」

「べつにそんなこと、私は望んでません――」

　顔を上げて言い放った霧子の視線が、ふと幹部席のほうにとまった。綿貫もつられて、同じほうに顔を向ける。

　幹部席に座った財前が、じっとこちらを凝視していた。やがて財前は席を立つと、捜査資料を携え、悠然と部屋を出て行った。

「失礼します」

　動作に苛立たしさを滲ませながら、霧子も椅子から腰を上げた。退室してゆく後ろ姿を、綿貫はため息交じりに見送る。その瞬間、ふと視線を感じた。顔を巡らすと、隅のほうの席でこちらを見つめる男の姿があった。南條だった。綿貫と目が合うと、南條は起立して一礼した。

「――一つ、伺ってもいいですか」

　綿貫のほうへ歩み寄ってくると、南條は訊いた。

「早乙女さんは、どうして僕のことを毛嫌いするのですか？」

　一瞬返答をためらったあと、綿貫は言った。

「彼女は、君を嫌っているわけではない。むしろ逆だ」

「おっしゃる意味が分かりません」

「ちょっとだけ付き合ってくれるか」

　捜査本部を出ると、綿貫は隣の会議室へ移動した。無人の室内の灯りをつけ、窓辺に歩み寄る。

「扉、閉めてくれ」

　あとから入った南條が、後ろ手に扉を閉めた。

「三年前にある事件があった――その事件で、早乙女君は同僚の一人を亡くしている」

　窓ガラスに映った自分と向き合いながら、綿貫は語った。

「当時、早乙女君は本庁の一課に配属されたばかりで、亡くなった同僚というのは彼女の教育係でもあった。芳賀徹という男で、階級は警部。裏表のない気さくな性格で、誰からも好かれる男だった」

　その頃の綿貫は現在と同じ捜査一課に在籍しており、役職は課長代理だった。事件が起きたのは、早乙女霧子が一課に配属されて四ヵ月ほど経った頃だった。

　池袋の繁華街にあるホストクラブで、ある晩殺人事件が起きた。殺されたのは二十九歳のホストで、加害者はその後輩にあたる二十四歳の同僚のホストだった。日頃から反りの合わなかった二人は営業時間中に口論となり、加害者はナイフで相手の腹部を続けざまに数ヵ所刺した。凶器は店の厨房にあった果物ナイフで、口論の最中に激昂《げっこう》した加害者が持ち出してきたものだった。

　被害者は病院に搬送されたが、間もなく死亡。犯人は村上哲也という名で、犯行後に店を飛び出したまま行方をくらましていた。所轄署には特別捜査本部が設けられ、芳賀と霧子の所属していた係が捜査に参加した。

　村上は自宅マンションにも戻っておらず、捜査本部は行方を追って、彼の立ち廻りそうな場所を虱潰しにあたっていった。そのうちの一つに、村上のかつての交際相手のマンションがあった。その女性は一部上場企業の秘書室に勤めるＯＬで、村上とは店で知り合い、その後半年ほど交際していたが、事件の直前に別れていた。

　事件発生の翌日、芳賀と霧子は所轄署の捜査員四名とともに元恋人のワンルームマンションを訪れた。逃げ場所に窮した村上が、元恋人の部屋に潜伏している可能性は充分に考えられた。だが、村上がそこにいるという確証があったわけではない。にもかかわらず六名もの人数で向かったのは、ある情報が寄せられていたからだ。

　それは、村上が覚せい剤を常用しており、さらに拳銃を所持している可能性があるというものだった。

村上が池袋界隈《かいわい》の売人から薬物を購入していることは、同僚の間で噂になっていたのだ。そして最近、拳銃を手に入れたことをほのめかしていたという。

そのため芳賀らは、拳銃を携行したうえで、女性のマンションを訪れた。果たして、村上はそのマンションの部屋に潜伏していた。女性の部屋は一階で、芳賀らの訪問を察知した村上はベランダから外へ出て、捜査員の制止を振り切って逃亡した。

部屋の中には、猿ぐつわをかまされた元恋人がビニール紐で縛られ、横たえられていた。幸い、危害を加えられた形跡はなく、彼女は無事だった。

逃亡した村上は近所のコンビニエンスストアに押し入り、店員一名と客一名を人質に立てこもった。村上の手には、オートマチックタイプの拳銃が握られていた。村上は捜査陣に対し、支離滅裂な要求を怒鳴り散らした。村上が覚せい剤の酩酊状態にあることは明らかだった。もし禁断症状が現れた場合、人質に危害を加える恐れがある。悪いことに、人質となっている客は若い妊婦だった。

「その時、管理官を任されていたのが財前君だった。彼は管理官の地位に就いたばかりで、その事件が初めての仕事だった。コンビニの周辺は厳戒態勢となり、芳賀君らは携帯電話で捜査本部と連絡を取り合いながら、情勢を見守った。そのうちに店内で異変が生じた。妊婦が苦しみ始めたんだ。事態を知らされた当時の一課長は、妊婦の人質の解放を村上に要求した。村上は代わりになる女性の人質を要求した。捜査本部はそれを受けて、機動隊から女性隊員の応援を要請した。しかし、事態は一刻の猶予も許さない状況となっていた。そこで財前君が提案したんだ。早乙女君が代わりの人質になるようにと」

当時の一課長は財前の提案に反対した。機動隊の到着を待つべきだと。しかし財前君は強硬に早乙女君が人質になるべきだと主張した。実際、妊婦の苦しみは激しいものになっていたのだ。

結局、早乙女霧子は自ら人質になることを受け入れ、村上に対しその旨を伝えた。

そして――店舗の扉が開かれ、人質の交換が行われた。

店の入口に、妊婦に拳銃を突きつけた村上が姿を見せた。霧子には芳賀君が付き添い、村上と対峙《たいじ》した。

〈男は下がれっ。女はこっちに背中を向けて、後ろ向きに歩いてこいっ！　両手は頭の上だっ！〉

「芳賀君は犯人の言葉に従い、後ろへ下がった。早乙女君は両手を頭にのせたまま、後ろ向きで店の入口へと歩いた」

そして、霧子が犯人と妊婦のすぐ目の前まで迫った時だった。犯人は妊婦を突き飛ばし、代わりに霧子の襟首を摑んだ。その時だった――。

「突然、早乙女君が犯人に対して摑みかかったんだ」

霧子と犯人は店内に転がった。

そこへ、霧子に加勢をして、コンビニの店員が犯人を押さえつけようとした。

瞬間、銃声が二発した。

それを聞いた芳賀は、コンビニの入口に向かって走った。

次の瞬間、三発目の銃声が鳴り響き、芳賀がアスファルトに転がった。

すべては一瞬の出来事だった。

直後到着した機動隊員によって、犯人は身柄を確保された。

「しかし芳賀君は胸を撃たれ、搬送先の病院で死亡が確認された。コンビニの店員も腹部を撃たれており、病院へ運ばれたが、数日後に亡くなった。早乙女君は犯人ともみ合い転倒した際に、左肩を銃弾がかすめたが、幸い軽傷で済んだ。唯一の救いは妊婦が無事だったことだ。事件のあと、病院で元気な子供を出産したらしい」

事件は解決したが、現職刑事の殉職と民間人一名の死亡は、警察内部で問題となった。一課長と管理官の財前、そして早乙女霧子は査問委員会にかけられた。結果、一課長は降格処分となり、財前は管理官を解任されて地方の県警本部への異動が命じられた。霧子には一ヵ月の停職が言い渡された。

「早乙女君はきっと、芳賀は自分が殺したようなものだと、自責の念に苛まれているに違いない。だがそんな彼女も、近頃は本来の明るさを取り戻しつつあったんだ。しかし――」

いったん言葉を切り、綿貫は南條を振り返った。

「そんな時に今回の事件が起き、君が現れた――」

綿貫の視線を受け止めていた南條の瞳が、何かを察したように揺れ始めた。

息を吐き、綿貫は言った。

「南條君。君は芳賀君と瓜二つなんだよ」

「それは確かな情報なんだろうね？」

「もちろんです。科捜研の矢島が昨夜知らせてきました」

「矢島というのは——？」

「八年前の〝事故〟の捜査の際に抱き込んだ法医科の課長です。そいつの弱みは押さえてありますから、慌てて御注進に及んだというわけです」

「で、その矢島に鑑定依頼を持ち込んだ人物が、本牧の一件とのデータ照合を？」

「厳密に言うなら、依頼を受けたのはその部下の女性でして——ただし、正規の依頼ではありません」

「依頼をした人物とは一体何者かね、堀ノ内君」

「戸塚署の刑事課に籍を置く、多治見省三という巡査部長です」

「多治見……」

「知っているのかね、影山君」

「ええ。以前私が横須賀署の刑事課長をしていた頃、少年課にいた男です。当時ちょっとしたトラブルで、多治見は免職されかかりましてね。私までとばっちりを食いましたよ」

「その多治見とやらは、なぜ今頃になって本牧の事件を——？」

「そのあたりの事情は分かりません。ただ、多治見がある人物のＤＮＡ試料《サンプル》を科捜研に持ち込み、鑑定を依頼したのは事実です」

「ある人物とは——？」

「覚えていらっしゃいませんか。南條という男です。本牧の一件のあと、警視庁に入庁した例の男です。多治見は南條の唾液を試料《サンプル》として持ち込み、『本牧組員射殺事件』の現場遺留物データとの照合を依頼したのです」

「で、鑑定の結果は——？」

「データの一つに、一致したものがあったようです」

「面倒なことになりましたね、藤崎さん」

「うむ……あれから南條には監視は付けていなかったのかね？」

「もう八年経ちますからね。さすがに四六時中というわけには……南條の勤務する交番の班長で沼川という男がいるのですが、その者には定期的に動向を報告させています。それとウチの若い奴が月に数度、行確を行っています」

「それにしても、多治見はなぜ南條に目を付けたんだ？」

「おそらく、関口真理子の線からだと――」

「関口？」

「ええ。八年前の事故の被害者です」

「あぁ、陳の娘か」

「今のところ、多治見が南條に接触している形跡は？」

「まだ確認はとれていませんが、おそらくまだだと思われます。確実な証拠が揃っていない以上、不用意な行動に出るとは思えませんから。ただし、南條の唾液を手に入れている以上、多治見が自身の正体を偽って接触していることは考えられます。ちなみに南條は現在、王子署の特捜本部に捜査応援という形で参加しています」

「王子署の特捜本部――？」

「ええ。例の北区東十条の連続殺傷事案です」

「あぁ、あれか――」

「藤崎さん。いずれにしても、早急に何らかの手を打つ必要があるかと。万が一多治見が証拠を手に入れ、神奈川が東京の現職警官をアゲるなんてことになれば、マスコミが黙っちゃいない。そうなった場合、八年前の事故が蒸し返される可能性も考えられます」

「多治見という男は切れるのかね」

「今はどうか知りませんが、私が知っていた頃の奴は、頑固なだけの堅物《かたぶつ》でした。ただそれだけに、しつこい男だったと記憶しています」

「歳は？」

「五十九です。あと半年で定年です」

「ならば、さほど厄介な状況とも言えんだろう。とりあえず、刑事課から外してみよう。それでしばらく様子を見る」

「それがいいですね。下手に手を出せば、藪蛇《やぶへび》になりかねませんから」

「では、多治見と南條にはそれぞれ行確をつけます」

「参考までに訊くが、王子署の本部は誰が仕切っているのかね？」

「財前です」

「ざいぜん……」

「ほら、覚えてらっしゃいませんか？　三年前の葛飾の立てこもりでしくじって、査問委員会にかけられた――」

「あぁ、あの変なメガネをかけた男か？」

「そうです、そうです」

「厄介だな、あの男も」

翌朝の捜査会議終了後、王子署を出た二人は、徒歩でＪＲ王子駅へ向かった。

今日も一日、二人には鑑取捜査が命じられていた。午前中に向かうのは、池袋にある美容師専門学校だ。第一の被害者・笠原玲奈が通っていた学校である。二人はそこで、彼女の友人から話を聞くことになっていた。

「ちょっと一服させてもらうわ」

王子駅前に辿り着いたところで、霧子が南條に声をかけた。

「あんたもなんか飲む？」

ぶっきらぼうに言って、霧子はポケットから小銭を取り出した。南條の返事を待たずに、自動販売機で缶コーヒーを二つ買う。一つを南條に渡し、霧子は懐からラッキーストライクのパッケージを取り出した。

「あんた、煙草は？」

「いえ、吸いません」

「ふうん、真面目だけが取り柄ってわけだ」

揶揄するように言って、霧子は缶コーヒーのプルトップを引いた。パッケージを一振りして、飛び出した煙草を一本口にくわえる。

「――遠慮なく」

南條は言って、缶コーヒーに口をつけた。

朝の通勤時間はとうに過ぎ、駅前に人の姿はまばらだった。買い物途中の主婦がのんびりと行き交い、ロータリーには客待ちのタクシーが列を作っている。

霧子はジャケットのポケットを探ってジッポーを取り出した。その瞬間、ポケットに入れていた別の物が、はずみで地面に落ちた。

南條がしゃがみ、それを拾った。手のひらに収まる大きさの、布でできた小さな巾着袋だ。中には千切れたネックレスが入っている。それは三年前から、霧子が片時も離さずに持ち歩いているものだった。

「よこしてっ」

南條の手から、霧子は巾着袋をひったくった。あっけにとられた様子の南條を横目に、霧子は煙草に火を灯した。煙を吐きながら、ジッポーと巾着袋をポケットにしまう。

二人はしばし、無言でコーヒーを啜《すす》った。

やがて南條が、口を開いた。

「昨日の夜、綿貫さんから聞きました。三年前のこと――」

霧子は思わず南條を睨み返していた。

誰にも見られたくない醜い傷痕。そこに貼ってあった絆創膏《ばんそうこう》を勝手に剝がされ、晒しものにされたような気分だった。

「芳賀さんのことも聞きました。自分と、顔がとてもよく似ているのだと――」

南條の瞳には微かな同情が滲んでいた。瞬間、霧子の中で何かが破裂した。

「だからなんなのよ」

押し殺した声を発し、霧子は再び南條を睨んだ。

「べつに――ただ、僕とのペアがつらいのであれば、財前さんに頼んで――」

「馬鹿言うんじゃないわよっ」

鋭く相手を遮り、憤りの眼差しを南條に据える。

「あの人とあんたの顔が似てるからって、それがなんだっての？　あんたと一緒にいると、私がつらくなる？　はんっ、冗談じゃないわよ。思い上がるのもいいかげんにしてっ！」

言葉に弾《はじ》かれたように、南條は表情を歪めた。反発するように霧子を険しく見据える。だがそれも一瞬のことだった。缶コーヒーを手にしたまま、南條は痛みの滲んだ表情を地面に伏せる。曇った瞳を長い睫毛《まつげ》が覆っていた。

そう、あの人の睫毛も、長かった——。

霧子は咄嗟にそんなことを思った。

そんな自分が腹立たしかった。

自販機の横のカゴにコーヒーの缶を投げ入れ、霧子は駅の中へと足早に歩み去った。少し遅れて南條がついてくる。南條に対して怒りをあらわにした浅はかな自分が無性に腹立たしかった。

警察官の職を選んだ霧子がずっと目標にしていたのは、本庁勤務の刑事になることだった。刑事になること自体が生半可ではない中、霧子はその目標を弱冠二十六歳でかなえることができた。今から三年半ほど前のことだ。犯罪が多様化する中、女性捜査員の必要性がクローズアップされていたことも霧子にとって幸いした。

それまで勤務していた所轄署の刑事課から、霧子は本庁捜査第一課へ異動した。所属は第二強行犯捜査三係だった。当時、芳賀徹は三十二歳で、中堅捜査員として活躍していた。

彼は霧子の教育係として、捜査の基本から彼女に教えた。

芳賀は仕事に妥協をしない厳しい男だったが、ひとたび仕事から離れると、神経の細やかな、それでいて子供のように無邪気な人間だった。

行動をともにするうちに、次第に二人の仲は近づいていった。おそらく芳賀は、霧子のことを妹のように思っていたのかもしれない。しかし、霧子のほうは違った。自分でも気づかぬうちに、霧子は芳賀のことを一人の男性として見始めていたのかもしれない。

しかし、当時の自分は無意識にその想いを抑え込んでいたのだろう。なぜなら、芳賀にはすでに妻がいたからだ。結婚して二年になるが、子供はいないこと。奥さんは神奈川県警の科捜研に勤務する技官であること。

芳賀は私生活についてはあまり語らない男だったが、それでも彼の言葉の端々から、霧子はそれらのことを知った。そして――。

〈女房とは、あまりうまくいってなくてね――〉

ある晩、バーのカウンターで芳賀はそう洩らした。その日は、霧子の誕生日だった。お祝いにと、芳賀に食事に誘われ、その流れで入った店だった。

その夜の芳賀の横顔はひどく寂しげだった。

バーを出た二人は、タクシーを拾うために大通りへと歩いた。

その途中、歩道でアクセサリーを売っている若者に出会った。ネックレスやブローチ、ブレスレットなどを、アスファルトに敷いた布に並べている。

〈ちょうど店じまいしようとしていたとこなんです。よかったら、お一ついかがですか?〉

若者は現役の美大生で、商品はすべて彼の手作りだった。

霧子は遠慮したが、芳賀はなかば強引に、彼女に好きなものを選ばせた。芳賀にしてみれば、誕生日のプレゼントのつもりだったのだろう。

苦笑しながら、霧子はネックレスを一つ選んだ。青い石のペンダントがついた金のチェーンのネックレスだ。

〈この石はラピスラズリなんです。きっと、願い事が叶いますよ〉

若者は店じまいを済ませると、そう言い残して去っていった。

〈誕生日、おめでとう〉

芳賀は霧子の首にネックレスをつけてやった。微かにアルコールの混じった吐息を、霧子は頬に感じた。気がつくと、霧子は芳賀に抱かれていた。行き交う車のヘッドライトを背景に、二人は歩道で唇を合わせていた。

〈――すまない〉

やがて抱擁を解いた芳賀は、俯きながら詫びた。

ううん――そう答えようとした霧子だったが、咄嗟に言葉を呑み込んでいた。俯いた芳賀の向こう側に佇む人影に気づいたからだ。人影は二つだった。長身の男と、寄り添うように佇む女性。

男の顔に目を凝らし、霧子は息を呑んだ。管理官の財前だった。メガネのレンズの越しに、じっとこちらを見つめている。こんな場所になぜ財前がいるのか、霧子は動揺した。

財前の隣に立つ女性は、まだ若かった。長い髪をした清楚な印象の少女だ。彼女は白杖を手にしていた。

彼らに背を向けて立つ芳賀は、何も気づいていない。

芳賀はそっと霧子から離れ、通りかかったタクシーに手を上げた。

〈──おやすみ〉

囁くように言って、芳賀は霧子をタクシーに乗せた。

霧子には別れの言葉を伝える暇《いとま》も与えられなかった。財前たちの姿はすでに消えていた。

走り出したタクシーの中で振り返ると、芳賀は歩道を歩み去っていくところだった。彼の後ろ姿は、とても寂しそうだった。

芳賀とのキス。

それを見ていた財前。

財前と一緒にいた盲目の少女。

すべてが幻影のように思える中、芳賀の唇の感触だけはいつまでも残ったままだった。

『コンビニ立てこもり事件』が起きたのは、その二日後のことだ。

捜査本部の財前は、妊婦の代わりに霧子が人質となるよう指示を下した。芳賀は反対したが、結局霧子は指示に従った。苦しみ始めた妊婦を目にし、耐えられなくなったのだ。

だが、人質交換の際に思わぬことが起きた。

〈さっさとこっちへ来いっ！〉

苛立った犯人が、霧子の襟首をつかんで引き寄せようとした。その瞬間、首筋でブチッと音が弾けた。着けていたネックレスが千切れたのだ。

おととい の夜、芳賀が買ってくれたラピスラズリのネックレスだった。

霧子は反射的に犯人の腕を払いのけ、拳銃を奪おうとした。だが犯人が抵抗したため、二人はコンビニの店内に転がった——。

そのことが原因で、人質一名と芳賀は命を落としたのだった。

人質交換の際、なぜ犯人に抵抗したのか——事件後に行われた査問委員会で、霧子は執拗にそのことを問われた。だが、彼女は口を閉ざしたままでいた。

芳賀はもうこの世にはいない。霧子に残されたのは、あの夜の芳賀との口づけと、千切れたネックレスだけだった。ネックレスのことを人に話せば、芳賀との思い出が汚される気がしたのだ……。

霧子と南條はＪＲに乗った。日中の電車は空いていた。同じシートに間隔を空けて座った二人は、池袋に着くまでの間ひと言も口をきかなかった。

笠原玲奈の通っていた美容師専門学校は、池袋駅西口から十分ほど歩いた場所にあった。近くには立教大学の校舎がそびえている。

南條は事前に場所を調べてきたらしい。メモを片手に、学校までの道のりを迷わずに進んだ。南條の後ろ姿をぼんやり見ながら、霧子は無言で歩いた。スーツを着た後ろ姿も、南條は芳賀にそっくりだった。背丈や体つきもほとんど変わらない。強《し》いて違いを挙げるなら、南條は少し猫背気味だった。先ほど霧子に詰《なじ》られた痛みを、まだ引きずっているのかもしれない。

不意に立ち止まった南條が、霧子を振り返った。いつのまにか専門学校の前に辿り着いていた。大通りに面した六階建てで、外壁にレンガがあしらわれた瀟洒《しょうしゃ》な建物だった。

「――少し、どこかで休んでからにしますか？」

南條の眼差しには、霧子を気づかう様子が感じられる。冗談じゃない。同情は、するのもされるのもごめんだった。

「行くわよ」

短く答え、霧子は校舎に入っていった。

「なんであの子が、あんな目に遭わなならんの？」

憤りのこもった口調で、浜田陽子はそう言った。

そこは校舎の四階にある『シャンプー実習室』だった。普通の教室程度のスペースに、チェアーと簡易シャンプー台のセットが二十台ほど設置されている。洗髪の実習専用の教室らしい。室内前方には教卓と移動式のホワイトボードが置かれ、壁の高い位置にはモニターが二台取り付けられている。

今日の午前中に、南條はこの学校に電話をかけ、笠原玲奈の担任教師と話をしていた。

〈亡くなられた笠原玲奈さんについて話を伺いたいのですが――〉

南條の依頼に対し、担任が紹介してくれたのが浜田陽子だった。笠原玲奈とは同じクラスで、一番の親友同士だったらしい。

南條と霧子はシャンプー台のチェアーに腰を下ろし、教卓の前に立つ陽子と向き合っていた。天板がガラスになっている広い教卓の上には、衣類やタオル、カット用のハサミや櫛《くし》、ドライヤー、その他こまごまとした雑貨が置かれている。

浜田陽子によれば、すべて玲奈の私物らしい。ロッカーにしまってあったそれらを、玲奈の実家へ送るために陽子は荷造りをしているのだった。

「玲奈さんは美容師を目指していたのですか？」

この学校は美容師科の他に、メイキャップ科やネイルアート科などの学科が併設されているのだ。南條の質問に陽子は頷いた。

「玲奈は海外にも通用するヘアメイクアーティストを目指してた」

足元に置いた段ボール箱に品物を詰めながら、陽子は答えた。

浜田陽子は、笠原玲奈より一つ年上の二十歳だった。長い髪を金色に染め、カジュアルなデザインのパナマ帽を頭にのせている。濃いめのアイラインで瞳が強調されているせいか、勝気そうな印象を南條は受けた。

「玲奈のウチな、母子家庭やねん。だから、いつも言うとった。早《はよ》う一人前になって母さんに楽させたいって」

荷作りの手を動かしながら、陽子は玲奈について語った。

「ほんまのこと言うとね、玲奈、あんまし要領のええ子やなかったんや」

陽子の口元には、微かな笑みが浮かんでいる。

「シャンプー一つとってもそう。自分で納得いくまで何時間でも練習してな。どういう具合に指を使って、どのくらいの力で洗えば、客は気持ちいいって感じるかって――馬鹿だよね。あたしも含めて他の連中はみんな、シャンプーの実習なんてテキトーに済ませてるってのに。だってそうやん？　シャンプーなんていくら上手くても、お客さんは指名してくれへんもん。お客が求めてるのはカットが上手な美容師なんや」

隣に座る霧子が、陽子から目を背ける。南條はその時ようやく気づいた。陽子の頬には、涙が光っている。

「ねぇ、刑事さん。玲奈を殺した犯人って、通り魔なん？」

南條は答えられずにいた。捜査本部での大方の見方はたしかに『通り魔による犯行』に傾いているが、それ以外の可能性もゼロではない。

「そんな事件に巻き込まれるなんて。ほんま最後の最後まで要領が悪いんやから――」

こらえきれなくなったように、陽子は顔を伏せた。

霧子は沈痛な面持ちで唇を噛み締めている。

悲しみと沈黙が、重く静かに室内に満ちていった。だが、南條はまったく別のものに気をとられていた。

それは、教卓の上に置かれた急須《きゅうす》だった。瀬戸物の急須だ。丸い本体部分から、注ぎ口と取っ手が突き出している。何の変哲もない、ありふれた急須である。

だが南條は、その急須に違和感を覚えていた。

南條の視線に気づいたのか、陽子が言った。

「玲奈って、けっこう外見は派手めだったけど、わりと和風なとこあってん。コーヒーよりも、日本茶が好きやったんや」

いきなり入口のドアが開き、若い女性が顔を覗かせた。

「あ、いたいた。ねぇ、陽子ぉー」

室内に一歩踏み出したところで南條と霧子に気づいたらしい。女性は口を噤んだ。どうやら陽子の同級生らしい。とりなすように陽子が言った。

「この人たちは刑事さん。玲奈の事件について、聞き込みに来はったんや――で、どないしたん？」

「このマウスなんだけどさぁ、これって壊れてるんじゃない？」

陽子に歩み寄り、彼女はコンピュータのマウスを差し出した。

「右クリックと左クリックが、何だかあべこべでさぁ」

「なんや、犯人はあんたか――ずっと探しとったんや、これ」

不思議そうな顔の彼女に、陽子は説明した。

「それ、あたしのじゃないねん。玲奈のなんや」

「あぁ、そうだったんだ――」

彼女の表情が、狼狽したように歪む。

「ごめん、あたしてっきり陽子のかと思って勝手に借りちゃったんだ――」

そう言って、コードを巻きつけたマウスを彼女は陽子に手渡した。

南條は、二人の女性の今のやりとりの意味が理解できずにいた。

それについての答えを口にしたのは霧子だった。

「笠原玲奈さんは、左利きだったの？」

霧子に目を向け、陽子は頷いた。

そうだったのか――南條はあらためて、教卓の上の急須に目を向けていた。先ほど覚えた違和感の原因は、急須の形によるものだったのだ。それは急須の握りの部分の向きだった。

普通の急須ならば握りの部分は本体の右側から出ている。しかし、玲奈の急須は、左から出ているのだった。それは左利きの人が持ちやすいようにデザインされた左利き用の急須なのだった。

そう気づくと、あとは連鎖的に理解できた。マウスのクリックが左右であべこべになっているのも、やはり左利き用だからだ。

そして次の瞬間に、南條はあることを思い出していた。

桜庭由布子も左利きなのだ。あの日、交番で自転車の盗難届を書いていた彼女の姿を、南條は今でもはっきりと覚えている。彼女は左手にペンを持ち、文字を記入していた。

つまり、今回の事件の被害者二人はどちらも左利きということになる。これは偶然なのだろうか。

浜田陽子から話を聞き終え、南條と霧子は校舎を出た。

駅へ歩きながら、南條は考え続けた。現時点で二人の被害者には、これといった接点や共通点は見出されていない。そのため、捜査本部は今回の事件を無差別的な通り魔事件と捉えている。

しかし南條は今、被害者二人がともに左利きであるということに気づいていた。仮に、左利きであるという理由で彼女たちが被害者に選ばれたのだとしたら、犯人の動機は一体何なのだろうか。

いくら考えても、南條の頭に答えは浮かばなかった。

次に二人が向かったのは、ＪＲ赤羽駅前にあるファストフード店だった。赤羽駅は埼京線で池袋駅から三つ目、桜庭由布子の最寄り駅である東十条からは一つ目の駅だ。

二人が訪れたのは全国展開のハンバーガーショップで、桜庭由布子がアルバイトとして在籍する店である。

「こんなこと言うの、すっごい恥ずかしいんスけどね。俺、由布子にコクったことがあるんス――っっても、もう二年近く前のことなんスけどね」

高橋というアルバイトスタッフは、南條と霧子を前にして苦笑いを浮かべた。

三人は店の事務所にいた。さほど広いとはいえない室内には、奥の壁に寄せて事務机が一台あり、パソコンとプリンターが置かれてある。壁際には売上台帳やファイルが並んだ書棚が並んでいる。

南條と霧子は、室内中央のテーブルについていた。マンガ雑誌や吸い殻の溜まった灰皿、封の開いたスナック菓子などで雑然としている。『整理整頓』と書かれた壁の貼り紙は、蛍光灯の明かりにすっかり色褪《いろあ》せている。

「でも結局、振られちゃったんス。〈どうしても忘れられない人がいる〉って、由布子そう言ってました」

　高橋の笑みが、自虐的なものへと変わった。

　聞き込みに応じてくれた高橋は、桜庭由布子の先輩にあたるアルバイトスタッフだった。ひょろっとした背の高い若者で、他に二つの仕事を掛け持ちしているフリーターだ。

「その〝忘れられない人〟というのは、桜庭由布子さんの別れた恋人、ということですか？」

　南條が高橋に訊いた瞬間、霧子が鋭い視線を向けてくる。事件に直接関係のない質問をたしなめているのだ。だが南條は霧子の視線を無視した。南條の頭にあったのは、昨日会った桜庭由布子の両親の態度だった。

〈お嬢さんは同棲されていたのですか？〉という南條の質問に対し、母親は肯定も否定もしなかったのだ。

「別れたっていうか、死んじゃったみたいです。その彼氏」

「死んだ――？」

「よくは知らないけど、三年くらい前に」

「その人もここで働いていたんですか？」

「いや、コンビニでバイトしてたみたいです。なんでも、由布子の高校時代の先輩らしくて、飲み会かなんかで再会して、付き合うようになったらしくて。同棲してたって話でした」

「その彼は、病気か何かで？」

「いや、事故らしいっス……うん？　違うな、事件か。三年前にその彼が働いてたコンビニに強盗かなんかが押し入って、ピストルで撃たれたって話っス。なんか、ドラマみたいっスよね」

隣に座る霧子が目を見張るのを、南條は感じた。

「それ、三年前に葛飾区で起きた事件ですか？」

南條の問いかけに、「それですそれです」と高橋は頷いた。

南條は思わず霧子に目を向けていた。

三年前に葛飾区で起きたコンビニ立てこもり事件——霧子の先輩だった刑事・芳賀が殉職した事件だ。

テーブルに伏せた視線を、霧子はユラユラとあてどなくさまよわせていた。目の前に投げ出された事実を、必死に受け止めようとしているのだ。

その事件で犯人が発砲した銃弾は二人の命を奪った。一人は芳賀で、もう一人は人質となっていたコンビニの店員だ。

その店員とは、当時の桜庭由布子の恋人だったのだ――。

南條は霧子に問うた。

「三年前の事件が起きたのは、何月何日ですか？」

「――十月二十六日」

視線を伏せたまま、霧子はぽつりと答えた。

南條の頭の中で、いくつかの事柄が線でつながり始めていた。

事件に遭遇した夜、花束を購入し、どこかへ向かおうとしていた桜庭由布子。おそらく彼女は、亡くなった恋人に献花をしようとしていたのではないだろうか。しかし、一つだけ疑問が残る。

桜庭由布子が事件に遭ったのは、十月三十一日なのだ。一方、三年前の事件が起きたのは十月二十六日である。

「どうして五日も遅れて花を――？」

思わず呟いた南條の疑問に、霧子が応じた。

「撃たれたコンビニの店員は、しばらく病院で意識不明の状態が続いたあと、数日後に亡くなっているわ」

「じゃあ、やはり――」

十月三十一日は、桜庭由布子の恋人の命日だったのだ。

重苦しい顔つきで沈黙した南條と霧子を、事情の呑み込めない高橋が不思議そうに見比べていた。

三年前の立てこもり事件があったのは、ＪＲ常磐線《じょうばんせん》金町《かなまち》駅近くのコンビニエンスストアだった。

赤羽駅から電車を乗り継ぎ、南條と霧子が金町駅に降り立った時は、午後三時を回っていた。件のコンビニは水戸街道沿いに面しており、店の前に八台分の駐車スペースがある。

「――大丈夫ですか？」

霧子が立ち止まる気配を感じ、南條は振り返った。

霧子の表情は青ざめて見えた。きっと三年前の記憶がよみがえったのだろう。辺りを見回し、南條は想像した。店を遠巻きにして集結した多くの警察車輛。その陰から、店舗の様子を窺う霧子や芳賀たち。店の中で苦しみ始める人質の妊婦。

苛立つ犯人の怒鳴り声。そのあと行われた人質交換。

そして――銃声。悲鳴。混乱。慟哭《どうこく》。

「平気よ、何でもない」

霧子は自ら先に立って歩き始めた。店に入り、まっすぐレジへ向かう。中途半端な時間帯のため、店内に客の姿はなかった。

二人の聞き込みに応じてくれた店長は、三年前の事件をはっきりと記憶していた。

「深沢君のことを思うと、今でも胸が苦しくなります」

実直そうな年輩の店長は、メガネを外して涙を拭った。深沢というのは事件で犠牲になった店員――つまり桜庭由布子の当時の恋人である。

三人は店の隅に設けられた飲食スペースのテーブルで向き合っていた。レジで買ったスナック類を、そのまま店内で食べられる形式のコンビニである。

「あの日、私は急用があったもんで、店を深沢君に任せてました。もう一人、主婦のパートさんが入ってたんですが、ちょうど休憩で外へ出ていたようです」

深沢は当時、音楽関係の専門学校に通っており、その店では最も古株のアルバイト店員だったらしい。

「その深沢さんですが、当時彼には同棲していた女性がいたようなのですが――」

南條が水を向けると、店長はとたんに顔を曇らせた。

「ええ、知っています。ユッコちゃん――深沢君は彼女のことをそう呼んでいました。彼女は毎年、彼が亡くなった日にここを訪れ、店の入口に花束を供えていました」

南條はようやく確証を得ることができた。事件の日、やはり桜庭由布子はこの店に来ようとしていたのだ。

「健気な子でしてね。あれは去年だったかなぁ、ようやく自分のやりたいことを見つけたって、目を輝かせてたんです」

「彼女は何を――？」

そう尋ねたのは霧子だった。

「ユッコちゃん、警察官の採用試験を受けるって言ってました。だから今、バイトをしながら勉強してるんだって。自分のような悲しみは、誰にも味わってほしくないって思ったんでしょうね。あ、そういえば――」

ふと思い至った様子で、店長は言った。

「今年は彼女、来なかったなぁ……」

霧子が顔を伏せるのを南條は感じた。南條自身も、店長の顔を直視することができなかった。どうやら店長は、桜庭由布子が事件に遭遇したことをまだ知らずにいるらしい。もしくは、事件のニュースは目にしていても、被害者が〝ユッコちゃん〟だとは気づかなかったのかもしれない。

「参考までにお尋ねしたいのですが、二人が住んでいた場所はどこかお分かりになりますか？」

南條の質問に、店長は唸りながら首を傾げた。

「おそらく、ここから歩いていける距離だとは思うんですがね。履歴書ももう処分してしまったし、具体的な住所は分かりかねますね」

南條と霧子は店長に礼を述べ、店を出た。

「芳賀さんの死は、決して無駄じゃなかった」

歩道に出たところで、南條は霧子にそう言った。

「きれいごと言わないでよ」

「そんなつもりはありませんよ」

「だったら気休めね。いくらそんなことを言ったとしても――」

霧子の言葉は途中で途切れた。乱暴な手つきで、懐から煙草とライターを取り出す。そんな彼女の瞳が潤んでいることに、南條は気づいていた。

霧子はガードレールに腰を下ろし、南條から顔を背けるようにして煙草を吸った。

南條は腕時計に目を落とした。四時十七分。中途半端な時間だった。捜査本部に戻るには、まだ早い時刻だ。

南條の目はふと、傍らに立つ街区表示板に向けられていた。この辺り一帯の地図が描かれ、町名と番地が細かく記されている。

それによると、南條らが今いる場所は『金町二丁目』だった。

桜庭由布子と深沢が暮らしていたのはどこだったのだろう——そんなことを思いながら、南條はぼんやりと地図を見ていた。その時だった。地図上のある一点で、南條の視線は止まっていた。

「早乙女さん——！」

地図に目を据えたまま、南條は霧子を呼んだ。その様子に何かを感じたのか、霧子が驚いたように振り向く。

訝しげな彼女に対し、南條は地図上に記された町名の一つを指で差し示した。それは『金町』の隣に位置する町だった。

『新宿』とあった。

「十月三十一日の夜、桜庭由布子が向かおうとしていたのは、新宿区ではありません。葛飾区の新宿《にいじゅく》です」

その発言に、室内の捜査員から軽いどよめきが起きる。

隣に座る綿貫がわずかに身を乗り出すのを、財前は感じた。

夜の捜査会議が終わりに近づいた頃だった。成果のない報告が続いていただけに、発言者は捜査員たちの好奇の視線を浴びることになった。発言者は応援要員の南條という男だった。

捜査本部内の隅の席で起立し、報告書を手にしている。

幹部席の財前は、南條の顔にじっと見入っていた。やはり似ている。南條の顔は、芳賀徹に生き写しだった。捜査員たちの反応に一瞬気後れしたような素振りを見せたあと、南條は報告書の続きを読み始めた。誰もがその内容にじっと耳を澄ましている。

今日の日中も、大半の捜査員たちがスニーカー購入者の捜索と、女性のワゴン所有者たちへの聞き込み捜査に追われた。夜の捜査会議では、その結果報告が延々と続いたが、めぼしい成果は得られてはいなかった。だが、成果が得られないだけならまだいい。問題は、そのことによって捜査員たちのモチベーションが下がることにあった。

砂を嚙むような捜査の日々に、捜査員たちは明らかに倦み始めている――会議に臨む男たちの顔を見て、財前はそう感じた。

原因は、女性限定であるにもかかわらず、予想以上にワゴンの所有者が多いことにあった。必然的に事件当夜のアリバイがない者も多く、いまだに容疑者を特定できる段階にまでは至っていない。アリバイのない者の中から、過去に傷害や殺人などの前科がある者を調べたが、今のところ該当者はいなかった。

これ以上捜査範囲を拡大すれば、悪循環がさらに加速することは目に見えていた。男たちの倦怠と疲労が揮発し、捜査本部の中に充満していた。南條の報告が行われたのは、まさにそんな時だった。

南條と早乙女霧子は、今日一日をかけて二人の被害者の友人や知人から話を聞いて回ったという。そんな中、桜庭由布子のアルバイト先の同僚からの証言で、彼女が過去に起きたある事件の被害者と親しい間柄にあったことが明らかになったという。

その事件とは、三年前に葛飾区内で発生した『コンビニ立てこもり事件』だった。財前が管理官として指揮をし、結果的に二名の命が犠牲となった事件だ。

「第二の事件の被害者・桜庭由布子は、『立てこもり事件』で犠牲となったコンビニ店員の当時の恋人であることが判明しました」

　南條によれば、桜庭由布子とその店員は、三年前に同棲しており、彼らが住んでいたのが葛飾区の新宿という町だったらしい。そして桜庭由布子が事件に遭遇した十月三十一日は、恋人の命日だった。

「三年前の事件以降、桜庭由布子は毎年十月三十一日に当該のコンビニを訪れ、花を供えていたようです。つまり、東十条での事件が起きた十月三十一日も、彼女は恋人への献花のために葛飾区へ向かおうとしていたと思われます」

　今回の事件の被害者・桜庭由布子が、三年前の立てこもり事件の犠牲者の恋人だった——その奇妙な偶然は、財前に不快感をもたらしていた。

なぜなら、三年前の立てこもり事件は、財前にとって、触れられたくはない傷痕だからだ。

あの事件のあと、査問委員会にかけられた財前は、判断ミスを指摘された。

〈機動隊の到着を待たずして、経験の浅い女性捜査員を犯人と接触させたのは、どう考えても適切な指示とは言えないのでは？〉

　査問委員会には早乙女霧子もかけられた。彼女が受けた指摘は、人質交換の際に、彼女が犯人に対して抵抗を示した点だった。

　だがその理由を、最後まで霧子は語ろうとしなかった。

なぜ霧子は黙秘を貫いたのか。

おそらく――と財前は思う。霧子には何か人に知られたくない秘密があったのかもしれない。だとするなら、それは芳賀に関係したことではないかと財前は思っている。

そして財前自身にも、人には知られたくない秘密があった。そのことを彼は誰にも話したことはないし、話したところで誰も信じはしないだろう。

じつは財前は、かつて早乙女霧子に対して好意を抱いていた。

彼女が本庁捜査一課に異動してきたのは、コンビニ立てこもり事件が起きる数ヵ月前のことだった。はじめはもちろん、彼女のことを意識などしていなかった。財前自身、管理官になったばかりで、日々の職務に忙殺されていたからだ。

それに何より――女性に対して興味を抱くという気持ちは、あの、、、、、、中学生の頃の体験以降、まったくなくなっていた。

しかし、そんな財前の心に小さな変化をもたらしたのは、早乙女霧子が発した何気ない一言だった。

その夜、捜査一課に一人で残った財前は、深夜まで残業をしていた。前任管理官がこれまでに手掛けた特捜本部事案の捜査資料に目を通していたのだ。

長時間にわたって書類を読んでいたせいで、財前は目の疲労を感じた。財前はメガネをはずし、目頭を揉んだ。もちろんそれは、他人の目がないからできる行為だった。人前でメガネを外すこと——つまり他人の目に素顔をさらすことなど、財前にとっては考えられないことだからだ。しかし——。

ひとしきり目頭を揉んで再びメガネをかけようとした瞬間だった。部屋に誰かが入ってくる気配を感じた。財前は思わずそちらに目を向けていた。素顔のままでだ。

入ってきたのは早乙女霧子だった。すでに皆、退庁したものと思っていたが、彼女も残業をしていたのだ。

財前に気づいた霧子は、その場に立ち止まった。

二人は束の間、互いを見つめ合ったまま身じろぎもせずにいた。

素顔を見られたことで、財前はひどくうろたえていた。

先に言葉を発したのは、霧子だった。

「管理官って、メガネを取ると、まったく顔の印象が違いますね」

彼女はそう言って微笑んだ。財前の心は激しく動揺していた。素顔の醜さを指摘されたと思ったからだ。

しかし、彼女は続けた。

「メガネ、ないほうがいいと思います」

じゃあ、お先に失礼します——そう言ってバッグを取り、彼女は部屋を出ていった。

財前はメガネを手にしたまま、しばらく呆然としていた。

霧子にしてみれば、それは何気なく口から出た言葉だったのかもしれない。だが彼女の言葉は、財前の心にずっと残ったままだった。

その日を境に、財前は霧子を意識するようになった。

仕事をしていても、気がつくと彼女の姿を目で追っていた。彼女が微笑んでいるのを見ると、わけもなく満ち足りた気分になった。それは財前にとって、初めての感情だった。そう、あの中学二年の頃の音楽室での体験によって、喪失したと思っていた女性に対する想いだった。しかし——。

財前が早乙女霧子を瞳に映す時、必ずそばに一人の男の存在があった。芳賀徹だ。芳賀は三係の中堅捜査員で、霧子の教育係を任されていたのだ。財前が芳賀に対して嫉妬を抱き始めたのは、自然な感情といえた。だが同時に、財前の中では劣等感も目覚め始めていた。それは容貌に関するコンプレックスだった。

芳賀の顔立ちは、ある意味において財前のそれとは対照的だった。陶器のように色白で肌のきめの細かい財前に対し、芳賀は浅黒く日に焼けた精悍な顔をしていた。ひげ剃りあとの青さでさえ、彼の男振りを演出していた。

芳賀の容貌は、財前にとって理想の顔であった。それゆえに、芳賀は財前にとって劣等感を助長する存在となった。そして――。

ある深夜、財前は街かどで偶然、芳賀と霧子の姿を目撃した。

激しい衝撃をおぼえた。なぜなら二人は、路上でキスを交わしていたからだ。

そのとき財前は、沙織と一緒にいた。目の見えない彼女にも、財前の衝撃は伝わったようだった。

〈――春彦さん、どうしたの？〉

我に返った財前は彼女を伴い、その場を離れた。

コンビニ立てこもり事件が起きたのは、その二日後のことだった。財前の脳裏には、唇を合わせる二人の映像が焼きついたままだった。自分でも気づかぬうちに、霧子に対する淡い恋心は、いびつな憎しみへと変容していたのかもしれない。

人質の交換要員を霧子に命じた財前は、明らかに冷静な判断力を失っていた――。

「ここからは私の推測なのですが――」

南條の言葉に、財前は回想から覚めた。

「桜庭由布子を襲った被疑者は、何らかの手段で彼女が『新宿』へ行く途中であったことを知り得た。しかし被疑者は、彼女の目的地が葛飾区の新宿であるとは思わず、負傷した彼女を新宿区へと搬送した。このことから、被疑者は桜庭由布子のスケジュール帳などに書かれていた『新宿』という書き込みを見たのではないでしょうか」

財前の記憶では、桜庭由布子の所持品に手帳の類は含まれていなかったはずだ。南條の推測が正しいのであれば、犯人が持ち去ったということになる。

「さらにもう一つ。これは単なる偶然なのかもしれませんが――」

そう前置きして、南條は言った。

「今日の聞き込みで、被害女性二人はともに左利きであったことが判明しました」

幹部席の財前は、南條に問いかけた。

「左利き――？　そのことと事件との間に何の関連が？」

「分かりません」

あっさり答えた南條に、室内のあちこちから失笑が洩れる。

「南條君、君が今報告した事柄は非常に興味深いと思います。だが、我々は探偵小説のプロットを作っているわけではない。事件の解決に寄与せぬ情報は口にしないでいただきたい」

桃色の薄い唇を捻じ曲げ、財前は冷笑した。

「他に報告事項がないのであれば、さっさと着席してもらえますか」

財前に促され、南條が着席する。その顔には、重苦しく苦い表情が浮かんでいる。

霧子は、その姿を離れた席から横目で見ていた。

『葛飾区新宿』——その町で、三年前に桜庭由布子が恋人と同棲していたという事実を突き止めたのは南條だった。

コンビニの前の歩道で、街区表示板に『新宿』の町名を見つけた南條は、その足で近くの交番へ向かった。そして警官から無線を借りて、照会作業を始めたのだった。

南條の手には、懐から取り出された一枚の書類があった。自転車盗難の被害届だ。その届出者氏名欄を見て、霧子は絶句した。

『桜庭由布子』と記してあったのだ。

〈照会一件願います……ブラボーのB、ナンバー５４０７９……この車輛の登録住所が知りたいのですが……〉

無線の相手が警視庁本部であることは、霧子にも分かった。データベースに登録された自転車防犯ナンバーから、持ち主の住所を問い合わせているのだ。

〈分かりましたよ、早乙女さん〉

無線を切った南條は、霧子を振り返った。

〈桜庭由布子さんが恋人と同棲していた場所は、葛飾区新宿だったんです〉

事情が呑み込めずにいる霧子に、南條は語った。

それによると、桜庭由布子は事件に遭う前日、南條の勤務する交番へ自転車盗難届を提出したらしい。そのことを思い出し、南條は防犯ナンバーから彼女の住所を照会したのだ。結果、登録されていたのは『葛飾区新宿』の住所だった。

〈古い自転車だけど、大切な思い出の品――彼女がそう言っていたのを思い出したんです〉

彼女が盗まれた自転車は、恋人と同棲していた頃に購入したものだったのだ。

〈あの晩、彼女は葛飾区の新宿へ行こうとしていて事件に遭った。その後、犯人は負傷した彼女を新宿区へ運んでいます〉

〈ということは、犯人は彼女が『新宿』へ行くつもりだったことを知っていた。でも、『葛飾区新宿』だとは思わず、『新宿区』と勘違いをした。つまり――〉

南條は頷き、霧子の言葉を引き取った。

〈犯人はおそらく、『新宿』という地名が書き込みされた、被害者のスケジュール帳か何かを見たのではないでしょうか？〉

『しんじゅく』と『にいじゅく』――音は異なるが、文字だけで見た場合、たしかに区別はつかない。

〈だけど、なぜ彼女の盗難届をあなたが持っているのよ?〉

途端に南條の顔が暗く翳った。重い口を開き、彼は事情を語った。

班長の指示を受けた南條は、机の引き出しの中に盗難届を寝かせたままにしておいたこと。その翌日、桜庭由布子は事件に遭遇したこと。彼女が襲われた路上は、駅前自転車駐輪場のすぐそばだったこと。

〈もし自転車に乗って駅へ向かっていれば、彼女が事件に遭遇することはなかったかもしれません〉

南條と初めて会った時のことを、霧子は思い出していた。深夜の事件現場で立番をしていた南條は、臨場した霧子に訊いたのだ。

被害者はここで事件に遭遇したのか、と。

きっと南條は、自分を激しく責めたに違いない。

〈だから、この事件が解決したら辞職するってわけ?〉

二日間行動をともにしてみて、霧子は気づいていた。南條は人一倍正義感が強い人間なのだと。警察官になったのも、きっとそんな理由からなのだろう。だが、そんな人間ほど警察の仕事が長続きしない。組織の矛盾や不正を目の当たりにして、幻滅を覚えてしまうからだ。

霧子がそのことを話すと、南條はこう答えた。

〈自分には正義感などありません。そんなもの、持つ資格すらない〉

〈それ、どういう意味？〉

答えは返ってこなかった。そして長い沈黙のあと、南條は話を変えた。

〈じつは、もう一つ気がついたことがあります。笠原玲奈同様、桜庭由布子も左利きです〉

彼女が盗難届を記入した際、南條はそのことに気づいたらしい。

その時の霧子は、それが事件に関係しているとは思わなかった。左利きの人間は、決して珍しくはない。今回の事件で被害者二人が左利きだったとしても、単なる偶然で片付けられる。

しかし――これも偶然なのだろうか。

捜査会議の机につく彼女は、手にした書類に目を落とした。昨日配布された、ワゴンの所有者のリストだった。その中の一つの名前に、霧子は目を落とした。

それは、現在活躍中の書道家『立花千鶴』の名だった。

彼女が『左利きの書道家』として出演したＣＭは、霧子も以前に目にしたことがあった。

それ以降、立花千鶴の名は世に広く知られるようになり、テレビや雑誌などにも登場するようになっている。

　立花千鶴の名前があることに気づいたのは、王子署へ戻る帰りの電車の中だった。その時点では、さほど気に留めてはいなかった。

　しかし、署に戻ってからも、霧子の頭にはそのことが引っかかったままだった。捜査報告書の作成を南條に任せ、霧子は二人の捜査員から話を聞いた。二人とも三係に所属する霧子の同僚の捜査員で、立花千鶴に関する捜査を担当していた。

　一人は、第一の事件発生時の立花千鶴のアリバイの裏付けを取った、久須木《くすき》という刑事だった。

〈あぁ。たしかに立花千鶴は事件発生時刻に上野の病院にいたようだ。診察をした担当医からウラが取れている〉

　久須木によれば、彼女が診察を受けたのは『形成外科』だったらしい。だが、具体的な診療内容については聞き出せなかったという。病名や症状は患者のプライバシーであり、医者には守秘義務が課せられているからだ。

　次に霧子は、立花宅を訪問して聞き込みを行った佐々木という刑事に話を聞いた。

〈あそこの家には、ボケた婆さんがいてな。ひどい目に遭った〉

　普段は感情を表に出さない佐々木が、不快そうに眉をしかめてみせた。その『婆さん』とは立花千鶴の母親のことだった。玄関口に現れた母親は、いきなり佐々木に抱きついてきたという。

〈どうやら俺のことを、『パパ』と間違えたようだ〉

立花によれば、母親はアルツハイマー型認知症を患っており、時として精神状態が幼児に退行してしまうのだという。

二人の刑事から聞いたそれらの事実をもとに、今、霧子の頭にはひとつの仮説が形を成していた——。

すべての捜査報告が終わり、幹部席の財前は捜査員たちを見渡した。

「諸君も認識しているとおり、女性限定とはいえ、現場付近のワゴン所有者は思いのほか多い。さらにそれらのうち、二つの事件発生時のアリバイがない者も多数存在します。現在の捜査本部の人員でこれらすべてを潰し込むのは現実的に不可能です。よって、容疑者の絞り込み作業は、第一第二の事件の両方にアリバイを持たないものを対象とすること。つまり、双方の事件のどちらかにアリバイがある者は捜査の対象から外します。聞き込みの分担等は、明朝の捜査会議にて——。以上で会議を終了します」

捜査員たちが席を立って退室する中、霧子は幹部席の財前をじっと見つめたままでいた。

もし犯人が複数犯である場合、財前の捜査方針では、犯人を見逃してしまう可能性がある。

財前と王子署の署長、刑事課長らが退室するのを待って、霧子は席を立った。自らの仮説をぶつけるため、幹部席の綿貫に歩み寄った。

○

男たちが退出してゆく中、早乙女霧子が歩み寄ってきた。

「一課長、ちょっとよろしいですか――」

幹部席の前で立ち止まり、霧子は綿貫を見下ろした。

「管理官の捜査方針は、現段階では早計ではありませんか?」

霧子の強い視線から目を逸らし、綿貫は息を吐いた。

「俺だって分かってるよ、そんなことは」

「だったらどうして――?」

苦りきった表情で、綿貫は机上に目を伏せた。

第一第二の事件、どちらかにアリバイがある者は捜査の対象から外す――その提案をしたのは、管理官の財前だった。捜査会議の前の、打ち合わせの席でのことだ。

〈限られた人員で効率的に捜査を進めるためには、それが最善かと思います〉

当然、綿貫はその案に反対した。仮に犯人が複数犯の場合、もしくは第一第二の事件が同一犯の犯行でない場合、財前の方針では犯人を網から逃してしまう可能性があるからだ。

しかし、王子署の署長と刑事課長は、財前の案に賛成だった。捜査員たちにこれ以上の負担をかけたくないというのが、彼らの意見だった。

〈それは違うでしょう〉

綿貫は思わず声を荒らげていた。

〈無駄を積み重ねてなんぼ、それが捜査ってもんです〉

果てしない徒労を経なければ、真相という果実を掴むことはできない。そのことは、叩き上げで一課長にまで昇りつめた自分が誰よりも知っている——綿貫にはその自負があった。『効率』といえば聞こえはいいが、捜査における効率重視とは、言葉を変えれば『妥協』である。それがどれほど危険なことであるか、現場経験の浅い財前には分かっていないのだ。捜査の妥協は『迷宮入り』や『冤罪《えんざい》』を生む結果となりかねない。

だがしかし——一方で綿貫は、矛盾した思いも抱えていた。近年の警察は、犯罪の巧妙化、多様化のため慢性的な人手不足に陥っている。そしてそれは、検挙率の低下や未解決事件の増加という現代の警察組織が抱える問題の一因でもあった。つまり、捜査の現場で効率性が求められているのは事実なのだ。

綿貫の逡巡を見抜いたかのように、財前は言った。

〈率直に言って、一課長のおっしゃることは理想論です。時間と人員が限られている以上、優先順位に基づいた捜査を行うべきだと僕は思いますが――〉

結局、綿貫も同意せざるを得なかった。長年捜査の現場に携わり、組織の台所事情を知っているからこその苦悩が、綿貫には何とも皮肉だった。

「限られた人員で捜査を進める以上、止《や》むを得んのだ」

綿貫は霧子を見上げ、それだけ言った。その時、懐で携帯電話が振動した。

「ちょっとすまん――」

綿貫は電話を手に取った。メールの着信があった。液晶ディスプレイに表示された名前を見て、気分が重くなった。文面にざっと目を通し、綿貫は電話を懐にしまった。

「奥様からですか？」

スッと目を細め、霧子が訊いた。綿貫の心中を思いやるような眼差しだった。

「もう、家内じゃない」

投げ出すような口調で綿貫は答えた。

綿貫の家庭の事情を、霧子はすべて知っているのだ。

綿貫とかつての妻との間に知的障害のある長男がいること。

そのことが原因で、夫婦の関係が破綻したこと。

今でも綿貫が後悔の念に苛まれていること――。

「すまん、続けてくれ」

「一つだけ、気になることがあります」

口調を改め、霧子が言った。

「ワゴンの所有者リストの中に、書道家の立花千鶴がいます」

そのことは、綿貫自身も昨日気づいていた。

「立花千鶴が左利きであることは、ご存じですか？」

「あぁ、そうらしいな」

そう答えた瞬間、綿貫は思わず霧子を見返していた。

「まさか君。次に狙われるのが立花千鶴だと――？」

「いえ、そうは思っていません。むしろ逆です。私に立花千鶴を洗わせてもらえないでしょうか？」

「彼女を疑っているのか？」

「今の段階では、何の確証もありません。ただ――」

霧子は綿貫に、久須木と佐々木から聞いた話を告げた。そのうえで、自らの推理を語り始める。

「仮に立花千鶴の母親が犯人だとしたらどうでしょうか？　第一の事件で立花にアリバイがあったとしても、母親が一人で笠原玲奈を襲ったのであれば犯行は可能です。おそらくその時点では、立花は母親の犯行に気づいていなかった。そして二件目の犯行で――」

「立花は母親の犯行を見てしまったのか――？」

　呟いた綿貫に、霧子は頷いた。

「母親には徘徊癖もあるそうです。立花は母親を探すために、所有するワゴンで近所を走った。そして偶然、母親の犯行現場に遭遇した」

「立花は犯行を偽装するために、被害者・桜庭由布子を車に乗せて、新宿へ走ったのか……」

「そう考えれば、一応の辻褄《つじつま》は合います」

「だが動機は？　立花の母親は、なぜ殺人を犯さなければならなかったんだ？　しかも左利きの女性ばかりを狙って――」

「それは分かりません。正直言って、自分の推理にも自信はありません。でも、たとえ無駄に終わったとしても、立花を調べてみる価値はあると思います」

　たとえ無駄だとしても――その言葉に反応している自分を、綿貫は感じていた。

霧子を見上げ、綿貫は決然と言った。

「立花千鶴に関しては、君と南條君に任せよう。調べてみてくれ」

翌日。昼食を終えた千鶴は、流しで食器を洗っていた。

今日の昼食は母と二人だったため、店屋物は注文せずに素麵《そうめん》ですませた。佐原は夜が明けると自室に引きこもり、そうそうに寝てしまったようだ。昨日今日と、二夜連続で母・清子の監視を行ったため、さすがに疲れが溜まったのだろう。母も今はリビングのソファーで昼寝をしている。

食器を洗い終えると、千鶴はリビングのソファーに腰を下ろした。向かい合ったソファーでは、母がのんきにいびきをかいている。母の無邪気な寝顔を見ていると、千鶴は苛立ちが込み上げてくるのを感じた。千鶴だって疲れているのだ。しかし横になるわけにはいかない。今日もこのあと書道教室が控えているからだ。

自分は一体何をしているのだろう。眠りこける母を見ていると、すべてがどうでもよくなってくる。

〈ケセラーセラー、なるようにーなるわー。先のーことーなどー、判らーないー〉

千鶴が子供の頃から、母はそんな鼻歌をよく口ずさんでいた。何かの映画の歌のようだが、詳しくは知らない。知りたくもない。母がその歌を口ずさむ時は、決まって何かの責任を放棄する時だったからだ。

例えば、千鶴の給食費が捻出できなかった時。

妻子あるスナックの常連客に振られた時。

家賃の滞納でアパートの立ち退《の》きを迫られた時。

どうにもならない状況に追い込まれた時、母は必ずその歌を口ずさみ、負うべき責任に背を向けてきたのだ。

そんな母を見て育った千鶴は、無責任な大人になってはいけないと心に誓った。過剰なまでに几帳面な千鶴の性格が育まれたのは、母を反面教師とした結果なのだった。しかし——。

そんな千鶴も、今はすべてを放棄してしまいたい心境だった。昨日の聞き込みは何とか切り抜けたが、刑事たちが自分の話を信じたかどうか、千鶴には自信がなかった。しかも彼らは、認知症を患った母の姿を目の当たりにしてしまったのだ。

刑事たちは何らかの疑念を抱いているのではないだろうか。

結局、千鶴にできることは状況の流れに身を任せることだけなのだった。はじめは頼もしく思えた佐原にしても、実際のところはさほど頭が切れるわけでもなく、あてにはできない。

それどころか今の千鶴にとって、佐原の存在は脅威とさえなっている。

〈千鶴さん。じつは僕、あなたと所帯を持ちたいと思ってるんです〉

昨夜の夕食のあと、佐原は唐突にそう切り出した。母はちょうど風呂に入っており、千鶴が一人で後片付けをしている時だった。

「もちろん、今すぐにとは言いません。この事件のほとぼりが冷めるまで待つつもりでいます——あぁ、いいんです。あなたからの返事は必要ありませんから」

千鶴を残し、佐原はキッチンを出ていった。

千鶴の耳には、佐原が口にした最後の言葉が残ったままだった。

あなたからの返事は必要ありませんから——それはつまり、千鶴に選択の余地はないという意味だった。母の犯罪という弱みを握っている以上、千鶴が自分の求婚を承諾するのは当然だと佐原は考えているのだ。

佐原は本気で、この窮地を脱することができると信じているのだろうか——。

よそう、考えても無駄だ。

千鶴は、ソファーから腰を上げた。書道教室の準備を急がなければならない。

千鶴は自室で秋物のブラウスとスカートに着替えた。身支度を済ませると、廊下の奥の座敷へ移動した。十畳の和室で、そこが書道教室用の部屋だった。大きめの座卓が中央に据えてあり、向き合う位置に座布団が一つずつ置かれている。千鶴は自分用と生徒用、二つの硯《すずり》を座卓の上に置いた。座布団の上に正座し、墨をすり始める。

千鶴はこのひと時が一番好きだった。無心になって墨をすっていると、波打っていた心が、凪《なぎ》の状態へと落ち着いていく。

やがて二つの硯に墨をすり終えた頃、玄関でチャイムが鳴った。廊下を歩み、インターホンの受話器に応じる。生徒が到着したのだ。千鶴は門の解錠ボタンを押した。

今日の生徒は、まだ通い始めたばかりの、若い女性だった。

飛び石を伝ってくる気配が近づき、格子戸の外で「失礼します」と声がした。

「どうぞ」

千鶴が促すと、ゆっくりと格子戸が開けられた。

二十代後半の、背の高い女性だった。地味なスーツに身を包み、長い髪をうなじで一つにまとめている。小振りなバッグを肩に提げ、トートバッグを手にしていた。

「いらっしゃい。お待ちしてましたよ、芳賀明恵さん」

○

物音に目覚め、佐原は目を覚ました。

来客があったらしく、障子の向こうの廊下を人影が通り過ぎる。

佐原は手を伸ばし、携帯電話で時刻を確認した。午後二時だった。千鶴の書道教室の生徒が到着したのだろう。和やかな会話が廊下を遠ざかっていき、障子の閉まる音がした。

佐原は寝袋から這《は》い出ると、座敷を出た。喉の渇きをおぼえ、廊下をキッチンへ向かう。その途中、玄関の前でふと足を止めた。上がり框《かまち》の上にトートバッグが置かれ、中に大型の封筒が入っている。何気なく手に取ると、書類が収められている感触があった。

おそらく、今来た生徒が置き忘れたのだろう。

とくに興味も覚えず、佐原はその封筒を戻そうとした。だが、その手は止まっていた。封筒の表面に印刷された、社名のようなものが目に留まったからだ。いや、そこに印字された名は、正確にいうなら会社ではない。

『神奈川県警科学捜査研究所』――所在地の住所とともに、そう記されていた。

○

「今日も工藤さんはお休みなのね？」

座敷に入ると、立花千鶴がそう訊いてきた。

「ええ、そうなんです。誘ってみたんですけど——すみません」

頭を下げた明恵に、立花は笑顔でかぶりを振った。

「ううん、べつに謝ることじゃないわ。ただ、書の魅力を知る前にやめてしまうのは、ちょっともったいないかなぁと思って」

立花が言った『工藤』とは、由香里のことだった。明恵の後輩にあたる科捜研の職員で、先日、父が持ち込んだ唾液のDNA鑑定を引き受けてくれた法医科の技官だ。

「彼女、好奇心は旺盛なんですけど、少し飽きっぽいところがあって——」

用意された座卓に、明恵は立花と向かい合って正座した。

肩にかけたバッグを下ろし、中から布にくるまれた筆を取り出す。座卓の上には、すでに硯と半紙が用意されていた。硯の中には、黒々とした墨がすられてある。

明恵が立花千鶴の書道教室に通うのは、これが二回目だった。そもそも、明恵を誘ったのは工藤由香里だった。

〈明恵さん。一緒にショドウ、習いません？〉

由香里が口にしたのが『書道』であると理解するまでに、明恵は数秒を要した。奔放な性格の由香里と書道という組み合わせが、すぐにはピンとこなかったからだ。

〈父のつてで、今度あたし立花千鶴の書道教室に通うことになったんです〉

由香里の父親はテレビ番組の制作会社に勤めており、立花千鶴とは仕事上の付き合いがあるのだという。

明恵は子供の頃に書道を習っていたこともあり、由香里の誘いにすぐに応じた。そして先々週から、明恵と由香里は立花の自宅であるこの教室に通い始めた。教室は週に一度だ。

初めての授業で、明恵は書の魅力に強く惹かれた。いや、正確に言うなら、明恵が惹かれたのは立花の人柄だったのかもしれない。今や押しも押されもせぬ書の第一人者であるにもかかわらず、立花には尊大なところがまるでなかった。言葉遣いも丁寧で、立ち居振る舞いにも品格が漂っている。

自分もこんな女性になりたい――明恵は立花に強く憧れた。

しかし由香里のほうは、一回通っただけで興味を失ったらしい。料理教室や、英会話学校など、これまでにも由香里は様々な習い事に明恵を誘っては、すぐに飽きて通わなくなるということを繰り返していたのだ。

「じつは私も、子供の頃は左利きだったんです」

取り出した筆を半紙の横に置きながら、明恵は言った。

「あら、そうなの？」

目を見開いた立花に、明恵は頷き返した。

「でも、父親に無理やり直させられて――」

思えば自分は、あの頃から父とは相容れないものを感じていたのかもしれない。だから父の目がないところでは、明恵はずっと左手で字を書いていた。それは父に対する、ささやかな反発だった。

「だから、なおさら先生に憧れているのかもしれません。左利きというハンディがありながら、こうして成功なさってるんですから。先生はすごいと思います」

「まぁ、大サービスね。でも、ほめても何も出ないわよ」

立花はいたずらっぽく微笑んでみせ、筆を手にした。

「じゃあ、始めましょうか」

「はい」

まずはじめに、立花が手本の文字を書き、それを真似て明恵が同じ文字を書く――それが授業の流れだった。

立花は筆を手にしたまま、座卓の上に両手を置いた。手のひらを上に向けて、その上に筆を横に乗せ、両手の親指でそっと押さえる。そのまま目を閉じ、立花はしばらくの間瞑想をした。筆に墨をつける前に立花が必ず行う所作だった。

やがて目を開くと、立花は硯の墨に筆を浸し、半紙に文字を認《したた》め始めた。

未来

その二文字が、ゆったりとした筆の運びで半紙に記される。しかし――。

筆が、『来』の文字の最後の一画を書き終えようとした時だった。障子の向こうに人の気配が立ち、声がかけられた。

「先生？　失礼してもよろしいでしょうか」

聞き覚えのない男性の声だった。その声がかけられた瞬間、立花の指先から筆が倒れ、半紙の上に転がった。

立花の顔が一瞬にして翳るのを、明恵は感じた。

○

「先生？　失礼してもよろしいでしょうか」

障子の向こうで声がした。佐原だった。その瞬間、集中力が霧散し、指先から力が抜けた。

半紙の上に筆が転がり、『未来』の文字が墨で汚れる。こんな失態は初めてのことだった。

狼狽と苛立ちをおぼえながら千鶴は顔を上げた。同時にスーッと障子が開く。廊下に膝をついた佐原の姿がそこにあった。

「先生、お茶をお持ちしました」

廊下に置いていた盆を手に取り、佐原は座敷に入ってきた。

千鶴は目を見開いたまま、言葉を失っていた。

佐原はエプロン姿だった。千鶴がいつも使っている、フリルの付いた白いエプロンだ。そして手にした盆の上には、紅茶の入ったカップが三つと、煎餅《せんべい》の盛られた皿が載っている。

「ささ、どうぞ一服なさってください」

佐原は言って、ソーサーつきのカップを芳賀明恵と千鶴の前に置いた。手つきが乱暴すぎて、半紙の上に雫が飛び散る。

千鶴には、佐原の行動の意図がまるで理解できなかった。一服も何も、授業は始まったばかりなのだ。それ以前に、佐原はなぜ外部の人間である芳賀明恵に、自らの姿を晒したのか。

私がここにいることは、決して近所の人に知られてはなりません――以前そう口にしたのは、他でもない佐原自身なのだ。

「私もお相伴にあずかります」

佐原はその場にぺたんと腰を落とし、自分の分のカップに口をつけた。千鶴の戸惑いなど気にした様子もなく、音を立てて紅茶を啜る。

一方の芳賀明恵は、多少呆気にとられてはいるものの、さほど動揺はしていないようだった。傍若無人な闖入者《ちんにゅうしゃ》にもかかわらず、気分を害した様子はない。

「あ、どうも申し遅れました。私、佐原慎二と申します。じつは私も生徒の一人なのですが、こうしてたまに、先生のお手伝いをさせていただいております」

芳賀明恵はにこやかな笑みを返し、口を開いた。

「芳賀明恵といいます。先生の授業は、今日でまだ二回目です」

「ほう、そうですか。芳賀さんはラッキーですよ。先生は多忙ですから、近頃は新規の生徒を受け付けないんです」

言って、佐原は千鶴を一瞥した。千鶴は険しい眼差しでそれに応じる。

「ところで芳賀さんは、お仕事は何を？」

芳賀明恵に目を戻し、佐原が問いかけた。瞬間、芳賀明恵の表情に初めて動揺らしきものが浮かんだ。彼女は明らかに、答えることを躊躇《ちゅうちょ》している。

「いえね。平日の昼間なもんで、普通のＯＬさんではないのかなぁ、なんて思ったもんですから」

「私、公務員なんです。勤務形態が特殊なので、休みは土日とは限らないものですから

「──」

「つまり、土日も出勤されることがあると？　はて、公務員さんで、年中無休の職種というと……」

わざとらしく言って、佐原はその先の答えを促した。

「警察関係です。神奈川県警に所属しています」

千鶴は思わず芳賀明恵を見返していた。千鶴は、芳賀明恵の仕事は〝会社勤め〟と聞いていたからだ。

「おやおや、警察官ですか。いや失礼。芳賀さん優しそうだから、とてもそんなふうには見えなくて」

「警察官ではありません。証拠品などを鑑定する部署に所属しています」

「あぁ、知ってます知ってます。いわゆる『科学捜査研究所』ですな？」

佐原を見て、芳賀明恵は観念したように頷いた。口元には微かな苦笑が浮かんでいる。佐原を嫌悪する素振りはまったく感じられない。彼女は寛容な心の持ち主らしい。そのことが、佐原に対する千鶴の苛立ちをいっそう募らせた。

「じつは最近、この近所でも嫌な事件が起こりましてね。ご存じですか？」

その台詞に反応したのは、芳賀明恵ではなく千鶴だった。

「佐原さんっ。おしゃべりはもうその辺で。私たち、まだ授業の途中なんです」

「やだなぁ、先生も怯えてたじゃないですか。犯人は案外身近にいるんじゃないかって」

思わせぶりな佐原の口調だった。千鶴の胸の中で憤りが膨れ上がる。だが、芳賀明恵の前でそれをあらわにすることはできない。

「芳賀さんもニュースで見て知ってますよね。若い女性が二人、夜道で刺し殺されたんですよ。いや、二人目はまだ死んでないのかな。いずれにせよ、物騒ですよねぇ。こんな静かな住宅街でそんな事件が起きるなんて。早く犯人を捕まえてもらわないと、怖くて夜道も歩けやしない」

そう言ったあと、さも今思いついたかのような顔つきで、佐原は続けた。

「ところで今回のような場合、警察はどんなふうにして容疑者を絞り込むんですかねぇ？」

「さぁ、私は捜査の人間ではないので、なんとも……」

「ニュースを見る限りでは、手掛かりが乏しいようですね。ただ、犯行現場で怪しいワゴンが目撃されたとか」

我慢できずに割って入ろうとした千鶴に、佐原のさりげない一瞥が向けられた。開きかけた口を閉じ、千鶴は唇を噛んだ。

「でしたら、事件現場周辺のワゴンの持ち主を調べるんじゃないでしょうか」

「あぁ、だからここにも刑事が来たのか」

　得心がいった表情で、佐原がぽんっと膝を叩いた。

「いえね、先生もワゴンを所有してるんですよ。しかも現場で目撃されたのと同じような色の。だから聞き込みに来た刑事に、根掘り葉掘り訊かれたんです。ねぇ先生？」

　憤りが頂点に達していた。芳賀明恵の存在も忘れ、千鶴は思わず佐原を険しく見返した。しかし、意に介した様子もなく、佐原は芳賀明恵に目を戻した。

「本当のこと言いますとね――」

　口元に手を当て、佐原が小声で芳賀明恵に囁いた。

「事件の犯人、この先生なんです」

　次の瞬間、佐原の大笑が座敷の中に響き渡った。

「冗談です、冗談。やだなぁ、先生まで怖い顔しちゃって――」

　憤りのあまり眩暈をおぼえた。

　それでも佐原は飄々《ひょうひょう》と言葉を発し続ける。

「なるほど。そうやって容疑者が特定できたら、次にワゴンを調べて証拠を集めるんですね。そこでいよいよ芳賀さんたちのような人たちの出番ってわけだ。あれ、なんて言いましたっけ――ＤＨＡ鑑定？」

「ＤＮＡ鑑定です」

「あぁ、それそれ。もし被害者の髪の毛なんかが一本でも車内に残ってたら、それで個人が特定できるんですよね」

「おっしゃるとおりです。でも部署が違いますので、私はＤＮＡは扱いません」

「ほう、そうなんですか。でも、基本的な知識はもちろんお持ちですよね」

相手を試すような眼差しで佐原が問う。佐原が繰り出す言葉の数々は、千鶴にとって綱渡りだった。勘のいい相手なら、佐原の言葉に不審な何かを感じるだろう。そして芳賀明恵は、まさにそんな人物に思えた。

「ええ、まぁ多少は――でも、車を調べるには令状が必要なはずですから、そこまでいくにはある程度の確証を揃える必要があると思います」

「なるほど。で、運良く令状が取れたとして、車を調べる。でもそうなる前に、普通の犯人なら車内を掃除するんじゃないですかね。そのあとで調べたとしても、何も見つからないんじゃ？」

「たしかにその場合もあります。でも毛髪や血痕だけでなく、皮膚片や汗からでも個人を特定することは可能なんです。皮膚片はシートの縫い目などにも紛れ込みますし、汗ならシートにしみ込みますから、掃除だけで完全に除去することは難しいと思います。さらに血液の場合、たとえ拭き取ったとしても特殊な溶剤を用いれば検出が可能です」

今までおちゃらけた様子だった佐原の表情が、ほんの一瞬、真顔になるのを千鶴は見逃さなかった。しかしすぐ元の顔つきに戻り、佐原はにこやかに言った。

「なるほど。掃除だけで安心していると、犯人にとっては命取りってわけだ」

千鶴は膝の上で拳を握り締めていた。佐原の顔を殴りつけてやりたい衝動を、じっとこらえていた。

「いやぁ、なんだかとても興味深い話を聞かせていただきました。ねぇ、先生？」

佐原が同意を求めてくる。

千鶴にできるのは、作り笑いで頷くことだけだった。

る。


「どういうことだ……？」

手にした書類から顔を上げ、多治見は絶句した。

「いや、私にもよく分かんなくってさ」

島崎は困惑に表情を曇らせた。島崎は戸塚署刑事課の課長で、多治見の直属の上司にあたる。

デカ部屋には多治見と島崎の二人きりだった。他の者たちは昼食に出払っている。

多治見は再び書類に目を落とした。それは多治見に宛てられた『辞令』だった。

『多治見省三巡査部長。平成二十二年十一月四日付にて、旧所属・戸塚署刑事課より、新所属・緑ヶ丘署総務課への異動を命ず』

すでに十一月に入っており、定期異動の時期は過ぎている。それ以前に、多治見はあと半年で定年の身なのだ。この期に及んでの異動など、考えられないことだった。

「午前中に人事のほうから通達があったんだ。連中も詳しいことは知らないらしい」

県警内の人事に関する決定は、県警本部の人事課が行っている。不祥事による降格や更迭なら話は別だが、通常の人事異動でその理由が明かされることはまずない。

「タジさんさぁ……」

意味ありげに目をすがめ、島崎が多治見を見上げた。

「近頃、なんか調べてただろ。それと何か関係があるんじゃないのかい、この異動」

「どういう意味だ？」

「いや、分かんないけどさ。たとえば、触れちゃいけないものに触れちゃったとか――」

「馬鹿を言わんでくれ。俺はただ八年前の――」

慌てた様子の島崎が、両手で多治見を制した。

「ちょっと待った、何も聞きたくない。おかしなことに巻き込まれるのはゴメンだ」

そう言って席を立ち、島崎は上着を羽織った。

「荷物、もし送るものがあるようだったら、こっちで手配しとくから」

多治見と島崎の関係は必ずしも良好ではない。異例の人事に困惑しながらも、島崎の様子にはどこかホッとしたものが感じられる。

島崎は逃げるように部屋から出ていった。

一人残された部屋で、多治見は呆然と立ち尽くした。

「どういうことだ……」

手にした辞令を、くしゃくしゃに握り潰していた。

その日の午前から、霧子と南條は立花千鶴に関する身辺調査に動いていた。まず二人が行ったのは、立花邸の周辺住民への聞き込みだった。

第二の事件の発生時刻前後、立花邸のワゴンが外へ出てゆくのを目撃した者はいないか——それが聞き込みの目的だったが、二人が期待する成果は得られなかった。近隣の住民は日頃から立花家とほとんど交流がないらしく、事件当夜の車の所在について証言できる者は一人もなかった。

だが、代わりにある事実が明らかになった。

〈あそこのお母さん、宗教にのめり込んでるらしくって……いつもウチまでお祈りの声が聞こえてきて、迷惑してるんですよ〉

それは立花邸の裏手に位置する家の主婦の証言だった。彼女の話によれば、立花千鶴の母・清子は、慈友神皇教会の信者であるらしい。

その次に二人が向かったのは、上野にある私立の総合病院だった。霧子が同僚の久須木から教えられた、立花千鶴が通っているという病院だ。

〈何度来られても、診療に関することは口外できませんよ〉

立花の担当医である若い医師は、霧子と南條を前にしてにべもなく言った。以前にも、久須木が立花の病名を尋ねて断られているのだ。しかし霧子は食い下がった。

〈教えていただける範囲でかまいません。もちろん、先生にも立花さんにも迷惑はかけません〉

次の患者を待たせていたせいもあったのだろう。結局、医師は折れた。

彼女が患っているのはパーキンソン病で、二ヵ月前から通院しているらしい。

〈症状が出ているのは、彼女が仕事をするうえで支障をきたす部位です。それ以上のことは言えません〉

その後、二人は渋谷区内にある慈友神皇教会本部へ足を運んだ。立花の母・清子が入信している宗教団体だ。

教団本部はJR千駄ケ谷駅に近い七階建てのビルで、二人の面会に応じたのは『事務局長代理』という肩書の三十代半ばの男だった。

はじめは警戒していたその男も、霧子たちの目的が教団そのものへの捜査ではないと知って、いくらかホッとしたようだった。慈友神皇教会は、政界とも深いつながりのある教団で、政治献金に関する疑惑で過去に検察の捜査を受けているのだ。

〈信者さまのプライバシーについては申し上げられませんが——〉

探し出してきたファイルを開き、男は語り始めた。

立花清子が教団に入信したのは二年前のことらしい。その後は定期的に〝セミナー〟などに参加していたが、最近はほとんど姿を見せなくなっているという。最後に清子がここを訪れたのは二ヵ月前の九月上旬のことらしい。

〈九月の上旬といえば、ちょうど立花千鶴がパーキンソン病の治療を受け始めた時期と一致しているわ〉

教団ビルを出たあとで、霧子は南條に言った。

〈その二つに、何か関連性があるんだろうか——〉

難しい顔つきで呟いた南條を、霧子は横目で盗み見た。

南條と行動をともにしているこの三日間、霧子は不思議な感覚にとらわれていた。こうして聞き込みに回っていると、芳賀とともに捜査をしている錯覚に陥るのだ。

しかし両者の性格はまるで違う。芳賀は細かいことにこだわらないおおらかな性格の持主だったが、南條はどちらかといえば内省的で、物事を考え込む傾向にあるようだ。

そんな南條との行動は、時として霧子を苛立たせた。霧子は自分が無意識に南條と芳賀を比べているのだと気づいていた。

渋谷をあとにした二人は、再び東十条へと戻っていた。

予定していた聞き込みをすべて終え、あとは立花千鶴から直接話を聞くだけだった。

二人が立花邸の前に辿り着いた時、時刻はすでに午後四時を回っていた。その時、不審な人物に気づいたのは南條だった。

「失礼ですが、そこで何を――？」

いきなり背後から声をかけられ、男は驚いたように振り返った。男は道に佇み、立花邸のガレージの扉を覗き込んでいたのだ。

ジャンパーにジーンズ姿の二十歳過ぎくらいの若者だった。

「え、いや、べつに――」

南條が提示した警察手帳に、男は狼狽の色を深めた。

「怪しいもんじゃないですよ。自分、集金に来ただけですから」

そう言って、男はジーンズのポケットから身分証を取り出した。新聞販売店の従業員証だった。

「今日も留守かなぁと思って、車があるか確認してたんです」

「今日も――？」

聞き咎めたのは霧子だった。

「ええ、こないだ来た時、お留守だったんで」

「それって、前に来た時は車がなかったってこと？」

きょとんとした顔で男が頷く。霧子は南條と顔を見合わせていた。

以前の聞き込みの際、立花千鶴は一ヵ月以上車には乗っていないと証言していたはずだ。

「それはいつのことですか？」

南條の問いに、男は答えた。

「月末だから、十月三十一日の夜です——たしか、八時か九時頃」

第二の事件が発生した日だ。時刻もほぼ一致している。

立花千鶴は虚偽の証言をしていたのだ。

その時、立花邸の表門の格子戸が開き、一人の女性が姿を現した。一瞬、立花千鶴かと思い、霧子は身構えた。だが違った。それでも霧子は、その女性から目を離すことはできなかった。なぜなら女性の顔に見覚えがあったからだ。

霧子は女性に歩み寄った。女性のほうは、訝しげな眼差しで霧子を迎える。

「早乙女霧子と申します。ご主人の葬儀の際に、一度だけ奥さんとお会いしました」

女性は「あぁ」と洩らし、顔を綻ばせた。

「覚えてますよ。あの人と一緒に仕事をしてらした早乙女さんですね」

「生前、ご主人には大変お世話になりました」

女性は芳賀徹の妻であった。名前はたしか、明恵。思いがけない場所で、思いがけない人物に出会ったことが、霧子に微かな戸惑いをもたらしていた。

「失礼ですけど、こちらのお宅には何の用で？」

霧子は芳賀明恵に尋ねた。

「私、こちらに住む先生に書道のご教授をいただいているんです。ちょうど今日は教室の日で――」

そう答えた明恵の目が、霧子の背後に向けられる。

次の瞬間、明恵が息を呑むのを霧子は感じた。

明恵の視線が南條に向けられていることは、確認するまでもないことだった。

「どういうつもりなんですかっ」

強い口調の千鶴に対し、佐原は薄笑いを浮かべたままだった。

「そんなに怒らないでくださいよ」

佐原のことは、もう顔を見るのも嫌だった。授業の後片付けもそこそこに、千鶴は座敷を出た。自室に向かって廊下を足早に進む。

「あの女のおかげで、いろいろと有益な情報も得られたわけですし――」

佐原の言う〝あの女〟とは、芳賀明恵のことだ。書道教室を終えて芳賀明恵が帰ると、佐原は再び座敷に顔を見せたのだ。

「それより、やっぱりあの車はどうにかしたほうがいいですね。廃車にしたいところだが、警察の注意を引くおそれがある。そうだ、とりあえずシートを張り替えましょう」

千鶴のあとをついて来ながら、佐原は言った。

「知り合いに、腕のいい業者がいます。私のほうで手配しておきますから。それと、庭に埋めてある手帳や衣類も、そろそろ燃やしたほうがいい」

廊下の途中で足を止め、千鶴は佐原を振り返った。

「自分の言動がどれほどリスキーなものだったか、分かってるんですか？」

「大丈夫ですよ。彼女は捜査をする立場じゃない。なんとも思っちゃいませんよ」

たしかに芳賀明恵は刑事ではない。所属も警視庁ではなく神奈川県警である。しかし、どこで誰とどうつながっていないとも限らないのだ。佐原の発言に対し、もし芳賀明恵が何らかの不審を抱いたとしたら——そう思うと、佐原に対する憤りはなおさら耐えがたいものとなった。

「そんなことより千鶴さん。シートの張り替えの件、ＯＫですよね？」

佐原を無視して千鶴は自室に入った。佐原は部屋の入口で立ち止まったようだ。千鶴は壁際に置かれた背の低い衣装簞笥に歩み寄った。その上に、小物類を収納した小振りの用簞笥が載せてある。

引き出しの一つを開け、千鶴は中に収められた貴金属類を物色した。その引き出しに収められているのは、イヤリングやネックレスなどの装身具だ。

明日は『趣味の書道』の収録がある日だ。本音を言えば、今の千鶴はすべての仕事をキャンセルしてしまいたいくらいだった。しかしそうもいかない。

明日着ていく服はすでに決めてあった。千鶴はそれに合わせてネックレスを選ぼうとしていた。今やらなければいけないわけではないのだが、何かをしなければ気が紛れない。そうでないと佐原を怒鳴りつけてしまいそうだった。

だが、千鶴の手はやがて止まった。引き出しの中から、一番のお気に入りのネックレスがなくなっていた。収納ケースはあるが、中身のネックレスが消えているのだ。たしかめてみると、他にも数点の貴金属類が消えている。

咄嗟に千鶴は、険しい表情で背後を振り返っていた。

その顔つきがよほど怖かったのだろう。廊下に立っていた佐原が、気圧《けお》されたように二歩後ずさりをした。

「私の宝飾類、どこにやったんですかっ」

千鶴の頭にあるのは、預金通帳や土地の権利書をあさっていた、昨日の佐原の姿だった。

しかし佐原はぶるぶるとかぶりを振った。

「やだなぁ、私じゃありませんよ」

佐原の口元には、媚《こ》びるような下品な笑みが貼りついたままだった。しかし嘘をついているようには見えない。

その時だった。離れのほうから、母の祈禱の声が聞こえ始めた。

同時に、直感のようなものが千鶴の頭に閃く。気がつくと、千鶴は足早に離れへと向かっていた。祈禱の最中に部屋に立ち入らないのが母子の暗黙の了解となっているが、そんなことにかまってはいられない。

離れの部屋に入ると、饐えたような臭気が千鶴を包み込んだ。母がグラスに入れて供えている、殺害された被害者の血の臭いだ。すでに数日が過ぎ、それは耐えがたい悪臭となって部屋に充満していた。

「母さん――」

玄関から部屋に上がり、畳に正座した母を千鶴は見下ろした。

「私のネックレス、どこに行ったか知らない？」

問いかけた途端、母の背中がびくっと震えた。しかし千鶴のほうを振り返ろうとはしない。部屋の隅の小さな祭壇にまつった裸婦像に向かって、祈禱の声を唸り続ける。

千鶴は壁際の箪笥に歩み寄り、一番上の小さな引き出しを開けた。母はそこに大切な物をしまう習慣がある。雑然とした引き出しの中には様々なものが詰め込まれてあった。スーパーマーケットのポイントカード。クリーニング店の割引クーポン。種々雑多なレシート類――。

それらに混じって、折り畳まれた紙片が数枚見つかった。拡げてみると、それは質札だった。『指輪』『腕時計』、そして『ネックレス』。品名欄に記された質草の名称は、用箪笥の引き出しから消えた宝飾品数点と完全に一致している。

「これ、どういうことなのよっ！」

母に向かって千鶴は怒鳴っていた。ようやく祈禱の声を中断した母が、首をすくめて振り返る。

「違うのママ、そうじゃないの……清子、何にも悪いことしてないんだよ……」

「あたしはあなたのママじゃないっ！」

母の顔が泣き出しそうに歪んだ。

やりきれなさに、千鶴は溜め息をつく。

佐原にしろ母にしろ、なぜこうも身勝手なことばかりするのだろうか。そしてどうして私一人が、いつも彼らに振り回されなければないのか。

「寄進したのね……？」

千鶴は尋ねた。うなだれた母は何も答えようとしない。母はきっと、質屋で作った金を慈友神皇教会へ寄進したに違いない。理由は聞かなくても分かっている。千鶴の左手の震えが解消することを願い、現金という〝供物〟を神様に捧げたのだ。

「なんとか言いなさいよっ！」

それほど激しく母を怒鳴りつけたことは、これまで一度もなかった。背後に立つ佐原までもが息を呑むのを、千鶴は感じた。

「まぁまぁ千鶴さん……少し落ち着きましょう」

訳知り顔で取りなそうとする佐原の態度が、余計に苛立ちを助長する。

「あなたは今すぐ、この家から出ていきなさいっ！」

高圧的な千鶴の言葉に、佐原は一瞬殴られたような顔をした。しかし次の瞬間、その顔には別の色が浮かんでいた。

はっきりとした憎しみの色だった。

束の間、千鶴と佐原は視線をぶつけ合ったままでいた。

不意に遠くで電話が鳴った。

千鶴は佐原から目を背け、離れを出ていった。母屋へ戻り、玄関の電話台へと向かう。

《もしもし……千鶴か？》

受話器を取ると、聞き慣れない声がそう問いかけてきた。

《私だ。雅彦《まさひこ》だ――》

電話の相手は、伯父の立花雅彦だった。母・清子の兄にあたる人物で、現在は埼玉の川越で開業医をしている。

「伯父さま、ご無沙汰してます。お元気ですか？」

《そんな挨拶はいい。手紙は読んだか？》
「手紙――？」
《届いているだろう？　先月の末頃に出したはずだが》
千鶴は思い出していた。あれは十月三十日、第一の事件が起きた夜だった。病院から帰宅すると、たしかに伯父からの封書が届いていた。
コードレスの受話器を耳に当てたまま、千鶴はリビングへ移動した。柱にかけた状差しの中を探してみるが、伯父からの封書は見あたらない。
「ごめんなさい伯父さま。ちょっとバタバタしてて、失くしてしまったみたい」
《そうか……》
伯父の声は、かすかに不満げな響きを伴っている。気難しくて神経質なこの伯父が、千鶴は苦手である。
《清子からは、もう何か聞いているか？》
「ううん。何かって、何？」
《じゃあいい。直接話そう。これから出てこられるか？　医師会の帰りで、いま近くにいるんだ》
「それはかまわないけど……一体何の話です？」

声のトーンを低め、伯父は答えた。
《清子の——おまえの母親のことで、伝えなきゃならんことがある》

芳賀明恵が立花千鶴の書道教室に通い始めたのは、最近のことらしい。職場の同僚に誘われたのが、きっかけだったという。

「書道っていいもんですよ。心が落ち着くし、集中力も身につきますから――」

そう言ったあと、明恵の視線がまた南條を一瞥した。霧子は見て見ぬ振りをして、コーヒーのカップを口に運んだ。

三人は喫茶店にいた。立花邸から少し離れた、大通り沿いの小さな店だ。このあと用事はないという明恵を、霧子が誘ったのだ。今日の明恵は休日らしい。彼女が神奈川県警の科捜研に勤務していることは、以前に芳賀徹から聞いていた。

明恵がハーブティーをひと口啜るのを待って、霧子は訊いた。

「今はどちらにお住まいなんですか？」

「目黒です。一人では広すぎるから、そろそろ引っ越そうとは思ってるんですが――」

霞が関の警視庁と横浜の科捜研――結婚の際、二人の職場の中間地点のマンションを選んだのだと、芳賀から聞いたことがあった。

明恵はいまだに、夫と暮らした部屋に住み続けているのか。

「ところで明恵さん。立花千鶴さんや彼女の家の中で、何か変わったことはありませんでしたか？」

明恵はわずかに首を傾げ、霧子に質問を返した。

「早乙女さんたちが調べているのは『東十条連続殺傷事件』について、ですか？」

「ええ」

「立花先生は容疑者なんですか？」

「いえ、そういうわけではありません。彼女は聞き込みの対象者のひとりです。事件現場で不審なワゴンが目撃されていることから、同じような車の持ち主を片っ端から当たっているんです」

そう説明する途中で、霧子は明恵の表情の微妙な変化に気づいていた。霧子が〝ワゴン〟と口にした瞬間、明恵の視線が揺れたのだ。

「どんなことでもかまいません。立花さんの家で、何か気づいたことは？」

霧子に問われ、明恵は眼差しを細めた。ずっと気になっていた何かが、霧子の質問でよみがえった——そんな顔つきに見えた。

「家の中に、おかしな男の人がいたわ。先生の手伝いをしている人らしくて——名前はたしか、『佐原』と言っていました」

これまでの調べによれば、立花千鶴は母親と二人暮らしのはずだ。家の中に男性の存在は確認されていない。

「それ、どんな人です？」

訊いたのは南條だった。

「五十過ぎぐらいの年齢で、体つきは小柄でした。とにかくよく喋る人で、警察の捜査についてあれこれ訊かれました」

明恵によれば佐原という人物は、DNA鑑定についていくつか質問をしたという。

「犯人が被害者の搬送に使ったワゴンの車内を掃除した場合でも、DNA鑑定に必要な検体を採取することは可能なのか――そんなことを訊かれました」

「立花千鶴さんは、その場にいたんですか？」

霧子の問いに、明恵は頷いた。

「先生は何だか困ったような様子だったわ。佐原という男性に対して、あまりいい感情を持っていないんじゃないかしら」

「そんな相手にもかかわらず、身の回りの手伝いをさせているのですか？」

南條が問う。たしかに妙だと霧子も感じた。

話題を失い、三人のテーブルを沈黙が支配した。

「――でも、驚いたわ」

何度目かの一瞥を南條に向けたあと、明恵は霧子に言った。

「こんなに似ている人が、世の中に存在するなんて」

口元を固く引き結んだ南條は、うんざりしているように見えた。テーブルのグラスを取り、アイスウーロン茶を飲み干す。

「でも、この人は徹さんじゃない。顔が似ているというだけで、彼とは別人です」

「そうよね――」

夢から覚めたような顔で、明恵は頷いた。

再び降りた沈黙は、先ほどよりもずっと深いものとなった。ＢＧＭのバロック音楽だけが静かに流れている。他に客の姿はなく、カウンターの中では店主がグラスを磨き続けている。

霧子はさりげなく芳賀明恵を観察した。

家庭的という感じではないが、明恵はきっと掃除も料理もそつなくこなせるに違いない。同時に仕事もきちんとこなせる女性なのだろう。まともに会話を交わしたのは今日が初めてだが、霧子は明恵に対してそんな印象を抱いた。

明恵のような女性は、きっと多くの男性が理想とするタイプだろう。芳賀徹の目にも、彼女はそんなふうに映ったに違いない。

　だが、結婚後の夫婦関係は、必ずしも良好ではなかったようだ。そのことを霧子は、生前の芳賀の言動から感じていた。

　不意に軽やかな着信音が流れた。

　芳賀明恵がバッグの中から携帯電話を取り出す。

「もしもし……うん。仕事は昼までだったの……今から？　べつにかまわないけど……ちょっと待ってよ、それってどういうこと？……そんな……うん、人と会ってるところ……分かった、必ず行くから……」

　通話を終えて、芳賀明恵は電話を切った。

「失礼しました。父からでした」

　そう言ったあと、芳賀明恵は思い切ったように付け加えた。

「じつは、私の父も警察官なんです」

「警視庁の、ですか？」

「いえ、神奈川です。もうすぐ定年だというのに、何年も前の未解決事件をいまだに調べているんです。刑事の仕事がよっぽど好きなんですね」

　霧子は思わず、南條の横顔に目を向けていた。気のせいか、芳賀明恵の言葉に南條が反応を示したように感じたからだ。実際、南條の眉間には深い皺が刻まれ、鋭い視線は芳賀明恵をまっすぐに見つめていた。

「それ、どういった事件なんです？」

ひどく険しい顔つきで、南條が尋ねた。

「よくは知りません。数年前に暴力団の組員が撃たれた事件だって、たしかそう言ってた気が――」

そう言ったあとで、芳賀明恵は口を噤んだ。余計な口を滑らせてしまった、そんな顔をしている。

気まずさを取り繕うように、彼女は南條に問うた。

「それがどうかしました？」

「いえ」

短く答え、南條は俯いた。

やはり気のせいではない――霧子はそう確信していた。瞳を伏せた南條の横顔には、懸命に動揺を押し殺そうとする様子が窺われる。

「じゃあ、私、そろそろこの辺で――」

芳賀明恵が言ったのをきっかけに、三人は席を立って店を出た。

その少し前、多治見は戸塚警察署の近くにある児童公園にいた。

ベンチに腰かけた多治見は、くしゃくしゃになった書類を手にしていた。先ほど刑事課長の島崎から渡された辞令だ。

時期外れの、しかも定年間際の辞令が、何らかの意図を持って仕組まれたことは明らかだった。一人になって考えを整理するため、署を出た多治見はこの公園に足を運んだのだった。

昼下がりの公園に、人の姿は少ない。砂場の横の滑り台では、若い母親が子供を遊ばせている。多治見から二つ離れたベンチには、背広姿の中年が遅い昼食の最中だ。スポーツ新聞を傍らに置き、コンビニで買ってきた弁当を頬張っている。

多治見は一人、課長の島崎が口にした言葉を反芻していた。

〈近頃、なんか調べてただろ〉

〈触れちゃいけないものに触れちゃったとか――〉

信じたくはないことだが、他に原因は考えられなかった。

『本牧組員射殺事件』を調べる過程で、自分は何らかの〝地雷〟を踏んでしまったのだ。しかもそれは、定年間際の人間を異動させてまで守らなければならない、深刻かつ重大な秘密なのか。

多治見には、かねてより疑問に感じていることがあった。それは、『本牧組員射殺事件』の捜査を行った捜査本部への疑念だった。当時、捜査本部は事件を『組同士の抗争』と考えた。だが、その誤った捜査方針が原因で、結局事件は解決されずに今日に至っている。

多治見にとって不可解なのは、なぜ捜査を指揮した幹部たちは『組同士の抗争』以外の可能性を考えなかったのか、という点だった。捜査本部には、捜査を指揮する立場として県警の捜査一課長や管理官らが参加する。捜査のプロであり、優秀な頭脳を持つ彼らが、一つの捜査方針にとらわれたということが、多治見にはどうしても解せなかった。現に自分は、南條や邑野というキーパーソンに比較的短期間で辿り着くことができているのだ。当時の捜査幹部たちが『組同士の抗争』以外の可能性を考えなかったはずはない。

そうなると、導き出される答えはたった一つしかない。すなわち、当時の捜査幹部たちは意図的に捜査方針を違《たが》えたのだ。マスコミや捜査員たちの目を逸らすために、あえて誤った捜査方針を掲げたのだ。だが、なぜそんなことをする必要があったのだろうか――。

多治見は思索の矛先を変えてみた。

それは自分の動きが、どこから漏れたのかということについてだった。

『本牧組員射殺事件』を調べていることを、多治見は誰にも言っていない。だが厳密には、警察関係者の何人かは多治見の動きを知っている。

まず娘の明恵。明恵には、五日前に科捜研で会った際に話をした。そして保土ヶ谷署の庶務課課長である尾島。もっとも、多治見は尾島に対し身分を偽って接触した。だから多治見が警察官であることを尾島は知らないはずだ。さらに尾島に面会した目的は、『本牧組員射殺事件』ではなく、『ひき逃げ事件』に関する情報を得るためだった。つまり、尾島の口から多治見の動きが洩れたとは考えにくい。

いや、待てよ。

今回の異動の原因が、必ずしも『本牧組員射殺事件』にあるとは限らないのではないだろうか。そう、自分が知らぬ間に触れたアンタッチャブルな事案とは、『ひき逃げ事件』のほうなのではないか。

もしそうであるなら、多治見の動きを洩らしたのが尾島ということも考えられる。多治見は尾島に対し、『南條』の名をぶつけたのだ。

しかし尾島は、実直を絵にかいたような人柄の男だった。そして自身も、交通事故で子供を亡くした過去があるという。そんな尾島が、ウラで邪《よこし》まな人物とつながっているとはどうしても思えない。

いずれにせよ、異動という強硬手段が講じられた以上、そこに警察上層部が絡んでいることは間違いない。彼らにとって不都合な真実に、自分は触れようとしてしまったのだ。

多治見はベンチから腰を上げ、公園を横切った。隅に設置された電話ボックスに入り、受話器を取る。数枚の十円玉を投入し、懐から手帳を取り出した。書き留めてある明恵の携帯電話の番号をプッシュし、受話器を耳に当てた。

多治見は携帯電話を持ち歩いていない。第一線で捜査に携わっていた頃は所持していたが、もともと電話は好きではないのだ。

「もしもし、俺だ。父さんだ——」

電話口に出た明恵に、多治見は言った。

「今日は仕事か……休み？　なら、ちょうどいい。これから会えんか……じつはちょっとばかしおかしなことになってな。異動の辞令が出たんだ……電話じゃ詳しいことは言えんのだが……今、誰かと一緒か？……分かった。じゃあ、一時間半後、五時に新橋でどうだ？……うん、じゃあ待ってる」

多治見は受話器をフックに戻した。

明恵に会おうと思った目的は、多治見の動きを誰かに口外したか確かめるためだった。もし明恵が誰かに喋ったのなら、その人物、もしくはその人物に近しい人物が、今回の異動を画策したということになる。それが誰であるのかが特定できれば、〝触れられたくない秘密〟が何であるのかも分かるかもしれない――多治見はそう考えたのだった。

電話ボックスの扉を押し開いて外へ出た。新橋までは一時間もあれば充分だが、早めに着いておくに越したことはない。多治見は駅へ向かおうと、公園を出かけた。

だが、その足がふと止まった。

弁当を食べていた中年男の姿が、ベンチから消えていた。

大したことではないといえばそれまでだが、妙に気になった。多治見が電話ボックスに向かった時、男が手にした弁当はまだ半分以上残っていたのだ。

気のせいだ――自分に言い聞かせ、多治見は公園を出た。

駅までの道のりを歩みながら、時おり背後を振り返ってみる。だが、後ろを歩く者の姿はない。思いすごしかもしれないが、多治見はその感覚を払拭《ふっしょく》することができずにいた。

誰かに見られている、という感覚だ。

コーヒーが届いて十分ほど待つと、入口から初老の男性が入ってきた。

「伯父さん、ここです」

隅のテーブルで千鶴は手を挙げた。伯父の雅彦は頷き、まっすぐに歩み寄ってきた。

JR十条駅に近い、ファミリーレストランの店内である。待ち合わせ場所にこの店を選んだのは千鶴だった。歩道に面して大きな看板が出ているため、初めてでもすぐに見つけることができる店だ。

「すまんな、急に呼び出して」

「ううん、私のほうこそ――」

伯父はコートを脱ぎ、千鶴の向かいに腰を下ろした。たしか伯父は、母の清子と七つ離れているので、今年で七十一歳だ。

何年も会わないうちに、伯父の頭髪はすっかり白髪と化していた。しかし年寄りじみた雰囲気はまるでない。髪型はきちんと整えられ、肌の色艶《いろつや》もいい。ロマンスグレーの紳士といった趣だ。

ウェイトレスにコーヒーを注文すると、伯父はさっそく用件を切り出した。椅子に腰かけていても、背筋がピンと伸びている。

「あまり時間がないので、単刀直入に言う。清子はガンだ」

思いがけない言葉に、千鶴はしばし思考停止状態に陥った。

姪《めい》の反応を見て取り、伯父はいくぶん口調を和らげた。

「突然で、驚くのも無理はない。だが、おそらく清子は肺ガンを患っている。精密検査をしたわけではないので、症状がどの程度進行しているかは分からんが——」

母がガンである——そのこと自体ももちろん衝撃だったが、母が伯父を訪ねたということが、千鶴には意外だった。母は若い頃に実家を飛び出して以降、血縁者とは完全に疎遠になっているのだ。伯父も例外ではない。それどころか母は、実の兄である伯父とは昔から折り合いが悪かったと聞いている。なのに、なぜ——。

千鶴の疑問をよそに、伯父は話を続けた。

「先月の中頃だった。いつものようにウチの病院を訪れたあいつは、ひどく咳き込んでてな。あいつは煙草の吸いすぎのせいだと言ったが、よくよく聞いてみると、近頃背中に痛みがあるという。で、胸部のレントゲンを撮ってみたんだ。結果が出たのは数日後だ。肺の下部に小さな影が映っててな。ちょうどゴルフボールくらいの大きさだ。まず、ガンの腫瘍《しゅよう》とみて間違いない。俺はすぐに電話をして、あいつと話をした」

〈おまえの体のことで話がある。千鶴と一緒に早めにウチへ来てくれ〉

伯父は母にそう伝えたという。もちろん千鶴は、伯父からそんな電話があったことを母から聞いてはいなかった。たしかに母は近頃咳き込むことが多かったが、それは煙草の吸いすぎなのだろうと千鶴も思い込んでいた。

「その電話では、もちろんガンのことには触れていない。だが、あいつは察したんだろうな。たぶん、おまえに迷惑はかけたくないと思ったんだろう。それ以降、今日まであいつからは何の連絡もない」

「母の病状は、重いの……？」

「分からん。進行ガンなのか、末期ガンなのか。それを知るためにも、設備の整った病院で、CTやMRIを受ける必要がある。だからおまえに説明しようと思ったんだ。ガンの治療は早いに越したことはないからな。ただ――」

言葉を区切った伯父の表情に、わずかに痛みが滲んだ。

「たぶん、初期ってことはないと思う。背中に痛みがあるってことは、背骨へ転移している可能性が高いからな」

ようやく千鶴の中で、母がガンであるという事実が現実味を帯び始めていた。

「明日にでもすぐ、ガンの診療科がある病院へ連れて行ってくれ。手遅れになる前にな──」

そう口にしたあと、伯父は千鶴の瞳を見つめ直した。

「認知症のほうは、病院に通っているのか？」

「気がついたの？」

「あぁ、俺も医者だからな。もっとも、そっちのほうは専門じゃないが、二、三ヵ月に一度会ってりゃ、そのくらいは分かる」

「それ、どういうことなの？」

伯父の言葉を聞き咎め、千鶴は訊いた。

「母さんは、定期的に伯父さんのところに行ってたの？」

「やっぱりあいつ、おまえには話していなかったのか？」

千鶴は頷いた。

「あいつはな、いまだに返済を続けているんだよ。親父も亡くなってるし、もういいって言ってるんだが……」

伯父の言葉の意味が、千鶴には理解できなかった。伯父の言う〝親父〟とは、千鶴にとっての祖父である。祖父は産婦人科の高名な医師だったが、七、八年ほど前に他界している。

亡くなる直前まで、祖父は産科婦人科学会の理事を務めていた。

母は祖父から、借金をしていたのだろうか。

千鶴が浮かべた不可解な表情から、伯父は察したようだった。

「千鶴……おまえひょっとして、何にも知らないのか？」

わけが分からないまま、千鶴は頷いた。

「そうだったのか。いかにもあいつらしいな……」

「どういうことなの？」

「おまえを妊娠していた頃、あいつが家から勘当されていたことは知ってるな？」

伯父の目が、まっすぐ千鶴の瞳を捉える。千鶴は無言で顎を引いた。当時、女優を志していた母は、家出同然に実家を飛び出した。そのことが父親——つまり祖父の怒りを買ったのだ。

「家を出てしばらくの間、あいつは大部屋の女優として気ままにやっていたらしい。しかしある時、親父に泣きついてきたんだ。聞けば、すでに女優はやめたという。そしてあいつは妊娠していたんだ」

〈あたし、この子を産んで一人で育てようと思ってる〉

母は祖父に向かってそう言ったのだと、伯父は語った。言うまでもなく、祖父は烈火のごとく怒ったという。当然だろう。今でこそシングルマザーは珍しくないが、当時は未婚の女性が子供を産んで育てることなど考えられなかった時代だ。

「どうして母は、反対されると分かっているのに実家へ戻ったの？」

「あいつの体は普通じゃなかったんだ。そのころすでに八ヵ月目に入っていたんだが、あいつは妊娠中毒症を起こしていた。無事に子供を産むためには帝王切開をする必要がある。だが、一歩間違えれば、母体は危険な状態にさらされる。それほど危険で、難度の高い手術なんだ。だからあいつは、やむを得ず親父を頼ったんだ」

千鶴は思わず、伯父に向かってかぶりを振っていた。

「私が母さんから聞かされていた話とは違う。母さんは子供なんて産むつもりはなかったって言ってたわ。堕胎するには手遅れで、仕方なく私を産んだんだって――」

「それはたぶん、あいつの照れだ。子供の頃から天《あま》の邪鬼《じゃく》で意地っ張りな奴だったからな」

伯父の話は続いた。

「親父は最後まで、あいつの出産に反対だった。娘が私生児を産むことに世間体の悪さも感じていただろう。だが親父が一番案じていたのは、あいつの――清子の命だったんだ。もちろんあいつの前で、親父がそのことを口にしたことはなかったがな」

考えてみれば、意地っ張りな似たもの親子だな――そう言って伯父は苦笑を滲ませた。

「それでも結局、親父は清子の熱意に押し切られた。もっとも、八ヵ月じゃ堕胎もできないからな。親父は自分の教え子にあたる腕のいい産科医に清子の手術を任せた。親父は手術や入院にかかる費用の一切を負担した。その代わりに親父は清子に対し、二つの条件を呑ませた」

指を折って見せながら、伯父はその二つを諳《そら》んじた。

「一つ、無事に出産を終えたあとは、二度と実家の敷居をまたがないこと。一つ、腹の子の父親が誰であるのか、正直に打ち明けること――」

一つ目の条件を母が守り通していることは、千鶴がよく知っている。問題は二つ目の条件だった。母は千鶴に対し、父親が誰であるかをはっきりと口にしたことはない。千鶴自身も、母に尋ねたことは一度もなかった。男性関係が派手だったらしい母に対し、その質問はためらわれた。といっても、母の気持ちを慮《おもんぱか》ったわけではない。自分自身が傷つくことを、千鶴は恐れたのだ。

「母は、私の父親のことを――？」

「あぁ。渋々、親父に打ち明けたらしい。おまえは知っているのか？」

かぶりを振った千鶴に、伯父は息を吐いた。

「俺はそのことを、亡くなる直前に親父から聞かされた」

「――誰なんですか。私の父親は」

伯父はテーブルに目を伏せ、束の間逡巡する素振りを見せた。そして顔を上げ、一つの名前を口にした。それは、日本人なら大抵の者が知っている、ある映画監督の名前だった。

再び現実感が遠のいていくのを、千鶴は感じた。

「清子が大部屋女優だった頃に、一度だけ関係したらしい。もっとも向こうにしてみれば、ほんのつまみ食いのつもりだったんだろう。清子は妊娠の事実を、その監督に告げた。だが向こうは取り合わなかったらしい。そりゃそうだろうな。その監督の女房は、当時巨匠と言われていたある大物演出家の娘だったんだ。たかが大部屋女優一人のために人生を棒に振るなんて、割に合わんだろうからな」

次第に翳り始めた千鶴の表情に気づき、伯父は小さく言った。

「いや、すまん。おまえには辛すぎる話だった」

「ううん、いいの。続けて――」

息を吸い、伯父は再び口を開いた。

「その監督は清子に言ったそうだ。子供を産むというのなら、映画界から追放するとな。結局、清子は監督の言葉に背いた。親父の教え子の産科医院で、帝王切開の手術を受けたんだ。幸い、母体に影響はなく、手術は成功した。清子は元気な女の赤ちゃんを産んだんだ」

いつのまにか伯父は、いたわるような優しい眼差しで千鶴を見つめていた。千鶴の視界の中で、そんな伯父の姿が輪郭を失っていく。

気がつくと千鶴は啜り泣いていた。

そして最後の伯父の言葉を、自らの泣き声の中で聞いた。

「あいつは自分の夢よりも、おまえを選んだんだ」

王子署の捜査本部には、綿貫や財前ら捜査幹部数名の姿があった。彼らは幹部席につき、捜査員たちからかかってくる電話連絡の応答に追われていた。

「王子本町一の二十七、佐藤真知子、『日産エルグランド』所有。第一第二の事件当日のアリバイ、両日ともに有り」

受話器を耳に当てた綿貫は、捜査員の報告を復唱した。そして手元のリストにチェックの印を入れる。

「——お疲れさん、引き続きよろしく頼む」

そう言って戻そうとした受話器を、横から誰かが奪い取った。綿貫は驚いて顔を上げた。受話器を取ったのは財前だった。

「もっと効率を意識して、スピードを上げろ。今のペースじゃ、いつまで経ったって終わらないぞ。やる気がないのであれば、帰宅してもらってかまわない」

いつにない厳しい口調で言って、財前は受話器を置いた。

「おいおい管理官、君が苛々してどうする。捜査が思うように進まない時こそ、冷静にならなくちゃ駄目だ」

たしなめた綿貫を、財前はメガネのレンズ越しにきつく見返した。

「僕らは仲良しクラブではないのです。無能な人間は遠慮なく叱責します。それでも駄目なら、そんな人材は必要ありません」

財前は幹部席横のホワイトボードに歩み寄った。そこには『捜査員配置表』と呼ばれる表が、大きく描かれている。各捜査員たちの今日一日の行動予定を記した表だ。

財前は、『早乙女・南條』ペアの欄に目を向けた。

そこには、『ひがいしゃのかんどり』とだけ記されてあった。

財前は舌打ちを洩らした。きっと早乙女霧子は、まっとうな捜査から外されたことをいまだに根に持っているのだ。

財前は振り返り、幹部席横の小さな机についた若い女性に目を向けた。彼女は王子署の庶務課に勤務する女性職員で、捜査本部の様々な雑用を任されている。

「早乙女巡査部長に連絡を取ってくれ。被害者の鑑取は中断して、B班の裏付け捜査を手伝うよう伝えるんだ」

女性職員は受話器を取り、捜査員名簿に目を落としながら、番号をプッシュし始めた。

○

芳賀明恵とは、喫茶店を出たところで別れた。明恵はこれから父親と会うらしい。

霧子と南條は、歩道に立ったまま明恵の後ろ姿を見送った。

なんとなく気になり、霧子は南條に問いかけた。

「あんた、どうかしたの？」

南條は霧子を見返した。

「芳賀明恵が父親の話をしたとたん、あんた動揺してたじゃない。ひょっとして彼女の父親のこと、知ってるの？」

「どうして僕が？　知ってるわけないでしょう」

頑なさを感じさせる口調だった。言葉とは裏腹に、その顔は翳りに覆われている。突っ張った男ではあるが、嘘をつくのは苦手らしい。

「ま、べつにいいけどさ」

霧子は傍らのガードレールに腰かけた。ショルダーバッグから取り出したラッキーストライクをくわえ、ジッポーの火をともす。

「一本もらっても――？」

霧子の隣に腰を下ろし、南條が言った。

「あんた、煙草吸うの？」

「やめました。もうずいぶん前にね」

霧子がパッケージを差し出すと、南條は一本引き抜いた。ジッポーの火をつけてやる。

「吸わなくなったのは十九歳の頃かな。喫煙は味覚を鈍らせますからね」

「味覚？」

「以前、横浜の中華街で働いてたんですよ」

「あんた、料理人だったの？」

紫煙をスーッと吐きながら、南條は曖昧に首を振った。

「就職したのは広東料理の名店だったけど、店の都合で点心部門へ回されました。餃子とか肉まんなんかを作ってたんです」

「それがどうして警察官に――？」

その質問に、南條の横顔が強張るのを霧子は見て取った。

やはり、南條と芳賀明恵の父親には何らかのつながりがあるのかもしれない。芳賀明恵の父親は神奈川県警に在籍しており、南條もかつては横浜で働いていたのだ。両者はどこかで、何らかの接点を持ったのかもしれない。

「これからどうしますか？」

横顔を向けたまま、南條が訊いた。

「僕は佐原という男の存在が気になってしかたない」

「あたしも同じ考えよ。限られた時間で桜庭由布子を新宿まで搬送するのは、男手なしではやっぱり難しいと思うし」

「佐原はすぐにでも立花の車を処分するかもしれません」

「でもそんなことをしたら警察の目を引くことになるわ」

「そうだとしても、内装の張り替えくらいはするかもしれない。佐原は芳賀明恵に、DNA鑑定に関する質問をぶつけているのだから」

「時間がないわね。佐原が行動を起こす前に車を調べたいけど……」

今の時点でそれは不可能だった。車を調べるには捜査令状が必要だからだ。立花千鶴が犯人だという証拠が何もない現状では、当然令状は下りない。かといって、立花が任意の調べに応じるとも思えない。

その時だった。霧子のポケットで携帯電話の着信音が鳴った。

《おつかれさまです。本部の飯島です》

電話を耳に当てると、若い女性の声がそう言った。王子署の捜査本部で事務作業を任されている女性職員だった。

「何かあったの？」

霧子は勢い込んで訊く。捜査に何らかの進展があり、その連絡だと思ったのだ。

《いえ、そうではありません。管理官からの指示なのですが、早乙女さんと南條さんには、B班の裏付け作業を手伝ってほしいとのことです》

「ちょっと待ってよ。それって、今やってる仕事を中断しろってことなの？　冗談じゃないわ、管理官に代わって」

霧子は早口でまくしたてた。しばらく待つと、受話器から男性の声が聞こえた。

《もしもし、財前だが――》

「無理です、断ります」

霧子はきっぱりと言った。財前は戸惑ったようだ。返答が返ってくるまでに数秒の間があった。

「どういうことだ？」

「今の私たちには裏付け捜査を手伝う時間はありません」

「被害者の鑑取は中断してかまわない。指示に従え」

「だから断るって言ってるんです。もうこれ以上、そっちの都合でいいように使われるのはごめんだわ」

そう言い捨て、霧子は一方的に通話を切った。

その表情を南條が覗き込む。

「管理官から？」

「ええ。今頃になって裏付けを手伝えだなんて、ふざけてるわ」

霧子は表情を曇らせた。

「おそらく、あたしたちは明日から強制的に裏付け班に回されることになるわ。つまり、自由に動けるのは今夜までよ」

「もしそうなったら、立花千鶴は捜査の圏外か――――」

霧子は吸殻を路面に叩きつけた。パンプスの踵《かかと》で力任せに踏み潰す。

「早乙女さん――」

不意に呼びかけられ、霧子は南條を見返した。南條に名前を呼ばれたのは初めてだった。

「あなたは立花千鶴が犯人だと思いますか？」

まっすぐに前を向いたまま、南條はそう訊いた。

その横顔に向かって、霧子は答える。

「主犯かどうかは分からない。だけど、事件には関わっていると思う。単なるあたしの勘だけどね」

南條は黙したまま、じっと物思いに沈んでいる。

「何か考えがあるの？」

霧子に顔を向け、南條は頷いた。

「でも、うまくいくかどうかは分からない。一か八か、です」

「かまやしないわ。どっちみち、タイムリミットは今夜までだから」

南條に体を向け、霧子は言った。

「聞かせて、あなたの考えを」

○

早乙女霧子との通話は、いきなり切られた。

財前は苛立ちをあらわに、受話器をフックに叩きつけた。電話機の前に座る女性職員が怯えたように身を引く。

財前は綿貫に顔を向けた。

「早乙女は指示を無視した単独行動に出ています。許すわけにはいかない。彼女と南條は、捜査本部から外します」

「あの二人は、指示に従っているよ」

その言葉に、財前は綿貫の顔を見返す。

「立花千鶴の周辺を洗うよう、俺が指示したんだ」

「なんですって?」

束の間、財前と綿貫は無言で視線をぶつけ合った。

冷静さを取り戻した口調で、やがて財前が言った。

「理由を聞かせてもらいましょうか、一課長」

綿貫は目を細め、口元に薄い笑みを浮かべた。

「一課長なんて呼ばれて偉そうにしてるけど、所詮人間なんだよなぁ。いくつになっても迷いってやつは付きまとってくる。今回もそうだ。時間と労力はかかるが、一つ一つ潰し込んでゆく従来の地道な捜査。一方、君が是とする効率的捜査。どっちが正しいのか、正直分からなくなっていた。たしかにこれからの時代、効率は必要だ。効率を意識しなければ、多様化する犯罪に対応できない、それは事実だ。だから君の捜査方針に、俺はできるだけ口を出さずにいた。だけどどうしても、俺のような古い刑事には、効率ってやつは馴染めなくてね

――で、ふと気づいたんだ」

　綿貫の話を、財前は無表情に聞いている。

「たとえ効率を優先した捜査であっても、ある一つの条件に適《かな》えば、効率を度外視して捜査すべきだってことにね」

「ある条件――？」

「そう。それは〝刑事の勘〟だよ。刑事の勘が働いた場合は、それに従うべきだと俺は思う」

　瞬間、財前の薄い唇が冷笑にねじ曲がる。

「ナンセンスです。そんな、非論理的な話には付き合えませんね」

　財前の顔から目を逸らし、綿貫は遠くを見る目をした。

「刑事ってのは――いや、警察官ってのは、君も知ってのとおり因果な商売だ。ある意味、人間の不幸が飯のタネになってるわけだからな。靴底減らして歩き回って、仮に事件が解決できたとしても、何の救いにもならん。被害者は事件の記憶を一生引きずるだろうし、死んだ人間は生き返らんからな。つまり、真実なんて突き止めたところで何の意味もない」

「その点は、私も一課長と同意見です。だから我々は、被害者に対する感傷などは持つべきではない。捜査は事務的に、機械的に行われるべきです。にもかかわらず、被害者に同情したり肩入れしたりするから、冷静な判断力が阻害される。私たちは正義の味方じゃない。裁判で有効となる証拠を集め、被疑者を検察へ送致する——私たちの仕事はそれだけです」

「たしかに君の言うとおりかもしれん。でもな、結局人間は、事務的にも機械的にもなれんのだよ。人間はあくまでも人間だからな。人間であるがゆえに、自分と同じ人間が傷つけられれば痛みを感じる。そんな痛みは、警察官としてのキャリアを積めば積むほど溜まっていく。現場に携わっている警察官なら、誰しも胸に痛みを抱きながら歩き続けているんだ——」

言葉を切って、綿貫は捜査配置表に目を向けた。

「それは、早乙女君や南條君にしても例外じゃない。きっと彼らの胸にも眠らない何かが疼き続けている。そしてもしかしたら、キャリアである君にも、それはあるのかもしれない」

綿貫が言った途端、財前の様子に変化が現れた。うろたえたように顔を伏せ、メガネの存在を確認するかのように、フレームのふちに指先を這わせ始める。

「だから一体、何だというんです……？　あなたの言葉は、主旨がまったく見えません」

財前の言葉に、綿貫はあっけらかんと笑ってみせた。

「主旨なんてないさ。だって、俺も自分自身が何を言いたいのかよく分からんから。ただ、はっきりしていることが二つある。それは——」

一瞬間をおいて考え、綿貫はそれを口にした。

「君がいくら事務的機械的に捜査を進めようとしても、無理だってことだ。なぜなら、犯人も被害者も捜査員も、みんな人間だから」

財前は何も答えなかった。薄い唇を引き結び、立ち尽くしたままうなだれている。

「そしてもう一つ——君の捜査方針では今回の事件は解決しない」

断言した綿貫に対し、財前は顔を上げた。そしてその口から反駁《はんぱく》の言葉が発せられる前に、綿貫は付け加えた。

「——と思う。あ、ちなみにこれ、俺の刑事としての勘ね」

ファミリーレストランで伯父と別れたあと、千鶴は歩いて家路を辿った。時刻はすでに五時半をまわっている。買い物客で賑わう駅前商店街を歩みながら、千鶴は伯父の言葉を思い返していた。

〈あいつは自分の夢よりも、おまえを選んだんだ〉

伯父が語った母の過去は、これまでの千鶴の認識とは百八十度異なるものだった。

父親が誰かも分からないまま臨月を迎え、仕方なく産んだ子——母の性格や言葉の断片から、千鶴は自分の生い立ちをそんなふうに思い込んでいた。母が女優の夢を捨てたのも、堪え性のなさが原因なのだと軽蔑さえしていた。

でも、真実は違った。

母は私を産むために自分の人生を犠牲にしたのだ。そうまでして私を産みたかったのだ——。

〈おまえを出産したあと、あいつは数ヵ月ごとに実家に通い続けていたらしい。なぜだか分かるか？　出産にかかった費用を親父に返済するためだ。もちろん、実家の敷居をまたぐなと言われていたから、わずかな金を入れた封筒を郵便受けに投函していたんだ。郵送せずに、わざわざ足を運んでいたのは、あいつなりに親父に感謝していたからだろうな。で、親父が亡くなったあとは俺に返し続けた。そんなもの俺に渡されても困ると何度も断ったんだが、あいつは通い続けた。二、三ヵ月に一度、それも五千円とか一万円程度のわずかな金を持ってな。そんなあいつから、昨日これが届いたんだ——〉

歩きながら、千鶴は手にした封筒に目を落とした。それは現金書留の封筒だった。別れ際、千鶴にその封筒を渡して伯父は言った。

〈もう自分の命が長くないと、あいつは悟ったに違いない。だから残りを一気に返済しようとしたんだろう〉

封筒の中には、十枚ずつ分けられた一万円札が五束入っていた。その金額は母の部屋から見つかった質札に書かれた額と一致している。

〈明日にでも、あいつを病院へ連れて行ってやってくれ。妹に先に死なれちゃ、医者として寝覚めが悪いからな〉

険しい顔で言いながらも、伯父の瞳には光るものが揺れていた。

家に帰り着くと、千鶴はリビングを覗いた。離れに引きこもっているのだろうか、母の姿は見当たらない。

千鶴はしばらくの間、ぼんやりとリビングに佇んだままでいた。

いくつかの記憶が、頭の中によみがえる。

二日酔いで授業参観に現れ、千鶴に声援を送り続けた母。

教室に乗り込んできて、娘を振った男子生徒に悪態をついた母。

生活が苦しかったにもかかわらず、書道教室へ通わせてくれた母。

迷惑で恥ずかしいだけだった母という存在を、千鶴は今、たまらなく愛しく感じていた。

「母さん……」

手にしていた現金書留の封筒が落ち、一万円札が床に散らばる。

気がつくと、千鶴は泣いていた。次から次へと涙が溢れて止まらない。

やがて、千鶴の胸には一つの決意が固まっていた。それは、母の罪を自分がかぶろう、というものだった。実際にそんなことが可能かどうかは分からない。でも、できるだけのことはやってみよう。これまでは母が私を守ってくれたのだから、今度は私が母に恩返しをする番なのだ。

母が警察に逮捕されるようなことは、絶対に食い止めなければならない――。

「おや、お帰りでしたか」

不意に背後で声がした。慌てて涙を拭い、振り返る。

佐原だった。リビングの入口に立ち、狡猾《こうかつ》そうな目で千鶴を見つめている。佐原のズボンの裾は、泥で汚れていた。

「庭に埋めた物、今掘り返しているところなんですよ――あぁそうだ、一斗缶のようなものがあればお借りできますか？　その中で全部燃やしちゃいましょう」

そう言って、ふと佐原は床に目を落とした。散らばった一万円札に気づいたようだ。

「あぁあぁ、いけませんねぇ。お金を粗末にしたりしちゃ」

歩み寄ってきて、一万円札を拾い集めようと屈み込む。

瞬間、千鶴は鋭い声を放っていた。

「触らないでっ！」

動きを止めた佐原は、千鶴を見上げた。

「あなた、どうしてまだここにいるんですかっ？　この家から出ていってくれと言ったはずですよっ！」

佐原は中途半端な姿勢のまま、千鶴を見上げていた。その顔からは何の感情も読み取れない。人の無表情がこれほどまでに怖いということに、千鶴は初めて気づいていた。

「今すぐに出ていってください。そしてもう二度と、私の前に姿を現さないで」

「なに言ってんだ、あんた……」

まばたきもせず、佐原は千鶴の顔を凝視した。そしてゆっくりと立ち上がり、千鶴を睨《ね》めつける。

「人が下手に出てりゃ、つけ上がりやがって」

そう口にするなり、佐原はいきなり千鶴の胸倉を摑んだ。

「もういっぺん言ってみろよ、このアマが。あぁ？　こら」

摑んだ胸倉を、佐原は激しく揺すった。

「いつまでも気取ってんじゃねぇぞ」

佐原は千鶴の体を力任せに突き放した。よろめいた千鶴は、二人掛けのソファーに倒れ込む。はずみで、後頭部を肘掛けに打ちつけた。脳震盪《のうしんとう》を起こし、意識が朦朧《もうろう》となる。

「おまえはもう一生俺から離れられないんだ」

首筋に不快な感触が這いまわる。薄れかけていた意識がよみがえった。ソファーの横にひざまずき、佐原は千鶴の首筋に舌を這わせていた。

「いやあっ、やめてっ！」

千鶴は必死に抗《あらが》った。しかし佐原に両肩を押さえつけられ、逃れることはできない。こらえきれずに足をばたつかせると、佐原は千鶴の体の上にまたがってきた。ブラウスの上から乳房を強く揉みしだき、もう一方の手でスカートの裾をたくしあげようとする。

「お願いっ、やめてくださいっ！」

「今ごろ頼んでも遅いんだよ」

そう言って、佐原は千鶴の唇を接吻でふさいだ。スカートの裾をまくり上げた手は、下着に包まれた秘部をまさぐり始めている。

千鶴は抵抗をやめた。あがいても無駄だと気づいたからだ。千鶴にできるのは、きつく瞼を閉じることだけだった。

だが、その時——。

「うっ……」

千鶴の胸に顔をうずめた佐原が、微かな呻きを洩らした。同時に体がビクッと硬直する。佐原の肉体は一切の動きを止めていた。

何が起きたのか分からず、千鶴は閉じていた瞼をゆっくりと開けた。はじめに目に留まったのは、ソファーの足元に立つ母・清子の姿だった。母は虚ろな目で、佐原の背中を見下ろしている。

次の瞬間、千鶴は息を呑んでいた。

千鶴に覆いかぶさった佐原の背中には、柳刃包丁が突き立っている。千鶴は短い悲鳴を上げ、佐原の体の下から逃れた。ソファーから床へ落ち、尻餅をついたまま床を後ずさりする。

佐原は絶命したわけではなかった。ソファーの上で四つん這いになったまま、荒い呼吸を繰り返している。

不意に佐原は顔を上げた。千鶴と目が合う。佐原の額には玉のような汗が浮かんでいた。焦点の定まらない視線で、佐原は千鶴を凝視する。その表情は苦痛に歪んでいた。口元からは、断続的に呻き声が洩れている。

佐原は千鶴から目を背け、背後を振り返った。立ち尽くした清子に視線を据えたまま、佐原はソファーから降りた。背中には柳刃包丁が突き刺さったままだ。佐原はソファーの背もたれに手をつき、体を支えながら清子と対峙した。

「この、くそ……ババァが……」

「チヅちゃんをひどい目に遭わせるのは、あたしが許さないよ」

「……るせぇ。ぶっ、殺してやる」

よろめくようにして、佐原は清子に襲いかかった。両手で清子の首を摑み、絞めようとする。

「やめてっ！」

千鶴は立ち上がった。咄嗟に壁際のサイドボードに歩み寄り、その上に飾ってあった壺を手に取った。人の頭ほどの大きさの、アンティークの銅壺だ。千鶴は佐原の背後に駆け寄った。両手で持った壺を佐原の後頭部に叩きつける。鈍い音をたて、佐原の頭がガクンと前にのめった。予想以上に激しい手応えを感じ、千鶴は怯んだ。佐原は清子の首から手を離し、千鶴を振り返った。憎悪と苦痛が佐原の人相を変えていた。鬼の顔を佐原はしていた。

殺される――そう感じ、千鶴は佐原の顔面に壺を叩きつけた。

「うぎゃぁ」

奇妙な叫び声を上げ、佐原は後ろによろめいた。眉間が割れ、血が流れ落ちる。意識が遠のいたのか、佐原はその場にがっくりと膝をついた。その脳天に向かって、千鶴はさらに壺を振り下ろす。二度、三度、四度――。

気がつくと、佐原は床に横たわり、動かなくなっていた。肩で息をしながら、千鶴はその姿をじっと見下ろしていた。

「チヅちゃん……？」

母に呼びかけられ、千鶴はようやく我に返った。手に残った打撃の感触の生々しさと、足元に横たわった佐原の死体。

よみがえった現実感に、膝が笑い始めていた。手にしていた壺が床に落ち、ごろごろと転がる。

「チヅちゃん……？」

再度呼ばれ、千鶴は母に目を向けた。

「大丈夫、こんな奴は死んで当然なんだからね。チヅちゃんは何にも悪くないよ」

いたわるような口調で、母は言った。千鶴は、自分の意識が子供時代のそれに戻るのを感じていた。非常識で傍若無人な振る舞いに辟易しながらも、自分はそんな母にいつも守られていたのだ。この人なしでは今日まで生きてこられなかった。そしてたぶん、これからも。

私は、この人の、娘なんだ——。

「母さん……」

心細さと恐ろしさに、涙がこぼれそうになる。

しかし、千鶴の感傷を断ち切るように、玄関でインターホンのチャイムが鳴った。

忘れ物に気づいた瞬間、血の気が引くのを感じた。少し大げさな反応かもしれないが、眩暈に似た感覚を覚えたのは事実だ。

芳賀明恵はＪＲ山手線《やまのて》の車内にいた。父・多治見省三との待ち合わせのために新橋へ向かう途中だった。電車は上野駅を出たところだ。

明恵は自分の迂闊《うかつ》さを呪《のろ》った。仕事の資料など、持ち歩くべきではなかったのだ。

忘れ物は、科捜研の資料が入った大型封筒だった。トートバッグの中に入れておいたはずなのに、なくなっている。封筒の中には神奈川県内で発生した、ある傷害事件の鑑定書類が入っている。

明恵は懸命に記憶を辿った。

亡き夫の同僚刑事・早乙女霧子らと喫茶店に入った時は、すでに封筒を手にしていなかったはずだ。ということは、やはり立花先生のお宅に忘れてきたとしか考えられない。

そうだ――先生のお宅を訪れて靴を脱ぐ際、トートバックを玄関に置いたのだ。だが帰る時、バックの中に封筒はなかったはずだ。

とっさに頭に浮かんだのは、佐原の顔だった。そうだ、きっとあの男が封筒を取ったに違いない。

そう気づいたことによって、明恵には佐原の言動がようやく納得がいった。大型封筒には『神奈川県警科学捜査研究所』の文字が印刷されている。佐原はあの封筒を見て、明恵がその職員であると知ったのだ。だから話題をそちらへ持っていき、ＤＮＡ鑑定に関する情報を引き出そうとしたのだ。

急いで取り返さなければならない。

次の御徒町《おかちまち》駅で、明恵は電車を降りた。小走りに階段を駆け下り、反対方向のホームへと移動する。

あの封筒の書類には、昨日明恵が行った、被疑者の尿の成分鑑定の結果が大雑把にまとめてある。明恵は自宅のパソコンを使い、正式な鑑定書を今夜中に仕上げるつもりでいたのだ。言うまでもなく、書類には当該被疑者の氏名も記されてある。仮に書類の内容が外部に漏れた場合、明恵一人の責任で済まされる問題ではなくなる。

反対方向のホームで電車を待ちながら、明恵は腕時計に目を落とした。午後四時を過ぎたところだった。

明恵は父を思った。今から東十条へ引き返したのでは、新橋の五時の待ち合わせには間に合わないかもしれない。だが連絡をとろうにも、父は携帯電話を持っていないのだ。やむを得なかった。父には待ちぼうけを食わせるしかない。

やがて到着した電車に、明恵は乗り込んだ。

不意にインターホンのチャイムが鳴った。

千鶴は我に返った。同時に、心臓が早鐘を打ち始める。

「大丈夫。大丈夫さ、チヅちゃん……」

母の清子が言った。だが言葉とは裏腹に、母も動揺を隠せずにいた。床に倒れた佐原の死体を見下ろし、うろたえた表情をしている。

私がしっかりしなければ――千鶴は瞼を閉じた。深呼吸を何度か繰り返す。母の罪は私がかぶると決めたのだ。いや、その言い方は正しくない。今では私自身も殺人者となってしまったのだから。

千鶴は瞼を開いた。向き合って立った母との間には、絶命した佐原がうつぶせで横たわっている。佐原の後頭部は、熟して崩れた果実のように血みどろになっていた。

瞬間、喉の奥に込み上げるものを感じた。目を逸らし、千鶴は吐き気をこらえた。すっぱい胃液が喉の奥に拡がり、やがて消えた。

そうしている間にも、来訪者はチャイムを二度三度と鳴らした。このままやり過ごそうかとも思ったが、思い直した。もし警察関係者の訪問だった場合、居留守はあとあと面倒が生じる気がした。

「母さんは、ここでおとなしくしていて」

母に言い残し、千鶴はリビングを出た。まっすぐ玄関に向かおうとしたが、念のために洗面所に寄った。そして鏡を見て息を呑んだ。

頬に点々と血の飛沫《しぶき》が付着している。佐原を壺で殴打した時に跳ねたのだ。壁にかけたタオルを取り、千鶴は慌ただしく頬を拭った。本当は顔を洗いたかったが、そんな暇はない。五度目のチャイムが玄関で鳴る。

鏡の自分をまっすぐに見つめ、千鶴はもう一度深呼吸をして玄関へ向かった。インターホンの受話器を取り、「はい」と応じる。声が少し震えた。しかし来訪者は、とくに不審には思わなかったようだ。

《私、王子警察署特別捜査本部の早乙女と申します――》

千鶴が予想したとおり、来訪者は警察の人間だった。しかし一方で、意外にもそれは女性であった。

《じつはお伝えしたいことがありまして、訪問させていただきました》

事務的な口調で女性はそう言った。

「今、開けます――」

門の解除ボタンを押した。千鶴は三和土に下りた。不思議と気持ちは落ち着いていた。相手が女性だと分かり、安心したのかもしれない。

玄関の引き戸を開くと、飛び石伝いに女性が歩み寄ってくるところだった。上背のある若い女性だ。まだ三十にはなっていないだろう。細身の体に、黒いパンツスーツがよく似合っている。

「お忙しい時間に申し訳ありません」

玄関口に立ち止まり、早乙女と名乗った女性は一礼した。これまで来訪した刑事たちと同じように、警察手帳を拡げて身分証を提示する。

「あの――どういったご用件でしょうか？」

千鶴はあえて、眉間に皺を寄せてみせた。警察の人間に何度も来られては迷惑だという、意思表示のつもりだった。そのくらい強気にならなければ、気持ちがくじけてしまう気がした。

何しろこの家の中には、死体が転がっているのだ。

「お時間はとらせません。一つだけご報告があるのです。本日、王子署の捜査本部では、今回の女性連続殺傷事件の容疑者を特定しました。このことはマスコミ関係にはまだ伏せてありますので、ニュースなどでは報道されていません」

突然のことに、早乙女が口にした言葉の意味をすぐには理解できなかった。

「あの……それは犯人が捕まったという意味ですか？」

「まだ任意で取り調べている段階ですが、その人物は徐々に供述を始めています。その人物が真犯人だと考えて、まず間違いないと思われます。ただ――」

早乙女は付け加えた。

「現時点でその容疑者は、二件目の傷害事件――すなわち、桜庭由布子さん刺傷事件の容疑者です。一件目の笠原玲奈さん殺害事件への関与は今のところ不明です」

「それは――どういうことなのですか？」

「その容疑者――仮に名前を『A』としておきます。Aはここ数ヵ月にわたって、桜庭由布子さんにストーカー行為を働いていました。しかし桜庭さんに冷たくあしらわれたことに腹を立て、あの晩、桜庭さんを包丁で刺したのです。ところが犯行後に怖くなり、Aは犯行現場を偽装しようと、負傷した桜庭さんを新宿区高田馬場へ車で移送した」

早乙女によれば、桜庭由布子がその夜、新宿へ向かおうとしていたことを、Aは何らかの手段で知り得たはずだという。

「私たちは一つの推測をしました。Aは桜庭由布子さんの所持していた手帳を見て、その夜の彼女の行き先を知ったのではないかと。ですが残念ながら、現場から回収された桜庭さんの所持品に手帳は含まれていません。ひょっとしたら、手帳はAが持ち去ったとも考えられますが、その可能性は低いと思われます。なぜなら、現場に手帳を残さなければ、あの夜に桜庭さんが『新宿』へ行こうとしていた事実が警察に伝わらないからです。警察に伝わらなければ、わざわざ桜庭さんを新宿区へ運んだという偽装工作が無意味なものになってしまいますからね。まぁ実際は、新宿区へ運んだ時点で無意味だったのですが……」

そう言って早乙女は、千鶴の反応を確かめるかのように沈黙した。千鶴のほうは内心の動揺を必死に抑えていた。新宿へ被害者を運ぶという偽装工作は、本来の事件現場である東十条の路上で血痕が発見されたことによって破綻してしまった。しかも佐原は、現場に残しておかなければならない手帳を誤って持ち去るという失態を演じている。つまり早乙女の言うとおり、佐原と千鶴が行った偽装工作はまったくの無意味に終わってしまったのだ。

しかし早乙女の口にした台詞は、それらのこととは別のことを示唆《しさ》しているように聞き取れた。案の定、早乙女は意外な事実を口にした。

「そうなんです。犯人が桜庭さんを新宿区へ搬送したことは、まったくの無駄骨だったのです。なぜなら、あの夜に桜庭さんが向かおうとしていた場所は『新宿区』ではなかったからです」

早乙女によれば、あの晩の桜庭由布子の目的地は『葛飾区新宿』だったという。その場所で、同棲していた恋人を、彼女は三年前に亡くしたらしい。

「つまり犯人は手帳に記された『新宿』の文字を見て、『新宿区』だと誤解したと思われます」

早乙女の説明を聞いて、千鶴はようやく納得していた。あの夜に桜庭由布子が十条駅を利用しなかったのは、目的地が『新宿区』ではなかったからなのだ。葛飾区方面へ向かうのであれば、たしかに東十条駅から京浜東北線に乗ったほうが、乗り換えがスムーズである。

早乙女は語った。容疑者であるAは、手帳の所在に関しては曖昧な証言を繰り返しているという。

「桜庭さんが発見された新宿区高田馬場の現場では、現在手帳の捜索が行われています。でも今のところ見つかっていません。念のため、あと一時間ほどしたら東十条の事件現場でも捜索が行われる予定になっています。もし手帳が発見されれば、Aが犯人であるという状況証拠になります。さらにそこからAの指紋でも検出されれば、もう決定的です。捜査本部では今後、笠原さん殺害に関しても、Aを慎重に取り調べる方針でいます」

早乙女の言葉に、千鶴の緊張は急速にほぐれていった。警察は、被害者にストーカー行為を行っていた人物を犯人と確信しているのだ。つまり、自分には疑いの目は向けられていない。そう考えると、千鶴の頭にはひとつの疑問が浮かんだ。

「今日はそのことを伝えるためにわざわざ――？」

「そうです」

「あの――ご近所すべてを回ってらっしゃるんですか？」

「いえ、立花先生のお宅だけです」

きっぱりとそう答えたあと、早乙女は言葉を濁らせた。

「先生はその、何というか……テレビなどにもたびたび登場していらっしゃいますから、マスコミ関係にも顔が広いでしょうし……」

千鶴には、早乙女の言わんとするところが理解できた。今回の捜査で、警察は何度か千鶴のもとに聞き込みに訪れている。痛くもない腹を探られた千鶴が、警察に対する悪感情をマスコミに吹聴することを恐れているのだ。

早乙女刑事は、それを予防するために差し向けられた使者なのだろう。容疑者確保を知らせることによって、警察は決して千鶴を疑っているわけではないと伝えたかったのだ。

どう答えるべきかと迷っているうちに、早乙女は深く一礼した。

「これまで、ご協力どうもありがとうございました」

千鶴は、去ってゆく早乙女を見送った。そして彼女の姿が門を出て見えなくなると、玄関の引き戸を閉じて、家の中へ取って返した。リビングで、母はまだ立ち尽くしたままでいた。

「母さん。私たち、なんとかなるかもしれない」

千鶴の言葉に、母は訝しそうに小首を傾げてみせた。

「警察は、まったくの別人を犯人だと思って取り調べているの。だから、証拠となる手帳が現場から見つかるようにすれば、私たちはきっと助かるわ」

千鶴の言葉が理解できているのかいないのか、母は床に目を伏せている。その視線を辿った千鶴は、思わず顔をしかめていた。

横たわった佐原の死体。そうだ、これがあったのだ。

千鶴は暗澹たる思いに苛まれた。人ひとりの死体を、誰の目にも触れないように処分するには、どうすればいいのだろうか――。

いや、これは後回しだ。

千鶴は頭を切り替えた。今は手帳を掘り返すことが先だった。

千鶴は客間の押し入れからシーツを一枚取り出してきた。それを佐原の死体の上にかぶせて覆う。

「母さん、離れに行こう。少し休んだほうがいいわ」

「ううん、清子、ここでいい」

虚ろな瞳で言って、母はソファーに腰を落とした。また母は、幼児期の精神状態に退行してしまったようだ。

「分かった。じゃあおとなしくしててね。私、急いでやらなきゃいけないことがあるから」

母の様子は心配だったが、かまっている時間はなかった。千鶴はリビングを出ると、急いで庭へ向かった。

第二の犯行の夜、佐原は庭の隅に証拠となる品々をポリ袋に入れて埋めたのだ。その中に、桜庭由布子の手帳も含まれている。千鶴はそれを掘り返し、事件現場へ置いてくるつもりでいた。そうすれば捜査の矛先は、現在取り調べを受けているストーカーの男性に向かうはずだ。もちろん手帳にその男性の指紋は残されていないだろう。だがそれでも、状況証拠にはなると早乙女刑事は言っていた。ストーカーの男性には悪いが、濡れ衣を着てもらわなければならない。母と自分が助かるには、他に道がないのだ。

ポリ袋が埋めてあるのは、庭の隅に据えられた石灯籠の横だった。そこの地面はすでに掘り返されており、傍らにスコップとゴム手袋が放置してある。佐原が途中まで掘ったのだ。

ゴム手袋をはめ、千鶴はスコップでさらに深く穴を掘り始めた。急がなければ時間がない。手帳の捜索が始まるまであと一時間だと、早乙女は言っていたのだ。

一度掘り返されているので土は柔らかい。それでもすぐに汗が噴き出し始めた。服が泥で汚れるのもかまわず、千鶴は懸命に地面を掘り続けた。そして——スコップの刃先が土以外の感触を捉えた。掘り返した穴の底に、ポリ袋の一部が覗いている。千鶴は大きく息を吐き、ポリ袋の周囲の土をスコップで丁寧に取り除いていった。透明なポリ袋越しに、ピンク色をした四角い物体が透けて見える。

手帳だった。

千鶴はしゃがみ込み、ポリ袋を両手で引きちぎろうとする。

その瞬間——。

インターホンのチャイムが、再び鳴った。

霧子が立花邸を訪れている間、南條は東十条駅近くに止めた車の中にいた。車は国産の地味なセダンで、先ほどレンタカー店で借りてきたものだった。

運転席に座る南條は、フロントガラス越しに道の前方を見つめている。そこは第二の事件が発生した通りだった。桜庭由布子が刺された場所から百メートルほど離れた路肩に、南條は車を止めている。表通りから一本入った狭い道なので、車の往来はほとんどない。

先ほど、芳賀明恵と喫茶店で会ったあとにかかってきた捜査本部からの電話。それは南條と霧子に対し、他の捜査員とともに裏付け捜査を行うよう指示する財前からの連絡だった。だが、霧子はそれを拒んだ。南條と霧子は、立花千鶴が事件に関与していることを確信しているからだ。

二人が自由に動ける時間は、今日の夜までだった。

そこで南條は霧子に対し、一つの提案をした。

〈立花千鶴が桜庭由布子の手帳をもし所持しているのであれば、それは彼女が事件に関与しているという証拠になる。それを確かめるんです〉

〈どうやって？〉

〈立花千鶴に嘘の情報を伝えるんです〉

捜査本部が事件の容疑者の身柄を押さえたということ。その容疑者の犯行を裏付けるためには、桜庭由布子の手帳が必要となること。警察は手帳を見つけるために再び事件現場を徹底的に捜索する予定であること――。

〈もし立花が犯人であるなら、彼女は警察の捜索が始まる前に手帳を現場に置こうとするはずです〉

〈でも、もし彼女がすでに手帳を処分していたら？〉

〈はっきり言って、その可能性のほうが高い。うまくいくかどうかは、賭《か》けです〉

〈だけどたとえうまくいったとしても、相手を騙して入手した証拠は、裁判では採用されないわ〉

〈かまわない。少なくとも自分は〉

即座に答えた南條を、霧子は怪訝《けげん》そうに見返した。

〈僕の目的は、この事件の真犯人を明らかにすることです。そのあとのことに興味はない〉

〈そうだったわね。この事件を解決して、あんたは警察を辞めるんだったわね〉

無言でいる南條に、霧子は頷いてみせた。

〈いいわ。あんたの計画に乗る〉

そのあと、二人は別行動を取った。霧子は立花千鶴に会うために彼女の家へと向かい、その間に南條は東十条駅近くのレンタカー店で車を借りた。立花千鶴を待って張り込むには、どうしても車が必要だからだ。

南條はフロントガラス越しに前方を見つめたまま、霧子が戻ってくるのを待っていた。立花千鶴との話が終わり次第、霧子にはこの場所へ来るように伝えてある。

南條はふと、ユキの〝予言〟を思い出していた。

〈俺のそばで何人の人が死ぬ？〉

〈たぶん――三人だと思う〉

その言葉を信じたくはなかったが、これまでにユキの予知が外れたことは、南條が知る限り一度もない。

南條は冷静に思いを巡らせた。今のところ今回の事件で死亡しているのは笠原玲奈だけだ。桜庭由布子はいまだに意識不明の状態にある。考えたくはないことだが、このさき桜庭由布子が亡くなったとしても、さらにあと一人の人間が命を落とすということになる。その事実は、南條を暗澹たる気持ちにさせた。仮にこのあと立花千鶴を逮捕できたとしたら、あと一人の犠牲者が出るとは思えない。つまりユキの予知は、事件のさらなる展開を暗示しているのだ。

南條は我に返り、かぶりを振った。考えても仕方のないことだった。たとえどのような未来が待っているにせよ、自分にはどうすることもできないのだ。

そう割り切ると、別の記憶が脳裏によみがえった。それは、喫茶店で芳賀明恵が口にした言葉だった。

〈じつは、私の父も警察官なんです〉

〈もうすぐ定年だというのに、何年も前の未解決事件をいまだに調べているんです〉

〈数年前に暴力団の組員が撃たれた事件だって、たしかそう言ってた気が――〉

芳賀明恵の父親が調べている事件とは、自分が犯してしまった組員射殺事件なのではないか――南條はその懸念を拭いきれずにいた。あの事件は神奈川県警の所轄署に特捜本部が立ち、大掛かりな捜査が行われたが、真犯人である南條のもとに捜査員が辿り着くことはなかった。あれから八年、事件は事実上迷宮入り扱いとなっているはずだ。なのになぜ、今になって芳賀明恵の父親は事件を調べ始めたのか。

南條は一抹の不安を覚えると同時に、自分という存在の矛盾を感じずにはいられなかった。過去に人を殺した自分が、刑事の立場で人殺しを捕まえようとしているのだ。南條はこの事件の解決後に警察を辞めるつもりでいる。それはある意味、自分が苦しみから解放されることを目的とした選択だった。一方、今回の事件の犯人は、逮捕されれば当然罰を受けることになる。しかし同じ人殺しの罪を犯していながら、自分はそれを受けない。
そんなことが許されていいのか――？
南條は自らの心にそう問いかけた。すると、別の声が答えた。
《いいわけないいじゃない》
南條はハッとした。それは真理子の声だった。
《私はいまだにベッドで眠ったままだというのに、あなたは一人で自由になるというの？逃げるつもりなの？》
南條は何も答えることができなかった。
《ひどいわ。私のことを見捨てるなんて》
「ちがう。見捨てるわけじゃない」
自分の声が、ひどく空々しく響く。
《じゃあなんなの？　あれほど愛してるって言ってくれたのに。ずっと一緒にいようって誓ってくれたのに。だから私はあの晩、あなたに体――》
「よしてくれ、聞きたくない」
《私はあなたを離さない》

白くて細い真理子の手が、肩を強く握った。

「うわぁっ！」

叫びを上げた南條は、目を覚ましていた。

レンタカーの運転席。肩に置かれた白い手。だがそれは真理子の手ではない。

「大丈夫？　うなされてたみたいだけど」

怪訝な眼差しで、霧子が顔を覗き込んでくる。

「すみません。居眠りをしてしまったみたいで――」

南條は目頭を揉んだ。捜査本部に参加して以来、夜はずっと王子署に泊まり込んでいる。そのせいで疲れが溜まっているのかもしれなかった。

「立花千鶴のほうは？」

助手席に乗り込んできた霧子に、南條は尋ねた。

「一応、やるだけはやったわ。ただ、彼女が手帳を持っているかどうかは分からないけどね」

そう答え、手にしていた缶コーヒーの一本を南條に渡す。

「あとは成功を祈って、彼女が現れるのを待つだけよ」

掘り返した穴の底に現れたポリ袋。その中に千鶴は、ピンク色をした四角い物体があるのを見て取った。手帳だった。

しゃがみ込み、ポリ袋を両手で引きちぎろうとした。

だが、その瞬間、インターホンのチャイムが聞こえた。

千鶴は無視することにした。ポリ袋を両手で引きちぎり、中から手帳を取り出す。桜庭由布子の手帳だ。この手帳を事件現場へ置いてくれれば、自分と母はとりあえず安全圏へ逃れることができる——。

インターホンのチャイムが再び鳴った。千鶴は息を吐き、手帳を穴の傍らに置いた。立ち上がって母屋へ戻り、玄関へと向かう。

インターホンの受話器を取ると、聞き覚えのある声が聞こえた。

《先生、芳賀明恵です。私、忘れ物をしてしまったようで——》

「分かりました。今開けますから——」

そう答えて受話器を戻す。千鶴は舌打ちを洩らしていた。ただでさえ時間がないというのに、一体何の忘れ物をしたというのだ。

「先生、すみません」

玄関の戸口で千鶴と向き合うと、芳賀明恵は言った。いつもは冷静な彼女だが、その表情からは焦りのようなものが感じられた。

「じつは、仕事関係の資料を忘れてしまって――」

そう口にしながら、明恵はまじまじと千鶴の姿を見つめた。千鶴は気づいた。腕も服も、土でひどく汚れ、手にはゴム手袋もはめたままだ。

「庭にね、花を植えようと思って――」

作り笑いを浮かべ、千鶴はとっさに取り繕った。

「すみません、お忙しいところを」

明恵によれば、忘れ物はA４サイズの大型封筒で、『神奈川県警科学捜査研究所』の文字が印刷されているらしい。

「トートバックに入れて、ここに置いたはずなんです」

明恵は玄関の上がり框《かまち》を指差した。

「そういった封筒は、見かけませんでしたけど――」

千鶴は内心で焦りを禁じ得なかった。早くしなければ、警察による手帳の捜索が始まってしまう。

「たぶん、佐原さんがご存じだと思います。訊いてみてもらえますか？」

佐原という名前を耳にした瞬間、自分の顔が強張るのを千鶴は感じた。

「すみませんが、佐原は今いないんです」

「出かけているのですか？」

尋ねながら、明恵は三和土に視線を落とした。

そこには、佐原の古びた革靴が置かれたままになっている。

顔を上げた明恵と、千鶴はまともに視線を合わせてしまった。

明恵との間に、気まずい沈黙が流れた。

「ひょっとしたら奥に置いてあるのかも――ちょっと探してきます」

千鶴は言って、逃げるように玄関を離れた。それ以上、芳賀明恵と対峙していることに耐えられなかったのだ。

千鶴はリビングへ入り、室内を見渡した。明恵が言ったとおり、その封筒の行方は佐原が知っているのかもしれない。彼は玄関で封筒を見つけ、明恵が科学捜査研究所に勤務していることを知ったのだろう。だから稽古の最中に割って入り、警察の捜査に関する質問を明恵にぶつけたのだろう。

リビングの床には、シーツで覆われた佐原の死体が横たわっている。二人掛けのソファーには、放心した様子の母が腰かけていた。

千鶴はソファーの前に置かれたローテーブルに目を向けた。そこには週刊誌やスポーツ新聞が乱雑に置かれている。どれも佐原が持ち込んだものだ。その中に千鶴は異質なものを見つけた。スポーツ新聞の下から覗いているそれは、まぎれもなく大型封筒だった。手にとってみると、『神奈川県警科学捜査研究所』の文字が印刷されている。やはり佐原がくすね、ここに置きっ放しにしていたのだ。

封筒を手に、千鶴はリビングを出ようとした。その瞬間――。

突然、ソファーに座っていた母が立ち上がり、千鶴から封筒を奪おうとした。

「ちょっと母さん何するのっ、やめてよっ！」

「ダメぇっ、ママ、これ持っていっちゃダメっ」

幼児の口調で母が訴える。二人は封筒を引っ張り合う形となった。

「いい加減にしてよっ！」

苛立ちのあまり大きな声を出すと、母は怯んだように手を放した。

「これ以上迷惑をかけるのはやめてよっ」

くしゃくしゃになってしまった封筒を手に、千鶴は玄関へ戻った。

「ありました。だけど、ちょっと皺くちゃになってしまって――」

「いえ、うっかり忘れた私のほうこそ――」

そう言って封筒を受け取った明恵の視線が、ある一点で止まった。

明恵は手にした封筒の表面を、じっと見つめている。そのわけに、千鶴はすぐに気づいた。そして慄然とした。

封筒の表面の片隅に直径一センチ前後の血痕が三つ、点々と連なっている。

母はこのことに気づいたから、千鶴から封筒を取り上げようとしたのだ。

明恵は不自然な顔の動きで封筒の血痕から目を逸らした。見てはならないものを見た、そんな様子だった。口には出さないが、明恵が不審を抱いているのは確かだった。

「すみません、お騒がせしてしまって――」

硬い表情で言って、明恵は去っていった。

その姿を見送りながら、千鶴は唇を噛んでいた。

今のことを、彼女は誰かに話すだろうか――そう思うと気が気でならない。だが、それはどうにもならないことだった。

急いで廊下を引き返し、千鶴は庭へ戻った。

○

千鶴と明恵のやり取りを、清子はキッチンの入口からこっそりと窺っていた。

封筒を受け取った若い女は、嫌なものを見たような顔をしている。きっと、封筒の表面についた血の痕に気がついたのだ。だけど若い女は何も言わずにお辞儀をし、そのまま去っていった。

踵を返した千鶴が、慌ただしく廊下を引き返してくる。キッチンの中へ身を引いて、清子は千鶴をやり過ごした。

このままにはしておけない。

清子はそう思った。あの若い女は、ここで見たことを、きっと誰かに話すだろう。

キッチンの奥へ歩み、清子は流しの下の扉を開けた。

「――ママ、だいじょうぶだからね」

柳刃包丁を抜き取り、清子は呟いた。

千鶴は庭へ降り、穴の傍らに置いていた手帳を手にとった。

家の中へ戻り、壁の時計を見上げる。四時半過ぎだった。早乙女刑事の来訪から、すでに三十分以上が過ぎている。

○

洗面所へ行き、手の泥を洗い落とした。汚れた服も着替えたかったがその時間はない。

掘り出した手帳を手に、千鶴は玄関へ急いだ。その時、ふと気がついた。母の姿が見当たらないことに——。

「母さん——？」

リビングとキッチンを覗いた。しかし母はいない。代わりに別のことに気がついた。流しの下の扉が開きっ放しになり、内側の包丁差しから柳刃包丁が消えている。

母さんっ——！

手帳を手にしたまま、千鶴は玄関を飛び出した。

大型封筒を手に、明恵は東十条駅へと向かっていた。

明恵には、先ほどの立花千鶴の態度が気になって仕方がなかった。普段は落ち着いている立花が、ひどく動揺しているように見えた。

それにこれは、どう見ても血痕だった。

歩きながら、明恵は手にした封筒に目を落とす。

やはり立花は、連続殺傷事件と何か関係があるのか――。

明恵は、喫茶店で早乙女らと交わした会話を思い返した。

立花は容疑者なのかと尋ねた明恵に対し、早乙女霧子は答えた。

単なる聞き込み対象者の一人にすぎないのだと。

しかし霧子の態度から、彼女たちが立花を疑っているのは間違いないと明恵は感じていた。

気がつくと、東十条駅のそばまで来ていた。この辺りの線路は、高台に挟まれた低地に敷かれている。そのため駅前の通りは、線路をまたぐ橋の上を通っていた。橋の長さは七十メートルほどだ。東十条駅は、この先の橋を渡りきったところに位置している。

明恵は橋を渡り始めた。腕時計はすでに四時四十分を示している。この分では、新橋に着くのは五時を過ぎるだろう。

立花に対する疑念については、とりあえず父に相談してみようと明恵は思った。

橋の向こう側のたもとに、駅の明かりが見えている。千鶴は歩調を早めた。その時——。

道の向こうから歩いてきた大学生風の若い女性が、いきなり悲鳴を上げた。その視線は、明恵の背後に向けられている。

明恵は振り返った。そして思わず目を見開いていた。

年輩の女性が、こちらに向かって突っ走ってくる。その手には、長くて光るものが握られていた。包丁だ。その切っ先は、まっすぐ明恵に向けられている。

年輩の女性はあっという間に明恵の目前に迫った。明恵はとっさに横へ身をかわした。女の持った包丁の刃が、封筒を胸に抱いた手の甲を切り裂いた。目標を失った女はたたらを踏んで、橋の欄干に体をぶつける。

明恵はその場に尻餅をついていた。

肩で息をしながら、女が明恵を振り返る。その手には包丁が握られたままだ。

女は異様に据わった目で明恵を見つめ、一歩ずつ歩み寄ってきた。

助手席の霧子が腕時計に目を落とす。

「立花千鶴と話をしてから、そろそろ一時間が経つわ」

その時だった。駅のほうから女性の悲鳴が轟いた。

南條と霧子は顔を見合わせた。

次の瞬間、二人は車から飛び出した。

車を止めた場所は線路の近くのため、低地に位置している。悲鳴が上がったのは東十条駅前の、線路上にかけられた橋のほうからだった。

南條と霧子は、橋へと上がる階段を駆け上がった。

橋のたもとは十人以上の野次馬でふさがっていた。人をかき分け、南條は前へ出た。橋の中央に二人の女の姿があった。包丁を手にした年輩の女。そして、路面に尻餅をついた若い女。

女の顔には見覚えがある。先ほど会ったばかりの芳賀明恵だ。明恵は恐怖で立ち上がれずにいるようだ。

包丁を持った女が、よろめくような足取りで明恵に歩み寄る。

とっさに南條は駆け出していた。

女が明恵の前で立ち止まり、包丁を振り上げる。

「やめろぉっ！」

女の包丁が振り下ろされた瞬間、南條はぶつかるような勢いで明恵を抱き、路面に転がった。包丁の刃先が路面に突き立ち、ガツッという音がした。その直前、南條は右脚の大腿部に鋭い痛みを感じた。

「南條君っ！」

霧子の叫びが聞こえた。

路面に転がった南條は、素早く上体を起こした。右の大腿部が疼くように痛む。後ろ手をつき、背後に倒れた明恵を南條はかばった。包丁を手に、女が仁王立ちになる。

「ママはあたしが……ママはあたしが……」

意味の分からないことを呟きながら、女が歩み寄ってくる。

「逃げろっ、早くっ！」

背後の明恵に向かって、南條は声を放った。

ふらつきながら立ち上がり、明恵は橋のたもとへ向かって走り去った。

包丁の女は、もう明恵には目もくれなかった。路面に腰を落とした南條を見据え、じりじりと間合いを詰めてくる。両手で柳刃包丁をしっかりと握り、腰のあたりで構えている。

大腿部の痛みを堪え、南條はゆっくりと立ち上がった。

「包丁を捨てんかぁーっ！」

自分へ向けられた包丁の切っ先を睨み据え、南條は叫んだ。

「やかましいっ！」

女は背をかがめ、包丁を腰だめに構えた。

「ママの邪魔をする奴は、あたしが許さないんだぁっ」

「南條君っ、逃げてっ！」

叫んだ霧子が、橋のたもとから駆け寄ってくるのが視界の隅に映った。

次の瞬間、跳躍する獣のように、女が南條に向かって襲いかかった。両手を前に突き出し、南條は女の体を止めようとした。だが、足を踏ん張った瞬間、右の大腿部に痛みが走り、体の重心が崩れた。そこへまともに女の体が飛び込んでくる。女の構えた包丁が、無防備になった南條の懐を貫こうとする――その刹那《せつな》。

横合いから何かが激しくぶつかってきた。人だ。女だ。

女は南條の代わりに、包丁の女の突進を体で受け止めていた。

南條はバランスを崩し、背後の欄干にもたれた。

飛び込んできた女と、包丁の女。二人は抱き合うような格好で、互いの瞳を見つめ合っていた。

やがて、包丁の女が声を洩らした。

「ママ……」


「ママ……」

千鶴の目を見つめたまま、母は呟きを洩らした。

二人は抱き合うようにして、じっと立ち尽くしている。

千鶴は母の両肩に手をかけたまま、脇腹の辺りを見下ろした。母が握り締めた柳刃包丁が、脇腹に刺さっている。滲み始めた血が、ブラウスの布地に赤い花を咲かせようとしていた。

「ママ……」

母の目が見開かれた。ようやく事態が呑み込めたかのように、口元をわなわなと震わせている。千鶴は言った。

「……もういいよ、母さん……もう充分だから……」

それだけ口にするのが精一杯だった。膝から力が抜け、千鶴はその場に崩れた。同時に、脇腹から刃の感触が消えた。
　それが合図だったかのように、周囲が騒然とし始める。
　救急車っ。早くしろっ。どけっ、道を空けるんだっ。
　いくつもの怒号が飛び交う中、千鶴は温もりを感じていた。
　路面に横たわった千鶴の手を、母が握り締めていた。
　瞼を薄く開くと、母の泣き顔が覗き込んでいた。
　千鶴は気づいた。母の泣き顔を見るのは初めてだった。
「……ありがとう、母さん」
　母の涙が雫となって、頬に垂れた。
　母は激しくかぶりを振りながら、一つの言葉を何度も繰り返していた。
「ママ、ごめんね。ママ、ほんとにごめんね――」
　薄れてゆく意識の中で、千鶴はようやく気づいていた。
　それは私の台詞だったのだ――と。

その病院に駆け込んだのは、午後六時過ぎのことだった。

取り乱した様子の多治見に対し、受付の看護師は冷静に対応した。

「その方なら、治療を終えて休んでらっしゃいますよ。大丈夫――軽い切り傷程度ですから」

看護師に教えられたのは、二階の奥に位置する処置室だった。扉の脇には二人の制服警官が待機していた。予想はしていたので、驚きはしなかった。明恵が事件に巻き込まれたことは、すでに電話で告げられていたのだ。

父親であることを警官に告げ、室内に入る。狭い部屋の片側に置かれたベッドの上で、明恵は点滴を受けながら眠っていた。左手の甲に包帯が巻かれている。

「先生の話だと、浅い傷なので痕は残らないそうですよ」

治療の後片付けをしていた看護師が、多治見に説明した。

「事件がショックだったのね。今はちょっと貧血を起こしてるけど、すぐに元気になりますよ」

そう言って、年輩の看護師は部屋を出ていった。

安堵のあまり、多治見はその場にしゃがみ込みそうになった。ここに到着するまでの間、ひどい状況ばかりを想像していたからだ。

新橋の駅前で午後五時に待ち合わせをした多治見だったが、明恵は五時を回っても姿を現さなかった。その間、何度か明恵の携帯電話に連絡を入れてみたが、いずれも留守番電話サービスセンターに転送された。そして、五時半過ぎにかけた電話でようやくつながった。

しかし電話に出たのは明恵ではなく、聞き覚えのない男性の声だった。男性は警視庁王子署の警察官だった。彼によると、明恵は東十条駅前で事件に巻き込まれ、負傷して病院へ運ばれたという。病院は、豊島区内の総合病院だった。電話を切った多治見は、タクシーを飛ばして駆けつけたのだった。

処置室を出ると、待機していた警官が顔を向けた。

「ウチの刑事課の者が、少しお話を聞きたいと――」

「かまわんよ。俺も同業だ。すべて心得ている」

恐縮です――警官は一礼し、多治見を伴って廊下を進み始めた。

その時、廊下の向こうから一組の男女がこちらへ近づいてきた。

この病院の患者なのか、男は松葉杖をついている。

何気なく、男の顔に多治見は目を向けた。

思わず息を呑み、目を見開いた。

○

立花千鶴の手術は、ほんの三十分ほどで終わった。

執刀した医師の説明によれば、傷は比較的浅く、内臓にも損傷はなかったという。今は失血のせいで意識がもうろうとしているが、数日のうちに一般病棟へ移れるらしい。

集中治療室の前には、制服姿の警官が立番をしていた。

南條と霧子が近づくと、警官は敬礼をした。

二人は集中治療室の外からガラス越しに、ベッドで眠る立花千鶴の姿を見た。立花が刺されたあと、南條と霧子は救急車に同乗し、この病院まで同行したのだった。

「一体、あの母娘《おやこ》に何があったんだろう」

霧子の呟きに、南條は無言で応じた。

立花千鶴を刺した包丁の女は、南條と霧子によって取り押さえられた。さらに付近の交番から駆けつけた警官によって署へ通報がなされた。現場にはすぐに機捜や自邏隊、救急車輛などが集結し、騒然とした雰囲気となった。

事件時の状況と、取り押さえられた女の言動から、女は立花千鶴の実母と見られている。

だが、事件の詳しい経緯や状況は、今のところまだ不明だった。

「明恵さんの様子も気になるわ」

霧子が言った。二人は集中治療室を離れ、通路を奥へ進んだ。

「太もも、けっこう痛むの？」

南條の脚に目を向け、霧子が訊いた。縫合した傷痕が開くのを防ぐため、南條は松葉杖を使っている。

「なんてことないですよ。立花千鶴に比べれば、すり傷みたいなものだ」

「ふん、強がりね」

唇の端を捻じ曲げ、霧子は笑った。

包丁で切られた南條の大腿部は、十八針を縫う怪我だった。だが浅い創傷だったため、筋肉組織や神経にまでは達していない。

芳賀明恵が休んでいるのは、フロアーの奥に位置する処置室だった。看護師の話によれば、彼女は左手の甲に、ごく軽い創傷を負っているという。女に襲われた際に包丁で切りつけられた傷だ。明恵は事件のショックで、今も処置室で休んでいるらしい。

二人が処置室へ向かって進んでいると、通路の向こう側から二つの人影が近づいてきた。一人は制服警官で、もう一人は初老の男性だった。

何気なく男性の顔に目をやった南條は、思わず眉をひそめていた。男性の顔に見覚えがあったからだ。男性のほうも、南條の顔に視線を向けていた。なぜか男性の顔には、戸惑いとも驚きともつかぬ複雑な表情が浮かんでいる。

思い出したのは、男性とすれ違いかけた瞬間だった。

「あ——」

思わず声を発し、南條は男性を振り返った。

「どうも——お見舞いですか？」

南條が声をかけると、男性はぎこちない笑みを浮かべた。どうやら男性のほうは、南條が誰であるのかにすでに気づいていたようだった。

男性は、南條が住む映画館の常連客だった。つい先日も、南條はこの男性と映画館の前で会っている。男性は映画を観るたびに、感想を書いたハガキを欠かさず孫に送っているらしい。

男性は南條に軽く頭を下げ、警官とともに通路を去っていった。

その顔の笑みは、最後までぎこちないままだった。

「知り合い？」

「ええ、まぁ」

霧子に問われ、南條は頷いた。南條の頭には、一つの疑問が生じていた。それは、なぜあの男性に警官が付き添っているのか、ということだった。

芳賀明恵が休んでいる処置室の前には、もう一人の制服警官が立番をしていた。南條は問うた。

「今、警官と歩いていった男性は——？」

「あぁ、怪我をした女性の父親だそうです」

怪我をした女性とは、言うまでもなく芳賀明恵のことだ。

その瞬間、頭の中でいくつかの点が線でつながった。そしてその線が描いた模様は、思いもよらない形を描き出していた。

束の間言葉を失ったあと、南條は霧子に訊いた。

「芳賀明恵さんの父親はたしか——？」

「刑事って言ってたわね。神奈川の」

そう答え、霧子は遠ざかっていく男性の後ろ姿を見送った。

南條の頭の中では、芳賀明恵の言葉がよみがえっていた。

〈もうすぐ定年だというのに、何年も前の未解決事件をいまだに調べているんです〉

芳賀明恵は言ったのだ。父親は、数年前に暴力団組員が射殺された事件を追っているのだと。

あの男性は、自分のことが目当てで映画館に通っていたのではないだろうか。もしそうだとするなら、その行動が意味するところは一つしか考えられない。

あの男性――芳賀明恵の父親は、八年前の組員射殺事件の犯人が南條であると睨んでいるのだ。

「どうかしたの?」

「いや、なんでもない」

訝しげな霧子に対し、南條はそう答えるのが精一杯だった。

チヅちゃん、いろいろごめんなさい。
これはいしょです。
たぶん、あたしは、じきに死にます。
だから、これはいしょです。
チヅちゃんにはたくさんめいわく、かけました。
でも、それをぜんぶかいていたら、きりがありません。
だから、ひとつだけ、あやまります。
それは、チヅちゃんが左ききだということです。
左ききだと、習字をするときにたいへんだとおもいます。
ほんとうは、チヅちゃんがちっちゃいときに、
あたしが右ききになおしてあげればよかったです。
でも、そうしませんでした。
どうしてかというと、うれしかったからです。

どうしてうれしかったかというと、あたしも左ききだからです。
チヅちゃんがはじめてじぶんでおはしをもったのは、
ひだりてでした。
とてもうれしかったです。
チヅちゃんはあたしのぶんしんなんだ、
どんなにたいへんでもチヅちゃんだけはまもろう、
そうおもいました。
だからチヅちゃんは左ききです。
ごめんなさい。さようなら。

キヨコより

拙い文章と、幼稚な筆跡。

何度も読んだその文面を、千鶴はもう一度読み返した。

それはA4サイズの紙にコピーされたものだった。

これを持ってきた二人の刑事の話によれば、もともとこの文章は大学ノートに書かれていたらしい。文面にあるとおり、これは母・清子の〝遺書〟だった。

刺された千鶴がこの病院へ搬送されて、三日目の午後である。千鶴は今朝、集中治療室から一般病棟の個室へ移されていた。扉の外では、制服の警察官が待機している。さらに病室内には、二十四時間交代で、常時一名の女性の私服警察官が詰めていた。それが自殺を防ぐための措置なのだということに、千鶴は気づいていた。

コピーされた母の遺書は、先ほど病室を訪れた二人の刑事によって、千鶴に手渡された。刑事の一人は南條と名乗った。もう一人は、一度会ったことがある早乙女という女性だった。二人の刑事が目配せすると、片隅で椅子に座っていた女性警察官は、文庫本を閉じて席をはずした。

〈押収物を複写したり、ましてや容疑者に渡すことは、本来許されることではないのですが――〉

南條という刑事はそう前置きをして、千鶴にこのコピーを渡したのだった。大学ノートに記された母の遺書は、立花邸の家宅捜索の際に見つかったものだという。

二日前に家宅捜索が行われ、佐原の死体が発見されたことは、すでに千鶴も知らされていた。容疑者である千鶴には、怪我の回復を待って事情聴取が行われることが告げられている。

千鶴には、南條と早乙女に尋ねたいことが山ほどあった。だが、何一つ言葉にすることはできなかった。はじめに、この母の遺書を読んでしまったからだ。

涙ぐみ始めた千鶴を残し、二人の刑事は辞去しようとした。

彼らの背中に、千鶴は一つだけ質問を発した。

〈母は、どうしていますか？〉

答えたのは早乙女だった。

〈元気です〉

そして思い出したようにこう付け加え、笑顔を浮かべた。

〈お母さまも、やっぱり同じ質問をされました〉

溢れ出た涙の雫が、母の文字の上に滴った。千鶴は言った。

〈母は……母は肺ガンなんです。検査を受けられるようにしてやってください〉

〈分かりました。手配します〉

二人の刑事は静かに病室を去った。手にしたコピーの紙に千鶴は目を落とした。そしてようやく気づいた。

南條と早乙女は、これを渡すためだけに病室を訪れたのだと。

窓ガラスを薄く開けた窓から、秋のそよ風が入ってくる。風は微かな花の匂いを孕《はら》んでいた。それは、母が好きなキンモクセイの香りだった。

千鶴はまた、コピーの文面を読み始めた。でもいくらも読み進めないうちに、母の文字は輪郭を失っていった。

紙をそっと胸に抱き、静かに啜り泣いた。

○

「本当に警察辞めるつもり？」

病院を出たところで霧子が問いかけてきた。

南條は無言で頷いた。もう松葉杖は使っていないが、南條は少しだけ右足を引きずっている。

二人は駅へ向かって通りを歩いていった。今日の南條は非番だった。霧子はこのあと本庁へ戻るらしい。

「これから部屋に戻って荷物の整理をしたあと、署へ辞表を提出しに行きます」

「ひょっとして、部屋も引き払うつもりなの？」

南條は立ち止まり、霧子に体を向けた。

「短い間でしたけど、お世話になりました」

腰を折った南條を、霧子は鼻先で笑い飛ばした。

「よしてよ。安っぽいドラマじゃあるまいし。それに、そんな殊勝な台詞はあんたに似合わないわ」

南條は苦笑を洩らした。

二人は再び通りを歩き始めた。時おり吹く風に、色を変えた街路樹の葉が宙を舞う。

傷害容疑で現行犯逮捕された立花清子。怪我を負い、病院へ搬送された立花千鶴。彼女らの供述から、一連の殺傷事件は二人による犯行であることが明らかになった。

まず笠原玲奈と桜庭由布子に対する殺傷については、立花清子からの自供が得られていた。娘・千鶴の左手の麻痺を案ずるあまり、清子は左利きの女性を狙って凶行を繰り返したのだという。被害者の左腕の血液を採取し、神への供物とすることが目的だったらしい。

その犯行動機からも分かるとおり、清子は信奉する慈友神皇教会の影響を強く受けており、ある種の洗脳状態にあると見られている。

さらに立花邸の家宅捜索では、一人の男性の死体が発見されていた。その人物は東十条で古書店を営む、佐原慎二という五十二歳の男性だった。手術の後、立花千鶴に行われた簡単な事情聴取で、彼女は佐原の殺害を自供していた。今回の事件で行われたいくつかの偽装工作は、佐原の発案によるものだったという。

捜査本部では、現在裏付け捜査が進められている最中である。

　一方、南條と霧子に対しては監察官による事情聴取が行われた。昨日のことだ。財前管理官の指示を無視し、負傷者まで出してしまった二人の行動は、当然のことながら問題視されたのだ。事情聴取には刑事部長と綿貫一課長も同席した。

　だが結局、二人に対する処分は見送られることとなった。それは際《きわ》どい判断と言えた。たしかに二人の機転によって被疑者が特定されたことは事実である。ただし、二人が立花千鶴に対して虚偽の情報を提供したこと、さらに負傷者を出したこと、この二点は看過できない事実であった。

　それでも処分が保留されたのは、一課長である綿貫の証言があったからだった。

〈早乙女・南條両捜査員の行動は、一課長である自分の指示によるものであります〉

　このことにより、綿貫には二ヵ月の停職処分が下された。

「綿貫さんには申し訳ないことをしてしまった――」

　南條の言葉に、早乙女は首を振った。

「その程度のこと、あの人にとってはどうってことないわよ。それに、これで別れた奥さんや子供のことにも、少しは目を向けるようになるかもしれない」

　駅前に近づいた時、霧子のショルダーバッグの中で着信音が鳴った。携帯電話に出た霧子の表情が、次第に明るくなっていくのを南條は感じた。

「噂をすれば影。一課長から吉報よ」

電話のフラップをパチンと閉じ、霧子は笑顔を見せた。

「今病院から連絡があって、桜庭由布子の意識が戻ったって」

「ちょっと、なんじょーさんっ」

映画館に戻ると、待ち構えたようにユキが顔を覗かせた。

三階中央にある、いつものロビーだった。ソファーに寝っ転がっていたユキは、横を通り過ぎようとした南條を呼び止めた。

「お母さんから聞いたよ。南條さん、ここを出ていくんだって？」

「あぁ。ユキにもずいぶん世話になったな」

「あたしに何の相談もなしに、勝手にそんなこと決めるなんて――」

「仕方ないだろ。大人には大人の事情ってもんがあるんだ」

それに――南條は表情をあらため、言葉を続けた。

「ユキとの約束は、ちゃんと守った」

「なによ、約束って」

「事件、ちゃんと解決しただろ」

「そりゃそうだけど――」

「初めて外れたな、おまえの予言」

南條はユキに、桜庭由布子の意識が戻ったことを告げた。

ユキの顔が笑顔に弾ける。

「ほんとに？」

南條は力強く頷いてみせた。

今回の事件で死亡したのは、第一の事件の被害者である笠原玲奈、そして佐原慎二の二人ということになる。つまり、三人の死を予知したユキの予言は、いいほうへ外れたのだった。

「ところでおまえ、学校どうしたんだ？」

「えへへ、おなかが痛いってずる休みしちゃった」

「そんなことじゃ、社会に出てから苦労するぞ」

「南條さんに、言われたくないもんね」

舌を出し、ユキは廊下を走り去っていった。

南條は自室へ入り、机の前に座った。用意した便箋に、『辞職願』と認める。だが、そこで万年筆の手は止まっていた。

〈私はあなたを離さない〉

いつかの夢に出てきた、真理子の声がよみがえる。

それを振り払うかのように、南條は激しく頭を振った。そして再び便箋に向かう。その時だった――。

ポケットの中で携帯電話が鳴った。

ディスプレイ画面には、ある中国人の名が表示されている。

陳香詠――真理子の父親からの電話だった。

一時間半後、南條は病室にいた。

真理子が長期療養していた、北鎌倉の療養施設だ。

病室では、ベッドの傍らに陳香詠が一人で立ち尽くしていた。

「南條君……」

病室に駆けつけた南條を振り返ると、陳香詠はそう口にしたきり言葉を絶った。

ベッドの上には、いつもと同じように真理子が眠っていた。この八年間の、どの瞬間とも何ら変わらない真理子の寝顔だった。

「南條君……」

娘の顔を見下ろしたまま、陳香詠は再び繰り返した。そして淡々と、医師から告げられたという真理子の急死の原因を、南條に告げた。

八年間寝たきりの状態にあったため、血管内に血栓が生じていたのであろうこと。それが何かのはずみで流れ出し、心筋梗塞を引き起こしたと思われること——。

言葉は欠片《かけら》となって、南條の耳を掠《かす》めていった。

何も理解したくはなく、する必要もなかった。
真理子はもう二度と目覚めない——その事実がすべてだった。
それ以外のことは、南條にとって何の意味も持たなかった。
真理子の寝顔を、いつまでも見下ろしていた。

秋の午後。横浜中華街に近い山下公園には、多くの家族連れやカップルの姿が目立った。

公園を囲む手すりの前に立ち、南條は海を眺めていた。

天気は快晴で、何羽ものカモメが上空を飛び交っている。

海からの風を頰に受けながら、南條はただ海を眺めていた。

「ここにいたんですか、南條君」

声に振り向くと、陳香詠が歩み寄ってくるところだった。

南條も陳も黒いスーツに身を包んでいる。

真理子の死から二日が経っていた。

中華街の近くにあるセレモニーホールで、先ほどまで真理子の葬儀が営まれていたのだった。葬儀には多くの中華街関係者が詰めかけ、陳の顔の広さを南條は改めて認識していた。

南條の横に立ち、陳も海に目を向けた。水平線を、ゆっくりと船が横切っていく。

「これから、どうするつもりですか？」

海から目を逸らさずに、陳が訊いた。その横顔を、思わず南條は見返した。

「警察、辞めるつもりでいたのでしょう？　そうするのですか？」

何も答えられずにいると、陳は南條を見て笑みを浮かべた。

「以前、真理子の病室で君と会った時、感じたんですよ。もう君は真理子のことは忘れるつもりだとね。真理子とのことを清算するということは、警察の仕事を辞めるということです」

「どうしてそれを――？」

「私の口からすべてを言わせたいのですか？」

南條は悟った。陳は、自分が警察の仕事に就いた本当の目的を、はじめから知っていたのだ。

「だけど真理子がいなくなった今、あなたがどういう選択をするのか、私には分からない」

遠くで汽笛が鳴った。二人のすぐ後ろを、子供がはしゃぎながら通り過ぎる。

「自分でも分かりません。これからどうすればいいのか――」

南條の答えに、陳は小さく一つ頷いた。

「何か困ったことがあったら、遠慮なく私を訪ねてください。私はいつでもあなたの力になるつもりでいます」

一礼し、南條は歩み去っていった。その後ろ姿が人波に紛れて見えなくなると、陳はおもむろにその場を離れた。公園を出て、大通り沿いに歩く。そして路肩に駐車された濃紺のメルセデスの前で立ち止まった。

助手席の扉を開き、中に乗り込む。

車の中にはスーツ姿の二人の男がいた。一人は後部座席に収まった痩《や》せた男で、年齢は四十代後半。運転席にいる男は、まだ三十代半ばだろう。

「堀ノ内、出してくれ」

後部座席の男が言った。運転席の男が頷き、メルセデスは大通りをゆったりと走り始めた。

「どうだった？」

流れる車窓の景色を眺めながら、後部座席の男が問いかける。穏やかだが、よく通る低い声だった。

フロントガラスを見つめたまま、陳は答えた。

「たぶん、あの男は警察を辞めないでしょう」

「なぜ？」

「まだ真相を突き止めていないからです」

「正気か？　キャリアならともかく、単なるノン、、、キャリ、、、の兵隊風情に何が突き止められる？」

「さぁ分かりません。だが、もし警察を辞めないのなら、あの男が諦めることはもうないでしょう。そしてひょっとしたら――」

「よさないか。もしそんなことになったら、君だって困ることになるだろう」

しばらく間をおいたあと、陳は言った。

「影山さん。すみませんが今は娘を失ったばかりです。他のことは考えられない」

「関口真理子の死が悲しいのかね？」

「娘に先立たれて、悲しまない親がいますか？」

「ふーん、娘ねぇ――」

バックミラーの中で、男は唇を歪めた。陳の心を見透かすような、意味ありげな笑みだった。

それきり、男も陳も口を開こうとはしなかった。

車は桜木町駅前を抜け、関内《かんない》方面へと車首を向けていた。

あといくつ季節が巡れば、この痛みは和らぐだろう――色づいた街路樹に目をやりながら、陳はそう思った。

参考文献

『日本警察崩壊』　小林道雄著　講談社
『ミステリーファンのためのニッポンの犯罪捜査』　北芝健監修　相楽総一取材・文　双葉社
『警察のウラ側がよくわかる本』　謎解きゼミナール編　河出書房新社
『警察官の犯罪白書』　宮崎学著　幻冬舎

この作品は書き下ろしです。原稿枚数654枚(400字詰め)。

仮面警官《かめんけいかん》

弐藤水流《にとうみずる》

平成22年10月10日　初版発行

発行人――石原正康
編集人――永島賞二
発行所――株式会社幻冬舎
〒151-0051東京都渋谷区千駄ヶ谷4-9-7
電話　03(5411)6222(営業)
　　　03(5411)6211(編集)
振替00120-8-767643
印刷・製本―図書印刷株式会社
装丁者――高橋雅之

幻冬舎文庫

ISBN978-4-344-41557-7　C0193　に-12-1